# Le Club des Baby-Sitters

Ce volume regroupe trois titres de la série
Le Club des Baby-Sitters d'Ann M. Martin

*Kristy et les champions* (Titre original : *Kristy and the Walking disaster*)
Édition originale publiée par Scholastic Inc., New York, 1989
Traduit de l'anglais par Marie-Laure Goupil et Camille Weil
© Ann M. Martin, 1989, pour le texte
© Gallimard Jeunesse, 1999, pour la traduction française

*Le grand amour de Carla* (Titre original : *Dawn and the older boy*)
Édition originale publiée par Scholastic Inc., New York, 1989
Traduit de l'anglais par Camille Weil
© Ann M. Martin, 1989, pour le texte
© Gallimard Jeunesse, 2001, pour la traduction française

*Reviens, Logan !* (Titre original : *Mary Anne misses Logan*)
Édition originale publiée par Scholastic Inc., New York, 1991
Traduit de l'anglais par Camille Weil
© Ann M. Martin, 1991, pour le texte
© Gallimard Jeunesse, 2001, pour la traduction française


© Éditions Gallimard Jeunesse, 2012, pour les illustrations

Le Club des Baby-Sitters

# Nos plus grandes histoires d'amour

## Ann M. Martin

Traduit de l'anglais par Marie-Laure Goupil et Camille Weil

Illustrations d'Émile Bravo

GALLIMARD JEUNESSE

# La lettre de KRISTY

## Présidente du Club des Baby-Sitters

Le Club des Baby-Sitters, c'est une histoire de famille. On se sent tellement proches les unes des autres... comme si on était sœurs. Dans ce livre, nous allons vous raconter trois de nos aventures, mais avant de commencer, nous allons tout d'abord nous présenter. Même si nous sommes tout le temps ensemble et que nous nous ressemblons beaucoup, nous avons chacune notre personnalité et nos goûts, dans lesquels vous allez peut-être d'ailleurs vous retrouver. Alors pour mieux nous connaître, lisez attentivement nos petits portraits ! Je vous souhaite de vous amuser autant que nous...

Bonne lecture à toutes !

Kristy

Comme promis, voici le portrait
des sept membres du

# Club
# des Baby-Sitters...

**NOM :** Kristy Parker, présidente du club
**ÂGE :** 13 ans – en 4$^e$
**SA TENUE PRÉFÉRÉE :** jean, baskets et casquette.
**ELLE EST...** fonceuse, énergique, déterminée.
**ELLE DIT TOUJOURS :** « J'ai une idée géniale... »
**ELLE ADORE...** le sport, surtout le base-ball.

**NOM :** Mary Anne Cook,
secrétaire du club
**ÂGE :** 13 ans – en 4ᵉ
**SA TENUE PRÉFÉRÉE :**
toujours très classique,
mais elle fait des efforts !
**ELLE EST...** timide,
très attentive aux autres
et un peu trop sensible.
**ELLE DIT TOUJOURS :**
« Je crois que je vais pleurer. »
**ELLE ADORE...** son chat, Tigrou, et son petit ami, Logan.

**NOM :** Lucy MacDouglas,
trésorière du club
**ÂGE :** 13 ans – en 4ᵉ
**SA TENUE PRÉFÉRÉE :** tout,
du moment que c'est à la mode..
**ELLE EST...** new-yorkaise
jusqu'au bout des ongles,
parfois même un peu snob !
**ELLE DIT TOUJOURS :**
« J'♥ New York. »
**ELLE ADORE...** la mode,
la mode, la mode !

**NOM :** Carla Schafer, suppléante
**ÂGE :** 13 ans – en 4ᵉ
**SA TENUE PRÉFÉRÉE :**
un maillot de bain pour bronzer
sur les plages de Californie.
**ELLE EST...** végétarienne,
cool et vraiment très jolie.
**ELLE DIT TOUJOURS :**
« Chacun fait ce qu'il lui plaît. »
**ELLE ADORE...** le soleil,
le sable et la mer.

**NOM :** Claudia Koshi,
vice-présidente du club
**ÂGE :** 13 ans – en 4ᵉ
**SA TENUE PRÉFÉRÉE :**
artiste, elle crée ses propres
vêtements et bijoux.
**ELLE EST...** créative,
inventive, pleine de bonnes idées.
**ELLE DIT TOUJOURS :**
« Où sont cachés mes bonbons ? »
**ELLE ADORE...** le dessin,
la peinture, la sculpture
(et elle déteste l'école).

**NOM :** Jessica Ramsey,
membre junior du club
**ÂGE :** 11 ans – en 6ᵉ
**SA TENUE PRÉFÉRÉE :**
collants, justaucorps
et chaussons de danse.
**ELLE EST...** sérieuse,
persévérante et fidèle en amitié.
**ELLE DIT TOUJOURS :**
« J'irai jusqu'au bout de mon
rêve. »
**ELLE ADORE...** la danse
classique et son petit frère,
P'tit Bout.

**NOM :** Mallory Pike,
membre junior du club
**ÂGE :** 11 ans – en 6ᵉ
**SA TENUE PRÉFÉRÉE :** aucune
pour l'instant, elle rêve juste
de se débarrasser de ses lunettes
et de son appareil dentaire.
**ELLE EST...** dynamique et très
organisée. Normal quand on a sept
frères et sœurs !
**ELLE DIT TOUJOURS :** « Vous
allez ranger votre chambre ! »
**ELLE ADORE...** lire, écrire. Elle
voudrait même devenir écrivain.

# SOMMAIRE

# KRISTY
# et les champions

*Ce livre est dédié
aux membres du Lunch Club*

*– C'est nous ! C'est nous !*
*La porte d'entrée s'est ouverte brutalement.*
*C'étaient Karen et Andrew, mon demi-frère et*
*ma demi-sœur par alliance. Karen a six ans et*
*Andrew quatre ans. Andrew est plutôt calme*
*et timide, tout le contraire de Karen. C'était*
*elle qui avait annoncé bruyamment leur*
*arrivée. Difficile parfois de croire qu'ils sont*
*frère et sœur.*

– Salut ! leur ai-je lancé en dévalant les escaliers pour les accueillir. Je suis contente de vous voir.

– Moi aussi, je suis contente ! s'est exclamée Karen, en jetant son sac négligemment par terre.

– Moi aussi, a murmuré Andrew en posant le sien au bas des marches.

Je les ai embrassés, et Karen est aussitôt partie à la recherche de Louisa, notre petit chien, et de Boo-Boo, notre chat.

Andrew s'est tourné vers moi :

– Tu crois que David Michael aurait envie de jouer au base-ball avec moi ?

– Va lui demander, il est dans le jardin.

Depuis que leur professeur de sport les avait initiés à ce jeu, et qu'ils avaient vu des matchs à la télévision, les deux garçons ne manquaient jamais une occasion d'y jouer. C'est un sport très apprécié des enfants du quartier.

Vous êtes un peu perdus ? Je crois qu'il est temps pour moi de me présenter et d'expliquer qui sont toutes ces personnes. Je m'appelle Kristy Parker. J'ai treize ans et je suis en quatrième. La chose la plus importante à savoir sur moi, c'est que je suis la présidente et la fondatrice d'un Club appelé le Club des Baby-Sitters.

J'ai trois frères : David Michael qui a sept ans, Charlie, quinze ans et Samuel, dix-sept ans. Mes parents sont divorcés et nous vivions avec notre mère jusqu'à ce qu'elle rencontre Jim Lelland et qu'elle se marie avec lui. Maintenant, nous habitons tous ensemble chez lui, une immense et très belle maison dans un quartier chic.

Karen et Andrew sont les enfants de Jim. Ils viennent chez nous un week-end sur deux et deux semaines par an pendant les vacances d'été. Le reste du temps, ils vivent avec leur mère et leur beau-père.

Je dois vous avouer qu'au début je n'aimais pas beaucoup

Jim. En fait, je le détestais. Rien que l'idée de passer du temps avec lui me rendait malade, même s'il aime le base-ball autant que moi. J'avais refusé de rencontrer ses enfants. Et vous savez ce qui nous a rapprochés ? Le Club des Baby-Sitters. Il y a eu une urgence et j'ai dû garder Karen et Andrew. C'est à cette occasion que je me suis rendu compte qu'ils étaient les enfants les plus adorables de la terre.

Voilà, nous pouvons refermer cette parenthèse et reprendre le fil de notre histoire.

Nous étions vendredi après-midi, il était presque dix-sept heures ; maman et Jim étaient tous les deux au travail. Charlie était probablement dans sa chambre en train de faire ses devoirs. Il aime les faire le vendredi pour pouvoir regarder la télé le reste du week-end. Samuel était sorti, et j'attendais qu'il rentre pour me conduire à une réunion du Club des Baby-Sitters. Nous nous réunissons trois fois par semaine de dix-sept heures trente à dix-huit heures dans mon ancien quartier, à l'autre bout de la ville.

J'ai décidé d'aller voir ce que faisaient les petits. Avec Karen, mieux valait rester sur ses gardes. Elle est adorable, mais elle est intrépide et a une imagination débordante. Jim dirait « fertile » et je crois qu'il a raison. Les idées les plus farfelues poussent à une allure incroyable dans sa petite tête !

Mais voilà, trouver quelqu'un (sans parler des animaux) dans notre maison relève de l'expédition tellement elle est grande. Quand je pense que ma mère parle d'avoir un autre enfant ! J'adore les enfants, mais c'est déjà suffisamment compliqué comme ça chez nous.

La chance était avec moi. Karen, Andrew et David Michael

étaient tout simplement dans le jardin. Ils essayaient de jouer au base-ball à trois.

– C'est complètement idiot, a ronchonné David Michael.

Il disait ça parce qu'il venait de manquer son coup.

– David Michael, garde tes yeux sur la balle, lui ai-je expliqué. Ne t'occupe pas de ta batte. Je sais que tu veux faire les deux choses à la fois, mais, crois-moi, tu ne peux pas renvoyer la balle si tu ne la regardes pas.

Il a hoché la tête d'un air entendu et s'est concentré sur le lancer suivant de Karen. Il n'a pas quitté la balle des yeux une seule seconde et a réussi à l'envoyer de l'autre côté du jardin.

– Allez ! Cours ! l'ai-je encouragé.

J'adore le sport, celui-ci en particulier.

– Merci, Kristy ! J'ai fait comme tu m'as dit et ça a marché ! Je crois que j'ai très envie de jouer dans une équipe, avec un entraîneur et tout.

– Moi aussi ! Moi aussi ! se sont exclamés Karen et Andrew avec enthousiasme.

– Kristy !

C'était Samuel. Il était de retour et prêt à me conduire à ma réunion du Club.

– J'arrive ! Je dois partir. Soyez sages, les enfants. Charlie est à la maison. Maman et Jim ne vont pas tarder à rentrer. Nous reparlerons de base-ball plus tard.

Sur ces mots, je suis partie en courant et j'ai sauté dans la voiture.

– Alors, prête à rendre visite à tes petites copines ? m'a demandé Samuel.

J'ai froncé les sourcils. Mes copines ne sont pas petites et Samuel le sait très bien. Il y a Claudia Koshi, Mary Anne

Cook, Carla Schafer, Mallory Pike et Jessica Ramsey. Aucune d'elles n'est « petite ». Claudia, Mary Anne et Carla ont treize ans, comme moi, et nous sommes en quatrième. Jessica et Mallory ont onze ans et sont en sixième. Avant, je vivais à côté de chez Mary Anne, qui est ma meilleure amie, et Claudia habitait en face de chez nous, dans la même rue. Nous allons toutes au collège de Stonebrook. La plupart des enfants de mon nouveau quartier vont dans des écoles privées, mais maman nous a laissés, mes frères et moi, fréquenter l'école publique.

Mary Anne Cook est la personne la plus douce que je connaisse. Même si je la trouve parfois un peu trop sensible. Elle pleure pour un oui ou pour un non. Elle est timide et calme, comme Andrew. Mais quand elle aime quelqu'un, c'est pour la vie. C'est peut-être pour cela que Mary Anne a été la première d'entre nous à avoir un petit ami stable. Il s'appelle Logan Rinaldi. Mary Anne vit avec son père et son petit chat, Tigrou. Sa mère est morte il y a longtemps, si longtemps que Mary Anne ne se rappelle même pas comment elle était.

Bien que je sois directe et extravertie, Mary Anne et moi avons plein de points communs : nous avons toutes deux les yeux marron, les cheveux châtains mi-longs et nous sommes petites. Je suis la plus petite de ma classe, parce que Mary Anne a un peu grandi ces derniers temps. La mode ne nous intéresse pas. Mes amies me taquinent parce que je m'habille toujours avec un jean, un sweat, que je remplace par un T-shirt en été, et des baskets. La pauvre Mary Anne a dû longtemps porter les vêtements que lui choisissait son père. Heureusement qu'il n'est plus aussi sévère. Depuis qu'il la laisse s'habiller comme elle veut, elle s'intéresse davantage à ce qu'elle porte.

Contrairement à Mary Anne et moi, Claudia adore s'habiller à la mode. Moitié américaine, moitié japonaise, elle a de très longs cheveux d'un noir de jais, des yeux noirs en amande et un teint parfait. C'est l'une des plus jolies filles que je connaisse ! Presque tous les garçons sont fous d'elle, mais elle n'a pas de petit ami attitré comme Mary Anne. Claudia est douée pour les matières artistiques, mais c'est une très mauvaise élève. Pour ne rien arranger, sa sœur aînée, Jane, est un vrai génie. Elle est au lycée, mais suit déjà des cours à la fac.

Claudia et Jane vivent chez leurs parents avec leur grand-mère Mimi. Claudia adore les sucreries, les romans policiers, en particulier ceux d'Agatha Christie, et bien sûr l'art. Son tempérament d'artiste se voit à sa façon de s'habiller. Elle invente toujours des tenues incroyables ! Que ce soit en jean, en leggings, en minijupe, ou en robe, elle est toujours très sophistiquée, jouant avec les superpositions, le contraste des couleurs et agrémentant le tout avec des bijoux faits maison. Elle se coiffe d'une façon différente tous les jours et elle porte du vernis à ongles même sur les orteils ! Une fois, elle est allée à l'école avec des paillettes dans les cheveux.

Carla Schafer, qui est l'autre meilleure amie de Mary Anne, est originaire de Californie. Elle est arrivée avec sa mère et son jeune frère, David, en milieu d'année quand nous étions en cinquième. Ils se sont installés à Stonebrook, parce que ses parents avaient divorcé et que sa mère avait vécu ici dans sa jeunesse. Ce qui est triste, c'est que David était si malheureux ici qu'il est reparti vivre avec son père en Californie. Maintenant, la famille de Carla est divisée en deux et des milliers de kilomètres les séparent. Dans un sens, c'est un peu comme dans ma famille, sauf que mon père nous a quittés depuis longtemps et que je ne l'ai jamais revu. Mais je pense que j'ai plus de chance que Carla. Ma nouvelle famille est très unie.

J'adore Carla, même si parfois je suis un peu jalouse d'elle parce qu'elle est très proche de Mary Anne. Carla est indépendante. Elle fait ce qui lui plaît et se moque de ce que pensent les autres. Elle est super organisée, mange très sainement et a sa propre façon de s'habiller. Pour moi, c'est la Californienne typique avec ses yeux bleu très clair et ses cheveux très blonds.

Passons aux deux plus jeunes membres du Club : Mallory Pike et Jessica Ramsey. Elles ont rejoint le Club récemment, après le départ de Lucy MacDouglas, une autre de mes amies. (Je vous parlerai plus longuement de Lucy, c'est promis.)

Mallory nous a rejointes la première. Elle est l'aînée d'une famille de huit enfants. Ses parents ont souvent fait appel à nous pour du baby-sitting et Mallory nous a toujours beaucoup aidées. Alors, nous lui avons proposé de faire partie du Club ! Elle sait s'y prendre avec les enfants ! Elle est patiente et a l'esprit pratique. Maintenant qu'elle a onze ans, elle aimerait bien que ses parents ne la traitent plus comme un bébé. Pour commencer, ils pourraient l'autoriser à porter des lentilles de contact. Porter un appareil dentaire, ce n'est déjà pas facile, alors avec des grosses lunettes en plus ! Elle aimerait également se faire percer les oreilles, mais, bien sûr, il en est hors de question. En plus de sa passion pour les chevaux, Mallory adore lire, écrire et dessiner.

Jessica Ramsey est l'amie de Mallory. Sa famille est arrivée à Stonebrook assez récemment ; Jessica et Mallory ont des tas de points communs. Elles ont les mêmes centres d'intérêt, trouvent toutes les deux que leurs parents les traitent comme des bébés et sont issues toutes deux de familles nombreuses, bien que celle de Jessica soit de taille beaucoup plus modeste que celle de Mallory. Jessica a une sœur, Becca (qui est le diminutif de Rebecca) et un frère, P'tit Bout, dont le véritable prénom est John Philip. Ah oui, Jessica est noire. Nous avons tendance à l'oublier, parce que ce n'est pas ce qui compte à nos yeux, mais être noire à Stonebrook n'a pas toujours été facile. Disons seulement que certaines personnes ici n'ont pas accueilli les Ramsey avec beaucoup d'enthousiasme. Heureusement, les choses s'arrangent petit à petit. Jessica s'intègre bien et c'est une excellente recrue pour notre Club !

Vous connaissez tous les membres du Club, maintenant ! Les « petites » copines dont parlait Samuel. Plus je pensais à elles, plus j'étais impatiente de les revoir.

Mon frère s'est arrêté devant chez Claudia, car les réunions du Club ont lieu dans sa chambre.

– À tout à l'heure, Samuel ! Merci, et à dans une demi-heure !

– Amuse-toi bien !

S'amuser ? Il pouvait compter là-dessus. Nous nous amusons toujours beaucoup.

– *Claudia ! C'est toi ?*

*Mimi, la grand-mère de Claudia, m'avait ouvert la porte. Je suis montée directement à l'étage et quand je suis entrée dans la chambre de Claudia, elle était à genoux par terre, à moitié cachée par un fauteuil. Je ne voyais que ses jambes.*

– Oui, c'est moi, a répondu une voix étouffée.

– Qu'est-ce que tu fabriques ?

– Je cherche mes crackers au fromage. Je sais qu'ils sont par ici... enfin, je crois. Oh ! regarde ce que j'ai trouvé.

Elle s'est relevée en s'appuyant sur le dossier du siège et a brandi fièrement un pinceau.

– Je me demande comment il est arrivé là-dessous ! Mais
où sont passés les crackers ?

J'ai éclaté de rire. Claudia ne changerait décidément
jamais ! Un véritable écureuil. Elle cache de la nourriture
partout et oublie systématiquement où elle l'a mise.

– Je vais regarder sous ton lit, ai-je proposé.

Je me suis mise à plat ventre pour me glisser sous le lit et
j'ai fouillé dans les fournitures de peinture que Claudia
mettait là.

– Bonne pioche ! me suis-je écriée en m'extirpant de sous le
lit. Ce ne sont pas tes crackers, mais ça devrait faire l'affaire.

Je lui ai tendu un paquet de Kit-Kat.

– Oh, génial ! a fait Claudia.

Même si nos réunions ont lieu un peu avant le dîner,
Claudia nous offre toujours quelque chose à grignoter. Sauf
Carla, bien sûr, qui préfère manger un fruit.

– Salut les filles !

C'était Mary Anne.

– J'ai apporté Tigrou. J'espère que cela ne vous dérange
pas. Il avait besoin de changer de décor.

Mary Anne a posé son chaton gris par terre et lui a donné
un bout de ruban pour qu'il joue avec.

Carla et Mallory sont arrivées peu après. Jessica était la
dernière, comme d'habitude. Elle est très occupée l'après-
midi, avec ses cours de danse classique et son baby-sitting
régulier.

Les filles n'avaient d'yeux que pour Tigrou, et j'ai dû les
rappeler à l'ordre.

– Quelles sont les nouvelles ? ai-je demandé.

Au ton de ma voix, tout le monde s'est précipité à sa place

habituelle. Claudia, Mary Anne et Carla sur le lit, Mallory et Jessica par terre. Je m'assois toujours dans le fauteuil de Claudia. Et je porte une visière. Je suis la présidente et ça doit se voir.

– Nous n'avons plus beaucoup d'avance en trésorerie, nous a informées Carla, notre trésorière, mais ça ira mieux la semaine prochaine, lorsque j'aurai collecté les cotisations.

Je devrais peut-être vous en dire un peu plus sur le fonctionnement du Club.

Je suis la présidente, car c'est moi qui en ai eu l'idée. Elle m'est venue lorsque j'étais en cinquième, quand ma mère, mes frères et moi habitions encore à côté de chez Mary Anne. Maman venait de rencontrer Jim. Un soir, elle a eu besoin d'une baby-sitter pour David Michael. Samuel, Charlie et moi étions occupés. Maman devait donc trouver quelqu'un d'autre. Quand je l'ai vue passer des coups de fil les uns après les autres, j'ai pensé qu'elle aurait pu gagner du temps si, grâce à un seul appel, elle avait pu joindre plusieurs baby-sitters à la fois.

J'en ai parlé à Mary Anne et à Claudia, et voilà comment est né notre Club! Lucy, une nouvelle amie de Claudia qui arrivait de New York et qui venait de s'installer à Stone-brook, nous a rejointes. Pour nous faire connaître, nous avons distribué des tracts. Le bouche-à-oreille a fait le reste.

Nous nous réunissons trois fois par semaine, le lundi, mercredi et vendredi de dix-sept heures trente à dix-huit heures. Les clients savent qu'ils peuvent nous joindre à ces heures-là sur la ligne de Claudia (elle a la chance d'avoir sa propre ligne téléphonique!).

Chacune de nous occupe un poste bien défini.

25

Je suis présidente... pour des raisons qui me paraissent évidentes.

Claudia est vice-présidente, car les réunions ont lieu dans sa chambre et qu'elle doit répondre au téléphone en dehors des heures de réunion, car les gens appellent parfois n'importe quand.

Mary Anne, qui est la plus soigneuse et la plus organisée des quatre membres d'origine, est secrétaire. Elle doit noter les rendez-vous et jongler avec tous nos emplois du temps (afin de ne pas planifier un baby-sitting pour Claudia pendant ses cours de dessin, par exemple). Elle doit également tenir à jour l'agenda, où sont consignés les noms et les coordonnées de nos clients. Et enfin, elle programme nos baby-sittings dans le calendrier de rendez-vous. Mary Anne est un véritable prodige. Je ne crois pas qu'elle ait commis une seule erreur jusqu'ici.

Carla est notre trésorière. Elle inscrit dans l'agenda combien chacune de nous gagne, collecte et gère l'argent de la trésorerie. À quoi nous sert l'argent gagné? Principalement à nous faire plaisir en organisant des soirées pizzas ou des sorties au cinéma. Nous nous en servons aussi pour renouveler le contenu de nos coffres à jouets.

Les coffres à jouets, c'est encore une idée à moi. Chaque baby-sitter possède le sien et le remplit de jeux, jouets, livres de coloriage, feutres, crayons... enfin, tout ce qui peut servir à occuper des enfants. L'argent de la trésorerie sert à remplacer les objets trop vieux ou abîmés.

Comment Carla, Jessica et Mallory ont-elles rejoint le Club? Notre affaire prospérait, et nous avions besoin d'aide. Carla a commencé par être suppléante. Elle devait remplacer n'importe laquelle d'entre nous qui ne pouvait pas assister à une réunion. Mais cela n'a pas duré, car Lucy a dû retourner à New York, et Carla a repris son poste de trésorière.

Cela n'a cependant pas résolu notre problème d'aide. Nous avions de plus en plus de travail et nous ne voulions pas commencer à refuser des baby-sittings. Ne vous méprenez pas, je ne m'en plains pas, mais cela posait un problème.

Nous avons donc engagé deux membres intérimaires. Ils n'assistent pas aux réunions, mais ce sont de bons baby-sitters et nous pouvons les appeler en cas d'urgence. Il s'agit de Louisa Kilbourne, qui habite en face de chez moi, dans mon nouveau quartier, et de Logan Rinaldi, le petit ami de Mary Anne. Mais ce n'était toujours pas suffisant !

Mes amies et moi avons beaucoup réfléchi et avons pensé à Mallory Pike, qui se débrouillait bien avec les enfants. Comme elle est plus jeune, elle n'a pas le droit de faire des baby-sittings le soir, sauf si cela se passe chez elle. Nous avons également demandé à son amie Jessica de se joindre à nous. Ainsi, elles pouvaient assurer une grande partie des gardes de l'après-midi, nous nous chargerions de celles des soirées. Jessica et Mallory sont nos membres juniors.

Il y a autre chose dont je dois vous parler, c'est de notre journal de bord. Nous sommes tenues d'y raconter toutes les gardes que nous faisons.

Une fois par semaine, nous devons en prendre connaissance. C'est très utile de partager ses expériences, de voir quel enfant pose problème et comment les autres baby-sitters se sont sorties de situations difficiles. Nous y notons aussi toutes les allergies alimentaires ou les peurs particulières.

Le journal est une idée à moi et je sais que c'est une bonne idée. Je sais aussi que les autres filles du Club trouvent très ennuyeux d'avoir à le tenir à jour. Tant pis! Écrire dans le journal de bord est une des règles de notre Club.

– Bien, la trésorerie est en bonne voie. Quoi d'autre? ai-je demandé.

– Oh! regardez Tigrou! s'est écriée Carla.

Tigrou s'était pelotonné dans une chaussure de Claudia. C'était très mignon, en effet, mais j'avais une réunion à diriger.

– En dehors de Tigrou, autre chose?

À peine avais-je dit ça que le téléphone a sonné. J'ai décroché.

– Allô, le Club des Baby-Sitters... Bonjour, madame Rodowsky.

Carla s'est mise à ronchonner, et je lui ai aussitôt fait signe de se taire.

– Mardi? D'accord, je vous rappelle... oui... d'accord, au revoir.

Mary Anne a ouvert l'agenda à la page des rendez-vous.

– C'est pour mardi prochain?

J'ai acquiescé.

– Voyons... Kristy, tu es libre, ainsi que Carla.

– Tu peux le prendre, Kristy, s'est empressée de dire Carla.

– Tu as peur de Jackie? ai-je demandé d'un air malicieux.

– Mais non, voyons. Je l'aime bien. J'aime bien ses frères aussi, mais... C'est juste qu'on ne sait jamais ce qui va se passer avec les Rodowsky.

C'est vrai. Jackie, sept ans, le cadet des trois Rodowsky, est une vraie terreur.

Ses frères, Richie, neuf ans, et Archie, quatre ans, sont

turbulents, mais pas autant que lui. Un vrai désastre ambulant, un cas désespéré. Il lui arrive toutes sortes d'accidents. Si c'étaient des égratignures aux genoux, passe encore, mais il est plutôt du genre à s'enfermer dans la salle de bains et à se coincer la main dans la bonde de la baignoire.

– Inscris-moi pour mardi, ai-je dit à Mary Anne avant de rappeler Mme Rodowsky pour lui dire que c'était moi qui viendrais.

Le téléphone n'a pas arrêté de sonner, ce qui fait que nous avons passé la majeure partie du temps à caler des baby-sittings.

– Où est Tigrou ? a demandé subitement Mary Anne alors que la réunion tirait à sa fin.

Nous avons fouillé la chambre de Claudia de fond en comble. Nous avons trouvé un paquet de cacahuètes, des gommes en forme d'ours, des Mars, mais pas de Tigrou. Mary Anne était au bord des larmes.

– C'est ça que vous cherchiez ?

Jane, la sœur de Claudia, se tenait dans l'encadrement de la porte, avec Tigrou dans les bras.

– Je l'ai trouvé assis sur mon ordinateur, a-t-elle déclaré en fronçant les sourcils, mais on voyait bien qu'elle était en fait amusée.

Mary Anne s'est jetée sur Tigrou et s'est mise à le câliner comme s'il venait d'échapper à un danger terrible.

La réunion s'est terminée, et nous sommes toutes reparties chez nous. Samuel m'attendait devant la maison. Sur le trajet du retour, j'ai laissé vagabonder mes pensées.

« Jackie Rodowsky... Quelle catastrophe va-t-il encore déclencher ? »

(3)

– *Frappe la balle! Frappe la balle! Frappe-la! Non, frappe! Oh! mais pourquoi ne l'as-tu pas frappée? a rouspété Max Delaney.*

– Ne me crie pas dessus! s'est défendue sa sœur.

– Toi non plus, tu n'arrives pas à la frapper, Max, est intervenue Karen.

En guise de réponse, le petit garçon lui a tiré la langue. Bien entendu, Karen s'est empressée de lui rendre la pareille.

C'était samedi, le lendemain de notre réunion du Club et il faisait super beau. Je gardais Karen, Andrew et David Michael à la maison. Nous étions dans le jardin et avions invité des enfants du quartier à venir jouer au base-ball avec nous. Il y avait Amanda et Max Delaney (six ans et huit ans), ainsi que Lenny et Cornélia Papadakis. Lenny est l'ami de David Michael et Cornélia, l'une des meilleures amies de Karen. Elles sont dans la même classe.

Quand je dis jouer, c'est un bien grand mot. Les enfants avaient beau se concentrer et faire de leur mieux, c'était une catastrophe de bout en bout. J'avais rarement vu des enfants s'entraîner si durement avec si peu de résultats.

Cornélia ne parvenait tout simplement pas à toucher la balle. Max laissait tomber ou manquait chaque balle qu'il essayait de renvoyer. David Michael était d'une maladresse… remarquable ! Il trébuchait sur sa batte ou même sur la balle. Heureusement qu'il arrivait parfois à la lancer à peu près correctement ! Karen s'en sortait pas trop mal à la batte.

Et Andrew aurait peut-être pu frapper la balle correctement s'il n'avait pas été aussi petit, mais il n'a que quatre ans. Quant à Lenny, Karen avait raison, il n'arrivait pas plus que les autres à renvoyer la balle avec la batte.

– Venez par ici, les enfants ! les ai-je appelés. Que je vous explique comment faire.

Il se trouve que j'aime beaucoup le sport, le base-ball en particulier. Karen, Andrew, David Michael, Lenny, Cornélia, Max et Amanda se sont aussitôt précipités vers moi.

– Cornélia, tu dois regarder la balle, pas ta batte.

David Michael a hoché la tête. Il était déjà au courant puisque je lui avais dit la même chose la veille.

– Et Max, le truc pour ne pas perdre la balle quand tu l'as attrapée, c'est de refermer le gant dessus. Sinon elle tombe. Encore une fois, il faut garder les yeux sur la balle, que ce soit pour l'attraper ou pour la frapper. Ne regardez pas le gant ou la batte. C'est compris ?

Les enfants ont acquiescé vigoureusement.

– Et moi ? a demandé Andrew. J'y arriverais si j'étais plus grand ?

– Bien sûr ! ai-je répondu. Pour l'instant, tu peux travailler le lancer et la réception... À moins de jouer monté sur des échasses ! ai-je ajouté en riant. Mais ne t'inquiète pas, d'ici à un an ou deux, tu seras un vrai champion !

Andrew a pouffé de rire.

J'ai divisé les enfants en deux équipes. Les quatre plus jeunes contre les trois plus grands.

– Tout le monde en place ! leur ai-je fait avec enthousiasme.

David Michael, très concentré, a lancé la balle à Cornélia... qui l'a loupée, malheureusement. Trois fois de suite. Visiblement dépitée, elle a laissé sa place à Karen. C'est alors qu'un miracle s'est produit : Karen a renvoyé la balle en frappant de toutes ses forces. Sur le terrain, Amanda était bien placée pour réceptionner la balle. Elle a commencé par garder les yeux dessus, comme je le lui avais conseillé, mais, à la dernière seconde, son regard a glissé sur sa main... Et la balle lui est passée au-dessus de la tête.

– Oh non ! se sont écriés les enfants.

Karen a jeté la batte par terre et s'est mise à bougonner, les bras croisés sur la poitrine.

– Je crois qu'on va s'arrêter là, ai-je dit en leur faisant signe de revenir vers moi. On va faire le bilan de la séance.

– Le bilan ? a répété Amanda d'un air effrayé. Tu veux dire comme à l'hôpital ?

– Mais non, n'aie pas peur. Je vais voir avec chacun de vous ses points faibles pour lui expliquer comment s'améliorer. Comme le ferait un entraîneur.

David Michael s'est aussitôt écrié :

– Comme au Club de la Petite Ligue ? Tu crois que je pourrais m'y inscrire ?

– Bien sûr ! Vous pourriez tous vous y inscrire.

– Pas moi, a riposté Andrew, je ne suis pas assez grand.

– Et nous, on est des filles, ont dit Karen et Cornélia.

– Et alors ? Le base-ball n'est pas réservé aux garçons, vous savez !

– Oui, mais personne ne voudra de moi, a précisé Karen.

– Ni de moi, lui a fait écho Cornélia.

– Ni de moi, ont entonné Lenny, David Michael et Max d'une même voix.

– Et moi, je n'ai pas envie de faire partie d'une équipe, je n'aime pas ce jeu tant que ça, a avoué Amanda.

– Moi, j'adore ça, a fait Cornélia, qui ne s'entend pas avec Amanda et ne s'entendra probablement jamais avec elle.

– Moi aussi, c'est juste que j'ai peur d'avoir l'air idiot, a marmonné David Michael. Les autres vont se moquer de moi, parce que je ne sais pas jouer.

– Je suis sûre que non, ai-je protesté. Pas à la Petite Ligue, en tout cas.

Mais les enfants n'avaient pas l'air convaincus.

– Dis, Kristy, a repris Amanda, tu connais Bart Taylor ? Il entraîne sa propre équipe, les Invincibles de Bart.

– Et si on lui demandait de nous prendre dans son équipe ? s'est exclamé David Michael.

– Je pourrais lui demander, ai-je proposé. Où habite-t-il et qui est-ce ?

– Il est au collège, a dit Amanda. Je crois qu'il est en quatrième, comme toi, Kristy. Il habite d'ailleurs pas très loin de chez toi.

Bon, je n'avais plus qu'à aller parler à ce fameux Bart, même si l'idée ne m'enchantait pas. Pourquoi? Parce que les garçons de quatrième sont... bizarres. Je ne dis pas qu'ils sont tous bizarres, mais j'en connais des vraiment nuls. Surtout dans mon quartier. De vrais snobs! Les chances de tomber sur un garçon sympathique étaient faibles. Très faibles. Mais une promesse est une promesse. Et j'avais promis aux enfants d'aller parler à Bart.

Si seulement mes frères et moi allions à l'école privée comme les autres enfants du quartier, cela m'aurait simplifié la tâche, mais je suis bien contente de ne pas avoir changé d'école. Claudia, Mary Anne, Carla, Jessica et Mallory m'auraient trop manqué!

Maman et Jim sont revenus à quinze heures trente cet après-midi-là. À seize heures, je suis allée promener Louisa avec l'intention d'aller parler à Bart.

Un garçon vraiment très très très mignon était en train de ratisser l'herbe coupée dans le jardin des Taylor. Ça ne pouvait pas être Bart. La plupart des gens ici ont des jardiniers pour s'occuper de leur pelouse.

Comme j'avais ralenti le pas et que je le dévisageais, le garçon m'a lancé :

– Bonjour! Tu cherches quelque chose?

– Euh... quelqu'un en fait. Un certain Bart Taylor, ai-je bafouillé.

– C'est moi! a répondu Bart en affichant un grand sourire.

Je lui ai rendu son sourire. Il avait l'air tout à fait normal. Et même sympathique.

Il a posé son râteau pour venir me rejoindre.

Louisa l'a accueilli en remuant joyeusement la queue.

– Salut, toi ! lui a fait Bart en lui caressant la tête.

– C'est un saint-bernard. Oh, je m'appelle Kristy Parker. Je venais pour… Je venais pour te demander quelque chose.

J'ai soudain eu le trac… J'avais pourtant déjà parlé à des garçons avant lui… Mais aucun d'entre eux ne m'avait regardée comme le faisait Bart en ce moment. C'était comme dans un film…

Jamais je n'avais rencontré un garçon aussi mignon que lui. Je n'arrivais pas à détacher mes yeux de son sourire éclatant, de ses yeux marron rieurs.

Comme je restais muette, il a cru bon m'encourager :

– Oui ?

J'ai rougi, réalisant subitement que je le dévisageais depuis un moment.

– Euh… oui. Je voulais te demander si… Enfin…

Oh, là, là, je bafouillais. Quelle horreur ! Il fallait vite que je me ressaisisse.

– Voilà, j'ai entendu parler de ton équipe de base-ball et je me demandais si tu avais besoin d'autres joueurs.

Bart a éclaté de rire.

– Tu es un peu grande pour jouer dans mon équipe !

– Oh, ce n'est pas pour moi. Il s'agit de mes jeunes frères et sœur et de… un, deux, trois autres joueurs. Je dois t'avouer qu'aucun d'eux ne sait vraiment jouer. Karen ne lance pas trop mal, mais David Michael est maladroit et Lenny…

–Attends un peu, tu parles de six enfants ? Je peux en prendre un, peut-être deux, mais pas six. Mon équipe est déjà presque au complet.

Bart et moi avons discuté encore un moment. Et j'ai eu deux grandes révélations.

Comme Bart ne pouvait pas intégrer six nouveaux joueurs dans son équipe, je me suis dit que je n'avais qu'à créer ma propre équipe et entraîner tous les enfants désireux de jouer au base-ball. Voilà pour la première révélation.

J'appellerai les filles du Club des Baby-Sitters et leur dirai de chercher d'autres enfants susceptibles de jouer dans mon équipe. Peut-être Simon Newton, les petits Pike ou les Barrett.

Je pourrais aussi en parler à Jim. Jim adore le base-ball. Son sens de l'organisation me sera peut-être utile pour planifier les entraînements et les éventuelles rencontres avec d'autres équipes.

La deuxième révélation... c'était que Bart me faisait complètement craquer !

## 4

Lundi après-midi, j'ai gardé Myriam et Gabbie Perkins. Que dire ? Nous passons toujours de bons moments ensemble. Mon père et moi sommes bien contents que ce soient les Perkins qui aient emménagé dans l'ancienne maison de Kristy. On ne pouvait rêver meilleurs voisins ! Mais revenons à nos moutons, à savoir mon baby-sitting chez les Perkins. Il n'y a pas grand-chose à signaler, si ce n'est que je pense avoir trouvé quelques enfants prêts à intégrer l'équipe de base-ball de Kristy. Ah oui, j'allais oublier. Tout ne s'est pas si bien passé que ça. Simon Newton et Nina Marshall sont venus pour jouer avec Gabbie et Myriam. Les choses ont *tourné au vinaigre quand je leur ai proposé de jouer au base-ball dans le jardin..*

– C'est toi, Mary Anne ?

Mary Anne se tenait devant la porte des Perkins et s'amusait du joyeux remue-ménage que provoquait son arrivée. Même le chien s'était joint aux réjouissances. On l'entendait japper et haleter.

Chez les Perkins, il y a Myriam, six ans, Gabbie, deux ans et demi, et Laura, qui n'est encore qu'un bébé. Shewy, le chien, est un grand labrador adorable, mais un peu fougueux.

– C'est toi ? a répété Myriam, qui avait appris à ne pas ouvrir aux inconnus, même quand ses parents sont là.

– Mary Anne Cook, c'est toi ? a fait cette fois Gabbie, qui appelle toujours les gens par leur nom et prénom, excepté ses sœurs et ses parents.

– Oui, c'est moi, Mary Anne !

La porte s'est ouverte, Myriam s'est jetée sur Mary Anne. Elles sont devenues très complices depuis que Mary Anne lui a montré qu'elles pouvaient se voir depuis la fenêtre de leur chambre, comme nous avions l'habitude de le faire elle et moi. (Myriam est dans mon ancienne chambre.)

Mary Anne s'est penchée pour faire un gros câlin à Gabbie, qui lui tendait les bras.

– Regarde, Mary Anne Cook, a fait la petite fille en désignant avec fierté un pansement avec un Babar dessiné dessus. Je me suis fait bobo.

– Oh, pauvre petit chou, mais comment est-ce arrivé ?

– Je jouais et j'ai cogné mon doigt sur le bord de la télé. Ça m'a fait très mal.

– C'est un bobo de rien du tout, a fait Myriam en haussant les épaules.

– C'est pas vrai ! C'est un gros bobo.

– Non, un tout petit.

Gabbie allait riposter quand Mme Perkins est intervenue.

– Calmez-vous, les filles ! Laissez-moi parler à Mary Anne un moment.

Mme Perkins était en haut de l'escalier avec Laura dans les bras.

Avec mes amies du Club des Baby-Sitters, nous adorerions garder Laura de temps en temps, mais elle est encore trop petite. Sa mère l'emmène partout où elle va.

Mme Perkins s'est assurée que Mary Anne savait où se trouvaient les numéros d'urgence. Elle lui a dit où elle allait et quand elle serait de retour. À peine était-elle partie que l'on a sonné à la porte.

– Je vais ouvrir, les enfants, a déclaré Mary Anne. Retenez Shewy.

Shewy adore sauter sur les visiteurs. Tout ce qu'il veut, c'est les saluer, mais la vue d'un énorme chien vous fonçant droit dessus peut faire peur, surtout lorsque l'on a quatre ou cinq ans et que l'on n'est pas plus grand que lui.

C'étaient Simon Newton et Nina Marshall, deux enfants du quartier. Ils ont tous les deux quatre ans. S'il n'était pas étonnant de voir Simon Newton venir chez les Perkins, Mary Anne ne s'attendait pas à voir Nina l'accompagner. Notre Club garde souvent Simon, et aussi de temps à autre Nina et sa petite sœur Eleanor, mais Nina n'a jamais été très copine avec les Perkins.

– Bonjour, Nina ! Bonjour, Simon ! Vous êtes venus jouer ?

– Oui, ont répondu les deux enfants en même temps.

À peine avaient-ils passé le pas de la porte que Shewy, qui avait réussi à échapper à Myriam et à Gabbie, s'est rué sur eux en traversant l'entrée comme une flèche.

Heureusement, Mary Anne l'a intercepté et l'a conduit dans le jardin. Quelle fripouille, ce chien ! Entre-temps, la situation dans la maison avait dégénéré. Nina courait derrière Myriam avec une banane géante en mousse à la main.

– Bzz, bzz, bzz ! criait-elle en lui tapant sur la tête avec.

Gabbie avait rempli d'eau une carafe en plastique de sa dînette et se promenait à travers la maison en criant à tue-tête :

– Boissons fraîches ! Qui veut acheter mon eau bien fraîche ?

– Moi ! Combien ça coûte ? a demandé Simon.

– Quatre cents dollars.

– D'accord.

Simon a trifouillé dans sa poche et a fait semblant de payer Gabbie.

– Merci !

Elle lui a servi un verre qu'il a bu d'un trait.

– Miam ! Délicieux. Puis-je avoir…

– Bzz ! Bzz !

Myriam leur fonçait dessus, Nina sur ses talons.

– Attention ! a crié Mary Anne.

Trop tard. Myriam et Nina ont percuté Simon et Gabbie de plein fouet. Il y a eu de l'eau partout. Mary Anne est partie chercher une serpillière dans la cuisine et, tout en épongeant le sol, elle leur a proposé :

– Et si on allait jouer dehors ? Puis-je avoir la carafe et la banane, s'il vous plaît ? Et n'oubliez pas d'enfiler vos vestes avant de sortir.

Alors qu'elle se demandait à quel jeu les occuper, elle s'est souvenue de mon idée de créer une équipe.

– Qui veut jouer au base-ball ?

– Avec Shewy dans les parages ? a demandé Myriam. On ferait mieux de le ramener à l'intérieur.

– Oh, pauvre Shewy ! s'est écriée Mary Anne. Il va manquer la partie. Si nous le gardions avec nous un moment ?

– Comme tu voudras, a concédé Myriam sur un ton qui laissait entendre que ce n'était vraiment pas une bonne idée.

Les enfants ont rassemblé deux battes, un petit ballon et deux balles, une de base-ball et une de tennis, ainsi que deux gants.

– Je suis dans l'équipe des attaquants avec Nina, a annoncé Myriam. Nina, place-toi dans le champ. Gabbie et Simon, vous serez en défense.

Mary Anne était impressionnée. Myriam semblait s'y connaître.

Une fois que tout le monde a pris place sur le terrain, Myriam s'est concentrée. Face à elle, Simon tenait fermement sa batte, prêt à frapper.

– Attention, c'est parti ! l'a prévenu Myriam en lançant la balle de toutes ses forces.

En voyant le projectile voler dans sa direction, Simon s'est jeté par terre et il a lâché sa batte pour se couvrir la tête de ses mains.

Et devinez qui a attrapé la balle ? Shewy, bien sûr ! Tout le monde s'est mis à lui courir après, à sa plus grande joie. Il

41

croyait tout simplement que c'était ça, le jeu ! Très vite, voyant qu'ils n'arriveraient jamais à l'attraper, les enfants ont préféré lui laisser la balle. D'autant que c'était le tour de Gabbie de tenir la batte et, comme elle est toute petite, Mary Anne a conseillé à Myriam d'utiliser le petit ballon. Puis, pour occuper Shewy, elle lui a donné un os en jouet.

Myriam a lancé la balle. Et Gabbie a réussi à la renvoyer.

– Et maintenant, qu'est-ce que je dois faire ? a-t-elle demandé toute fière d'elle.

– Mais cours, idiote ! a pesté Nina.

– Nina, surveille ton langage ! l'a grondée Mary Anne.

Myriam n'avait pas perdu de temps : elle avait couru derrière la balle, l'avait ramassée et était revenue à la plaque de but où sa sœur se tenait toujours immobile.

– Tu es hors jeu ! a-t-elle déclaré tout essoufflée.

D'après Mary Anne, la partie s'est déroulée sensiblement de la même façon que chez moi avec David Michael, Karen et Andrew. Simon a esquivé toutes les balles. Gabbie, qui ne se débrouillait pas trop mal avec une batte et une balle, ne comprenait cependant rien aux règles du jeu. Mais qui pourrait lui en vouloir ? Elle n'a que deux ans et demi ! Quant à Nina, elle faisait de gros efforts, mais ses gestes n'étaient pas très coordonnés. Il n'y avait en fait que Myriam qui savait vraiment jouer.

– Pourquoi n'essaies-tu pas d'entrer à la Petite Ligue ? lui a demandé Mary Anne.

– Je ne peux pas. Je ne suis pas assez grande.

– Et cela te plairait de jouer dans une véritable équipe ?

– Oui, bien sûr !

– Moi aussi ! a aussitôt fait Simon.

– Vraiment ? s'est étonnée Mary Anne. Toi aussi, Gab ?

Gabbie a acquiescé de la tête.

C'est là que Mary Anne leur a parlé de mon projet de monter et d'entraîner une équipe de base-ball. Les enfants avaient l'air enthousiastes, m'a-t-elle dit. Surtout Myriam. Ils ont passé le reste de l'après-midi à taper dans la balle (ou à l'éviter !) et à courir après Shewy pour la récupérer.

*J'ai ralenti mon allure en arrivant en vue de la maison des Rodowsky. J'aime bien aller chez eux, mais je me demande toujours quelle catastrophe va me tomber dessus. Parce qu'il se passe toujours quelque chose avec Jackie, notre désastre ambulant! Même quand il ne fait absolument rien. Il suffit qu'il soit présent.*

Vous connaissez Éloïse? L'héroïne des livres pour enfants, qui vit au Plazza de New York. Et vous connaissez le gentil Charlie Bucket de *Charlie et la chocolaterie*? Eh bien, Jackie Rodowsky est un mélange des deux, à la fois adorable et totalement imprévisible. J'adore Jackie, mais j'appréhende toujours un peu quand je vais le garder.

J'ai sonné à la porte et Mme Rodowsky m'a ouvert.

– Où sont les garçons ? ai-je demandé après qu'elle m'a rappelé les consignes de sécurité.

– Dans la salle de jeux.

Je suis allée les rejoindre. Des guirlandes pendaient au plafond et il y avait des ballons partout.

– Waouh ! De qui est-ce l'anniversaire ?

– De Bo, m'a répondu Mme Rodowsky en me lançant un clin d'œil amusé.

– De Bo... Oh, l'anniversaire du chien ! ai-je gloussé.

– Il a deux ans aujourd'hui. Les garçons ont tenu à organiser une fête. Ils comptent même lui offrir des cadeaux et m'ont fait promettre d'acheter un gâteau d'anniversaire sur le chemin du retour ! Avec Bo écrit dessus !

– Quelle bonne idée ! me suis-je écriée.

Et je le pensais ! Je me suis même dit que nous pourrions faire la même chose pour les un an de notre chien.

– Bon, je vais y aller, m'a informée Mme Rodowsky. Les garçons ont le droit de faire ce qu'ils veulent pour cet anniversaire... Dans la limite du raisonnable, bien sûr. Je te fais confiance, Kristy. Pense également à les sortir un peu.

– Vous pouvez compter sur moi.

– Au revoir, les garçons ! a-t-elle lancé en refermant la porte d'entrée derrière elle.

Trop occupés à préparer leur fête, les garçons ne l'avaient même pas entendue.

– Alors, les enfants, qu'allez-vous offrir à Bo pour son anniversaire ?

Leurs trois têtes se sont tournées vers moi en même temps.

– Il y a longtemps que tu es là ? s'est étonné Richie, neuf ans.

45

– Depuis cinq bonnes minutes. Ta maman vient juste de partir. Elle m'a expliqué pour la fête. Et je vous félicite. Vous avez fait du beau travail.

– Il ne reste pas grand-chose à faire, a repris Richie.

– C'est pas vrai, a répliqué Jackie. Il faut encore préparer le jus de fruits et chercher les bougies. Et finir de dresser la table.

Une table pliante trônait au milieu de la pièce. Elle était déjà recouverte d'une nappe en papier avec des dessins de clowns dessus.

– Je vais chercher les bougies ! a déclaré Archie.

– Je vais finir de mettre la table, a dit Richie.

– Alors, c'est moi qui vais préparer le jus de fruits, a fait Jackie.

– Je vais t'aider, ai-je aussitôt proposé.

– Non ! Je peux le faire tout seul. Je ne suis pas un bébé.

– D'accord ! D'accord ! Excuse-moi.

Que faire ? Je ne voulais pas vexer Jackie, mais en même temps j'étais presque sûre que cela nous conduirait droit à la catastrophe !

– C'est du concentré de jus de fruits, a-t-il déclaré. Il n'y a plus qu'à ajouter de l'eau et mélanger !

Cela ne paraissait effectivement pas trop risqué. J'ai quand même insisté pour qu'il utilise une carafe en plastique. Pas question de laisser quelque chose qui pouvait casser entre les mains de Jackie !

– Kristy ? Tu peux m'aider à trouver les bougies ? m'a demandé Archie. Richie m'a dit qu'il y a une boîte à la cave, et, euh… je ne veux pas y descendre seul.

– Bien sûr.

Je l'ai pris par la main.

– Allez, viens, Poil de Carotte.

– Poil de Carotte ! Mais ce n'est pas mon nom.

– Poil de Carotte est un surnom que l'on donne aux enfants qui ont les cheveux roux comme toi et tes frères !

Les Rodowsky ont tous la même chevelure flamboyante et le visage constellé de taches de rousseur.

Archie et moi avons laissé Jackie dans la cuisine en train de préparer le jus de fruits, et Richie dans la salle de jeux en train de dresser la table.

Main dans la main, nous sommes descendus à la cave. Je dois vous avouer que moi non plus, je n'aime pas trop descendre dans la cave des Rodowsky. À peine avions-nous mis la main sur les bougies que nous avons entendu un bruit sourd au-dessus de nos têtes.

Puis on a entendu la voix de Jackie :

– Euh, oh…

Nous nous sommes aussitôt précipités à l'étage pour foncer dans la cuisine.

Richie nous avait devancés. Il m'a lancé un regard contrit. Jackie a fait une moue dépitée. Il y avait eu une explosion de jus d'orange ! Des gouttes dégoulinaient des placards et la mare de jus se répandait de la table sur le sol en maculant les chaises.

– J'ai pas fait exprès… a bredouillé Jackie, tout penaud.

Bien sûr qu'il ne l'avait pas fait exprès. Jackie ne faisait jamais exprès de faire des bêtises. Le pire, c'est que, en général, cela allait en empirant. Une bêtise en engendrait une autre… jusqu'à ce que la situation devienne ingérable.

– Bon, il n'y a plus qu'à tout nettoyer, ai-je dit.

Richie et Archie ne se sont pas fait prier, ils ont l'habitude d'aider leur frère.

Une fois les dégâts réparés, nous avons préparé un autre pichet d'orangeade, mais cette fois, j'avais pris soin de le faire dans l'évier. Ensuite, j'ai posé le pichet sur le réfrigérateur, hors de portée des petites mains !

— Tout est prêt pour la fête de Bo ? ai-je demandé.

— Oui ! ont répondu les garçons.

— Alors, on peut aller se dégourdir les jambes dehors !

J'ai pensé qu'il y avait moins de chances qu'une autre catastrophe survienne à l'extérieur.

— À quoi va-t-on jouer ? s'est enquis Archie tandis que ses frères enfilaient leur blouson.

— J'ai besoin de m'entraîner pour la Petite Ligue, a déclaré Richie en bombant le torse.

Tiens, tiens… Comme c'était intéressant !

— La Petite Ligue, ai-je répété. Jackie, tu fais partie de la Petite Ligue, toi aussi ?

— Non, a bougonné Jackie en regardant ses pieds.

Richie a ricané d'un air méprisant, mais j'ai fait comme si je n'avais rien entendu.

— Va chercher ton équipement, ai-je dit.

Quelques minutes plus tard, les petits Rodowsky avaient rassemblé le matériel nécessaire pour jouer. J'ai pris position sur un rocher plat qui, d'après Richie, était la place du lanceur.

— Vous êtes prêts ? Qui commence ?

— Moi, moi ! a crié Jackie en attrapant une batte.

Je me suis appliquée pour lancer une balle facile, mais Jackie n'a pas réussi à la renvoyer. De peu, cependant.

48

Archie aussi a manqué la balle, mais il n'a que quatre ans et il est gaucher, ce qui rend les choses plus difficiles.

Richie a ensuite pris ma place au lancer, mais il a envoyé sa balle tellement fort que Bo lui-même ne l'a pas retrouvée.

– *Home run*! *Home run*! s'est mis à hurler Richie en sautant de joie.

– Kristy, est-ce que je peux lancer, maintenant? a demandé Jackie. J'aimerais bien essayer.

– Bonne chance, a marmonné Richie en reniflant avec mépris.

Heureusement, son frère n'avait rien entendu.

Jackie s'est mis en place. Très concentré, le bras droit plié à la manière des professionnels. On voyait bien qu'il visait Richie, mais, je ne sais par quel prodige, la balle a atterri sur le toit de la maison voisine… avant de dégringoler dans la gouttière.

– Oh non! Jackie! a pesté Richie.

– Oh, zut, ai-je fait. Maintenant il faut que j'aille voir vos voisins pour leur dire qu'il y a une balle dans la gouttière.

– Pas la peine, m'a arrêtée Richie. Il y en a déjà quatre. Les voisins sont au courant. Papa doit aller les récupérer samedi.

– Est-ce que vous avez une autre balle pour jouer?

– Non, mais on peut prendre une balle de tennis, a suggéré Jackie en se dirigeant vers le garage. Je vais en chercher une. Je veux apprendre à lancer. Je sais que je peux y arriver.

Jackie n'était pas très doué au base-ball, comme pour le reste, mais il était déterminé à apprendre, ce qui est une bonne chose. Et puis, ce n'était pas comme s'il ne parvenait jamais à renvoyer la balle. Je suis sûre qu'avec des efforts et de l'entraînement il finira par jouer correctement.

Jackie était dans le garage en train de chercher une balle de tennis quand on a entendu un grand bruit. Encore une catastrophe. J'ai poussé un long soupir et j'ai crié :

– Quoi que ce soit, ramasse-le, Jackie.

– D'accord !

Quelques secondes plus tard, Jackie est revenu, une balle dans les mains.

– Rien de cassé ? lui ai-je demandé.

– Non.

Un miracle.

Jackie a tendu la balle à Richie.

– Ne la quitte pas des yeux, ai-je rappelé à Jackie.

Richie a lancé de toutes ses forces et... Jackie a renvoyé la balle ! Un deuxième miracle !

– Je l'ai eue ! J'ai réussi !

Fou de joie, il s'est mis à courir à toute vitesse.

Comme il n'avait pas frappé très fort, Richie a réussi sans peine à rattraper la balle au vol. Mais Jackie ne s'en était pas rendu compte. Il continuait de faire le tour du terrain. Ce n'est qu'en achevant sa boucle qu'il s'est retrouvé nez à nez avec Richie. Ce dernier lui a mis la balle sous le nez.

– J'ai attrapé la balle au vol, tu es hors jeu, Jackie. Ce n'est pas en jouant comme ça que tu vas intégrer la Petite Ligue, a-t-il conclu d'un air triomphant.

– Et pourquoi pas ? a riposté Jackie. Je m'inscrirai dans un Club, si je veux ! Et avec un bon entraîneur, je suis sûr que je deviendrai aussi bon que toi. Meilleur, même. Je serai le meilleur de l'univers.

Mais à peine venait-il de dire ça qu'il a marché sur son lacet et a failli se casser la figure.

«Eh bien, il est encore plus maladroit que David Michael», ai-je pensé. Mais d'un autre côté, c'était une recrue idéale pour mon équipe! J'en ai eu la confirmation au cours du jeu. Sans se laisser abattre par la remarque de son frère, Jackie a repris la partie avec plus d'enthousiasme que jamais. Et plus il jouait mal, plus il s'accrochait. Peut-être avait-il besoin d'un peu d'encouragement, me suis-je dit. Et d'un bon entraînement, bien sûr. Jim dit toujours que la confiance en soi aidait à faire des progrès. Peut-être qu'en montrant à Jackie que je croyais en lui cela serait suffisant pour le rendre plus confiant...

À la fin de la journée, quand je lui ai proposé de faire partie de mon équipe, son visage s'est éclairé comme des bougies sur un gâteau d'anniversaire. J'aurais aimé que Jim voie ce sourire.

Ce soir-là, j'ai reçu plusieurs coups de fil, à commencer par celui de Jessica Ramsey :

– Tu sais quoi? Mathew Braddock veut faire partie de ton équipe.

– Super!

Mathew est un enfant formidable en plus d'être un excellent joueur. Comme il est sourd de naissance, il ne parle qu'avec le langage des signes. Mais cela ne posera pas de problème parce que, après avoir fait sa connaissance, les enfants du quartier en ont appris suffisamment pour communiquer avec lui.

Puis j'ai eu Mallory au téléphone :

– J'en ai parlé à mes frères et sœurs : Nicky, Claire et

Margot veulent entrer dans ton équipe. J'ai essayé de convaincre Vanessa, mais cela ne l'intéresse pas. Et les triplés sont déjà inscrits à la Petite Ligue.

Ensuite, j'ai eu Carla, qui m'a dit que deux des trois enfants Barrett (qu'elle gardait souvent) étaient intéressés, plus trois de leurs amis (que je ne connaissais pas).

Le dernier appel a été celui de Claudia :

– Je n'ai trouvé personne pour ton équipe, m'a-t-elle annoncé.

– Ce n'est pas grave. J'ai déjà vingt candidats !

– Waouh !

– N'est-ce pas ?

Il était temps de discuter organisation avec Jim.

## 6

*Eh bien, je n'avais aucune idée de ce qui m'attendait en montant une équipe de base-ball, même après en avoir parlé avec Jim.*

Cela semblait vraiment sympa de mettre sur pied une équipe pour des enfants qui n'osaient pas entrer dans un vrai Club comme la Petite Ligue, ou qui étaient trop jeunes. Oui, c'était intéressant.

Je le savais. Et Jim le savait aussi, c'est d'ailleurs pour cela qu'il m'encourageait autant.

Mais vingt enfants à entraîner ! C'était une tâche titanesque.

Pour y voir clair, j'ai dressé plusieurs listes. Le Club des Baby-Sitters fait toujours des listes, c'est très utile. J'ai commencé par écrire le nom, l'âge et les problèmes de chaque enfant.

*Gabbie Perkins (2 ans et demi), ne comprend pas encore les règles du jeu*
*Simon Newton (4 ans), a peur de la balle*
*Nina Marshall (4 ans), a des progrès à faire*
*Andrew Lelland (4 ans), a besoin de travailler*
*Liz Barret (4 ans), ?*
*Myriam Perkins (6 ans), a probablement juste besoin de travailler*
*Claire Pike (5 ans), ?*
*Patsy Kahn (5 ans), je ne la connais pas encore*
*Laureen Kahn (6 ans), je ne la connais pas encore*
*Karen Lelland (6 ans), a besoin de travailler*
*Max Delanay (6 ans), a besoin de travailler*
*Buddy Barret (7 ans), ?*
*David Michael Parker (7 ans), maladroit*
*Cornélia Papadakis (7 ans), mauvaise au lancer*
*Mathew Braddock (7 ans), excellent joueur, utilise le langage des signes*
*Jackie Rodowsky (7 ans), cas désespéré*
*Margot Pike (7 ans), ?*
*Nicky Pike (8 ans), ?*
*Jacob Kahn (8 ans), je ne le connais pas encore*
*Lenny Papadakis (8 ans), a besoin de travailler*

J'ai parcouru rapidement ma liste. La plupart de mes joueurs avaient moins de six ans. Ils étaient vraiment très jeunes. Mais ce n'était pas une grande surprise. S'ils avaient été plus âgés, ils auraient tout simplement intégré la Petite Ligue.

54

Ensuite, j'ai fait une liste de questions d'ordre pratique :

*Où allons-nous jouer ?*
*Quand auront lieu les entraînements ?*
*Qui pourra m'aider ?*
*Quels sont nos objectifs ?*
*Est-ce que Bart Taylor me trouve mignonne ?*

Jim m'a aidée à répondre à toutes mes questions sauf une. Il a même réussi à nous obtenir la permission d'utiliser le terrain de jeu de l'école primaire deux fois par semaine, le mardi après les classes et le samedi après-midi. Ce qui est vraiment pratique, parce que la plupart des enfants habitent juste à côté.

Les membres du Club m'ont proposé leur aide, mais mon idée était loin de soulever l'enthousiasme général.

– Je suis une danseuse, a dit Jessica. Je ne connais rien au base-ball.

– Je déteste le sport, a fait Claudia, mais je t'aiderai.

Mary Anne et Carla avaient l'air plus intéressées.

– Nous ne connaissons pas grand-chose au sport, mais nous adorons ton idée d'équipe. Dis-nous seulement quoi faire.

Finalement, il n'y avait que Mallory que cela passionnait.

– J'ai assisté à des tas d'entraînements de la Petite Ligue avec les triplés et je sais tout ce qu'il faut savoir des enfants et des jeux de balle. Je veux bien t'aider, sauf pour ce qui est des colères de Claire !

Les colères de Claire ? J'ai froncé les sourcils, mais j'avais d'autres soucis à régler, alors je n'ai pas insisté.

Jim et moi avons longuement parlé des objectifs de cette équipe. Et nous nous sommes mis d'accord sur le fait que le plus important était que les enfants s'amusent. S'ils pouvaient apprendre un nouveau sport et développer leur adresse, tant mieux ! Mais le but n'était pas de former la meilleure équipe du monde.

J'ai décidé de faire deux groupes de niveau. Chaque séance commencerait par un travail en ateliers et finirait par un match, histoire de mettre en pratique ce que nous aurions appris.

Quant à la question la plus importante... à savoir si Bart Taylor me trouvait mignonne... Je n'avais pas de réponse. Et bien sûr, je n'en ai pas parlé à Jim !

Je n'avais pas revu Bart depuis notre première rencontre. Et je ne le reverrais probablement jamais puisque nous n'allons pas dans la même école et que nous n'avons pas les mêmes amis.

Ce n'était donc pas la peine de penser à lui... Plus facile à dire qu'à faire. Je n'ai pas arrêté de penser à lui !

La première réunion de l'équipe de base-ball a eu lieu samedi après-midi. Tous les enfants sont venus ! Ainsi que Carla et Mallory.

– Où t'es-tu procuré tout ça ? a demandé Carla en voyant les équipements étalés autour de moi : quatre battes, cinq gants, un masque de receveur, une balle molle et un ballon en plastique (pour Gabbie).

– Je te rappelle qu'on est six enfants à la maison ! Tu serais surprise de voir tout le matériel de sport qu'on a en réserve. Le seul problème c'est que nous n'avons pas beaucoup de balles. Je n'ai pas pris celles de Samuel et de Charlie, qui sont trop dures. Et je n'ai pas pu trouver de balle de tennis.

Les enfants se sont rassemblés autour de moi. Des parents

s'étaient attardés au bord du terrain, probablement pour voir comment les choses allaient se passer. C'était drôlement intimidant, comme lorsqu'on se fait interroger au tableau par un professeur. Mme Braddock allait rester pendant tout l'entraînement pour traduire ce que je disais à Mathew, mais ce n'était pas pareil.

– Bonjour, tout le monde ! Avant de commencer, j'aimerais vous expliquer deux ou trois choses. Asseyez-vous.

Les enfants se sont installés dans l'herbe, face à moi. Carla et Mallory sont restées debout à côté de moi.

– Pour ceux qui ne me connaissent pas encore, je m'appelle Kristy Parker. Toi, tu dois être Jacob Kahn, le copain de Buddy.

– Tu peux m'appeler Jake, si tu veux, m'a-t-il répondu. Tous mes copains m'appellent comme ça. J'ai huit ans.

– Et toi, tu dois être Laureen… Et toi, Patsy.

La petite dernière a rougi. Elle avait l'air très timide.

– Eh bien, je veux que vous sachiez que nous sommes ici pour apprendre à jouer au base-ball, mais surtout pour nous amuser. Chaque séance commencera par un entraînement et finira par un match. Ne vous inquiétez pas de savoir si vous avez le niveau ou pas. Ici, tout ce qui compte, c'est que vous vous amusiez. D'accord ?

À ces mots, j'ai vu des visages s'éclairer, dont celui de Jackie.

David Michael a levé la main, comme à l'école :

– Je suis très maladroit. Est-ce que je peux jouer quand même ?

– Bien sûr, voyons. Chacun a ses points forts et ses points faibles.

Simon Newton a levé la main à son tour.

– Moi, j'ai peur de la balle...

– Et moi, je n'arrive jamais à la frapper, a déclaré Claire Pike.

– Ce sont toutes ces choses que nous allons travailler, les ai-je rassurés. Maintenant, combien d'entre vous connaissent Mathew Braddock ?

Quelques mains se sont levées, y compris celles des petits Barrett et des petits Pike.

– Mathew est sourd, ai-je expliqué aux autres. Il n'entend pas et ne peut pas parler. Mais attention, c'est un excellent joueur.

Mme Braddock a traduit ce que j'ai dit et Mathew a esquissé un grand sourire.

– Et c'est facile de communiquer avec lui, est intervenue Karen, ma demi-sœur. Avec des signes. Comme sa maman vient de le faire.

– Karen a raison. D'ailleurs, je vous montrerai quelques signes utiles pour vous faire comprendre sur le terrain.

– Moi, je les connais déjà, a dit fièrement Nicky Pike.

– Moi aussi, lui a fait écho Buddy Barrett.

– Très bien. Comme c'est notre première séance et que j'aimerais me faire une idée de ce que vous savez faire, nous allons commencer par un match.

– Attends ! m'a interrompue Jackie. Notre équipe n'a pas de nom. Il faudrait lui donner un nom, quand même !

– Oh, oui ! se sont écriés les enfants.

Les propositions ont fusé. Les Stonebrookers, les Tigres, la Grande Ligue, les Chaussettes rouges...

Dans le brouhaha, la voix de Jackie s'est détachée :

– Et pourquoi pas les Imbattables ?

C'était une idée géniale, qui a mis tout le monde d'accord.

– Et il nous faut des tenues, a ajouté Jake. Ceux de la Petite Ligue en ont, eux.

Je n'y avais pas pensé. Mais cela devait coûter cher. Et où allait-on pouvoir en trouver ? Même Jim n'avait pas pensé à cela.

– Il suffirait de T-shirts blancs sur lesquels on écrirait le nom de l'équipe avec des lettres transferts, a suggéré Mallory en volant à ma rescousse. On en trouve dans les merceries et cela ne coûte pas très cher.

Les enfants auraient préféré de véritables tenues, mais c'était mieux que rien.

– Maintenant, si plus personne n'a de question… Mettez-vous tous sur une ligne ! ai-je lancé.

Cela a pris un peu de temps, mais ils ont fini par former une longue file à peu près droite.

– Nous allons faire deux groupes. Je vais vous appeler un à un en précisant si vous faites partie de l'équipe numéro un ou de l'équipe numéro deux. On tirera ensuite à pile ou face pour savoir qui commencera la partie en attaque.

Claire a gagné le tirage au sort et s'est mise en position en serrant la batte de toutes ses forces. Mais elle a loupé la balle que lui a lancée Lenny Papadakis d'un bon mètre. Simon l'a remplacée, sans plus de succès. Il avait effectivement peur de la balle et s'est baissé au dernier moment en lâchant la batte pour se couvrir la tête.

Je n'ai pas pu m'empêcher de faire une grimace. J'espère qu'aucun enfant ne s'en est aperçu.

Sur le terrain, au lieu de rester concentrée sur le jeu, Laureen était en train de faire un bouquet de pâquerettes.

– Laureen ! l'ai-je rappelée à l'ordre.

La petite fille a fourré les fleurs dans sa poche et s'est remise en position. Un peu plus loin, Cornélia était accroupie dans l'herbe, visiblement en train de chercher un trèfle à quatre feuilles.

– Cornélia !

– Mais il ne se passe rien, de ce côté ! s'est-elle défendue.

Gabbie Perkins a été la première à toucher une balle. Elle était tellement contente qu'elle n'arrêtait pas de rire, ce qui l'a ralentie dans sa course vers la première base. Elle n'a donc pas réussi à l'atteindre avant que les adversaires n'aient récupéré la balle. Jackie a également renvoyé une balle, mais elle est sortie des limites du terrain.

Nous avons dû nous mettre à sa recherche dans les fourrés. Mais nous avions beau chercher, impossible de mettre la main dessus. Et comme personne ne voulait jouer avec la balle en plastique, j'ai mis fin à la partie.

– C'est de la faute de Jackie, a bougonné quelqu'un.

– Vous avez été formidables ! me suis-je empressée de dire pour éviter qu'ils se mettent tous à râler. Continuez à travailler comme ça. On se revoit mardi.

– Au revoir, entraîneur ! a lancé Lenny Papadakis.

Entraîneur ?... Entraîneur ! Cela sonnait bien. Je brûlais d'impatience de raconter cette première séance à Jim. Personne n'avait pleuré ou ne s'était fait mal. Les enfants s'étaient tous bien amusés. Nous avions même trouvé un nom pour notre équipe. C'était un succès sur toute la ligne !

*Lundi,*

*Les Imbattables de Kristy sont formidables !*

*Nous n'avons pratiquement pas eu à garder les enfants, aujourd'hui.*

*Nous nous sommes contentées d'êtres des supporters. Tout s'est passé à merveille... Si l'on ne compte pas la colère de Claire. J'avais pourtant prévenu Kristy ! Claire est adorable, mais elle peut avoir un caractère de cochon. Surtout quand elle joue au base-ball...*

Parfois, je pense qu'avoir rencontré les Pike est ce qui a pu arriver de mieux à Mathew Braddock et à sa sœur de neuf ans, Helen. Lorsqu'ils ont emménagé dans le quartier,

Helen pensait que les enfants trouveraient son frère bizarre parce qu'il est sourd. Et que, du coup, ils la trouveraient bizarre elle aussi, qu'elle ne se ferait aucun ami.

Mais c'était compter sans Jessica et Mallory. Au lieu de dire à leurs frères et sœurs que Mathew avait un « problème », ou qu'il « n'était pas comme tout le monde », elles leur ont expliqué qu'il avait un « langage secret ». Les enfants ont aussitôt voulu apprendre ce mystérieux langage. Maintenant, ils arrivent tous à communiquer avec Mathew. Helen n'intervient que lorsqu'ils veulent se dire des choses plus compliquées.

Helen est devenue amie avec Vanessa, et Mathew avec les garçons Pike.

Lundi, Claudia et Mallory ont gardé les sept petits Pike. Jessica les a rejoints, accompagnée d'Helen et Mathew.

Claudia et Mallory se trouvaient dans le jardin avec les enfants. Il faisait beau, et tout le monde avait envie de profiter du grand air. Margot sautait à la corde, Vanessa apprenait à Claire à jouer aux échecs, les triplés essayaient de faire le poirier dans l'herbe, et Nicky examinait une cicatrice qu'il avait au coude.

– Je sens qu'ils vont se casser quelque chose, a soupiré Mallory en regardant les triplés.

– Mais, non, a gloussé Claudia. Et même s'ils tombent, ils ne se feront pas très mal. Tu n'as jamais essayé de faire le poirier ?

– Juste une fois, et je me suis foulé le poignet.

– Oh, c'est pas de chance !

Un cri de joie a interrompu leur conversation. Jessica, Helen et Mathew venaient de faire leur entrée dans le jardin, et Vanessa est allée les accueillir. Elle a fait un signe de la main pour dire bonjour à Mathew, qui avait rejoint les triplés.

– Tu veux jouer au base-ball ? lui ont-ils proposé dans le langage des signes.

Mathew a fait oui de la tête. Ouf ! s'est dit Mallory, ravie de les voir arrêter de faire le poirier.

– On peut jouer ? a demandé Claire, suivie de Nicky et Margot. Vous savez, on fait partie d'une équipe, nous aussi. Les Imbattables de Kristy. Mathew est dans notre équipe.

Mallory a bien vu que ses frères se retenaient de rire. Ils n'avaient pas l'air de prendre les Imbattables très au sérieux, mais ils ne l'ont pas montré pour ne pas blesser Mathew.

– Que diriez-vous d'un match Petite Ligue contre Imbattables ? a lancé Adam.

– Oh, mais ce ne serait pas juste, vous n'êtes que trois joueurs… et nous quatre, a objecté Nicky.

– Ne t'inquiète pas, a pouffé Jordan. On devrait s'en sortir quand même !

Mathew, qui assistait à la scène sans comprendre, s'est agité, comme à chaque fois qu'il se sentait mis à l'écart d'une conversation (cela doit être terriblement frustrant). Helen s'est dépêchée de traduire. Lorsque Mathew a compris ce qui se préparait, son visage s'est éclairé. Il a fait des grands signes à sa sœur.

Helen a éclaté de rire.

– Mathew dit que les Imbattables vont vous ratatiner !

– Ah oui ? a fait Adam en se penchant vers Mathew d'un air de défi.

Helen n'a pas eu besoin de traduire. Mathew a répondu

en passant un doigt sur sa gorge, pour signifier : « Vous allez mourir ! »

Mais il riait et Adam aussi.

– On y va ? a demandé Byron.

Claire, Margot, Nicky et Mathew faisaient face aux triplés.

– Vous savez quelle est la moyenne de Claire à la batte ? Zéro. Elle n'a jamais renvoyé la balle, s'est moqué Jordan.

Mais Claire ne s'est pas démontée. Elle a soutenu son regard et a répliqué :

– Non, mais j'en ai bloqué beaucoup.

Adam et Byron sont allés chercher des gants, des battes et des balles dans le garage.

– Comme nous sommes gentils, nous allons vous laisser l'avantage, a déclaré Byron en faisant signe à Mathew que son équipe commençait la partie dans le camp des attaquants.

Mathew a accepté de bon cœur, mais il avait l'air de penser que les triplés commettaient une grosse erreur.

Tandis que les frères Pike s'accordaient sur une tactique de jeu, Nicky expliquait par signes à Mathew qu'il serait le premier à la batte.

Jordan a été désigné lanceur. Adam et Byron étaient à la fois joueurs extérieurs et joueurs de base.

Jordan s'est échauffé un instant sur place. Il a tourné la visière de sa casquette en arrière, comme les pros.

Mathew ne détachait pas son regard de la balle, les mains serrées sur la batte. Jordan a fait un très beau lancer et Mathew a frappé la balle de toutes ses forces.

– Je l'ai ! Je l'ai ! a crié Adam.

Mais il n'a pu l'attraper qu'à la troisième base, juste au moment où Mathew arrivait.

– Ouais ! se sont réjouies Vanessa et Helen.

– Vous avez vu ce que nous sommes capables de faire ? a triomphé Nicky.

Mathew affichait un sourire radieux. Il a agité le poing au-dessus de sa tête en signe de victoire.

– J'ai vu ce que Mathew est capable de faire, a admis Jordan, prêt à lancer. Maintenant je veux voir ce dont toi tu es capable, petit frère.

Ce que Nicky pouvait faire… Pas grand-chose à vrai dire. Après trois essais infructueux, il a cédé sa place à Margot, qui était tellement concentrée qu'elle n'a même pas réagi quand Adam a crié :

– Hé, Margot, tu vas manquer la balle !

Ou quand Nicky a riposté :

– Les gars, vous devez avoir drôlement peur de perdre pour essayer de nous déstabiliser comme ça !

Claudia, Mallory et Jessica ont échangé un regard amusé. Nicky avait de la repartie, cela ne faisait aucun doute.

Piqués au vif, les triplés n'ont plus rien dit.

Margot a manqué la balle une première fois. Une deuxième. Puis une troisième. Au bout du septième essai, Jordan a craqué. Il a demandé à Margot d'aller en première base. Claire l'a remplacée.

– Attention, tout le monde aux abris ! a ironisé Jordan, mais comme personne n'a réagi, il n'a pas insisté.

– Allez, Claire, l'a encouragée Nicky. Vas-y, je sais que tu n'as jamais réussi à toucher la balle, mais si tu y arrives cette fois, Mathew pourra revenir au but.

Claire a hoché la tête d'un air entendu.

– On compte sur toi, a répété Nicky. Je sais que tu peux le faire.

Les baby-sitters, qui étaient à l'extérieur des lignes de jeu, ont souri. Nicky était rarement aussi gentil avec ses sœurs. Il avait plutôt l'habitude de se moquer d'elles ou de leur jouer des tours.

– Les Imbattables se serrent les coudes, a fait remarquer Claudia.

Mais cela n'a pas suffi. Claire n'a pas réussi à renvoyer la balle.

– Deux essais manqués... Je sens que ça va mal tourner... a murmuré Mallory.

Mais rien ne s'est produit.

Nicky était à nouveau à la batte. Il a manqué la première balle et a envoyé la deuxième loin dans le champ gauche. Puis Mathew est revenu au but.

Les Imbattables ne s'en sortaient pas trop mal et les triplés avaient l'air impressionnés, m'a raconté Claudia.

J'aurais aimé être là. J'aurais été fière d'eux.

Enfin, jusqu'à un certain point. Je n'aurais certainement pas été fière de ce qui allait suivre. Mathew a manqué la balle et Claire s'est mise dans une colère noire. Je ne savais même pas que Claire faisait des colères avant que Mallory ne me le dise au téléphone.

– C'est pas juste ! C'est pas juste ! C'est pas juste ! a-t-elle hurlé en tapant des pieds et en secouant la tête.

Claudia est allée la calmer.

– Elle ne se met en colère que pour le base-ball, m'a expliqué Mallory plus tard. Ça lui arrive aussi lorsqu'elle regarde un match à la télé.

Une fois la crise passée, le jeu a repris. Les triplés ont remporté la première manche de quatre points. Les Imbattables n'ont marqué aucun point dans la deuxième. Quand Mme Pike est revenue, les triplés menaient 16 à 5 dans la cinquième manche. À l'exception de Claire, les Imbattables n'avaient jamais perdu patience, ni courage. À la fin de la partie, Jordan a même déclaré à ses adversaires :

– Bravo, vous avez bien joué.

Cette fois, il n'a pas oublié de traduire ses mots en langage des signes pour Mathew. Helen, qui avait regardé tout le match avec Claudia, Mallory, Jessica et Vanessa, a simplement conclu :

– Ils n'ont peut-être pas battu les triplés, mais ils ont fait de leur mieux, sans jamais se décourager.

Quand Mallory et Claudia m'ont raconté le déroulement du match, j'étais aux anges. Mes Imbattables étaient vraiment extra !

*– Claire, veux-tu bien t'éloigner de cet arbre ?
Karen, arrête de taquiner ton frère. Simon,
qu'est-ce que tu fais ? Laisse cette batte tranquille. Elle sert à frapper la balle, tu vas finir
par la casser à force de sauter dessus !*

L'entraînement venait à peine de commencer que c'était
déjà la pagaille. J'avoue que j'avais un peu de mal à tout
mettre en place. Claudia devait m'aider, mais elle était trop
occupée à ouvrir un paquet de bonbons pour m'être d'une
grande utilité.

J'ai frappé dans mes mains pour attirer l'attention de tout
le monde.

– Les enfants ! Venez par ici ! Les enfants ! S'IL VOUS
PLAÎT !... Claudia, j'ai besoin de toi, ai-je fini par crier.

Je ne comprenais pas. Ils avaient envie de jouer au base-ball, oui ou non ?

– Que veux-tu que je fasse ? m'a demandé Claudia en suçotant un bonbon.

J'aurais pu l'étrangler sur place, mais je me suis retenue. Si je voulais que les enfants se calment, il fallait que je montre l'exemple.

– Aide-moi à rassembler tout le monde.

Puis je me suis tournée vers les enfants et j'ai ajouté :

– Venez par ici ! Allez ! Un peu de nerfs ! Je vous croyais plus motivés que ça, les Imbattables !

En entendant le nom de leur équipe, les enfants ont accouru, sauf Claire, qui était coincée dans l'arbre. Claudia a dû l'aider à descendre.

– Simon, je sais que tu as un peu peur de la balle. Alors, si tu commençais par t'entraîner au lancer ?

Il a fait oui de la tête.

– Très bien. Tu vas travailler avec Claire.

– D'accord.

–David Michael et Nicky, vous allez également travailler vos lancers.

– OK, ont-ils fait en allant choisir une balle.

J'avais demandé aux enfants d'apporter leur équipement, il y avait donc suffisamment de matériel pour tout le monde.

J'avais réparti les joueurs par petits ateliers de deux ou trois, avec des exercices à travailler, et j'allais d'un groupe à l'autre pour donner des conseils et des encouragements.

– Cornélia, cours vers la balle. N'attends pas qu'elle arrive. Tu dois aller vers elle... Claire, ne quitte jamais la balle des yeux...

Puis je me suis tournée vers Mathew et j'ai essayé de lui expliquer comment améliorer son frapper, mais il a fait de gros yeux ronds. J'avais dû m'emmêler les pinceaux avec les signes. Peut-être lui avais-je dit de porter un éléphant à bout de bras... C'était dommage qu'Helen ou Mme Braddock ne soient pas là pour traduire.

Claudia semblait s'ennuyer. Elle était assise dans l'herbe et mangeait bonbon sur bonbon en examinant ses ongles.

– Besoin d'une manucure ? l'ai-je taquinée.

Elle a sursauté et nous avons ri de bon cœur.

– Est-ce que tu pourrais travailler les lancers avec Simon ? Je vais m'occuper de Claire. Ils n'y arrivent pas ensemble.

Il faut dire que Claire avait le don de rendre Simon complètement fou. Elle chantait « Je suis une petite théière » à tue-tête et, à chaque fois qu'elle arrivait à « penchez et versez », elle coinçait la balle sous son bras pour mimer les paroles de la chanson.

L'entraînement a duré encore dix bonnes minutes. J'ai consulté ma montre, il était temps de passer au match.

– Rassemblement ! On va faire un match !

Cette fois, je n'ai pas eu besoin de le répéter plusieurs fois. Ils se sont précipités autour de moi. J'ai formé deux équipes et le jeu a commencé.

Karen était receveur pour son équipe. Elle a mis son masque et enfilé son gant en poussant des cris de guerre.

David Michael était au lancer. Mathew Braddock a attrapé une batte et s'est mis en place. David Michael, qui ne connaissait pas le langage des signes, a tenté de lui dire quelque chose. Mais Mathew ne voyait absolument pas où il voulait en venir. Que venait en effet faire un « singe » dans une partie de base-ball ? Puis, il a confondu le signe pour dire « base-ball » et celui pour dire « en sécurité ». Mathew était écroulé de rire. Il a fallu un moment pour que tout revienne en ordre.

Mathew était décidément un excellent joueur. Il a renvoyé toutes les balles ! Mais on ne pouvait pas en dire autant des trois frappeurs suivants. Pas un n'a réussi à toucher la balle. La grande surprise est venue de Jackie, notre cas désespéré. Non seulement il a réussi à frapper la balle, mais il a également réussi à courir jusqu'en deuxième base !

Quand Lenny Papadakis a été à la batte, Jackie a même failli atteindre la troisième base. Il a malheureusement trébuché à quelques mètres du but.

– Zut, zut, zut et zut !

Cela a beaucoup fait rire les autres, pas méchamment, cependant !

Au début de la deuxième manche, j'ai laissé Jackie jouer comme receveur. Comme Karen, il aimait porter le masque et le gant.

Buddy Barrett était au lancer, face à Simon. Ce dernier semblait déterminé à frapper la balle, mais il s'est encore une fois baissé à la dernière seconde… Et Jackie a été touché en pleine figure.

– Mais où est ton masque ? me suis-je étonnée. Tu le portais tout à l'heure.

– Je l'ai enlevé parce qu'il y avait du chewing-gum collé dessus.

Devant mon air perplexe, il a cru bon expliquer :

– Je voulais voir si je pouvais lui donner la forme d'une

gaufre en le collant contre le masque. Tu sais, comme on fait avec de la pâte à modeler... Mais... Oh, oh !

– Quoi ?

– Je saigne ! Je crois que je me suis cassé une dent. Regarde, elle bouge.

S'il m'arrive souvent de faire des commentaires horribles sur la nourriture pour écœurer mes amies, je ne supporte pas la vue d'une dent qui bouge. Surtout s'il y a du sang. Claudia le sait, alors c'est elle qui est allée examiner la bouche de Jackie.

– Effectivement, elle bouge beaucoup. Tu veux que je te l'arrache, Jackie ?

– Heu... d'accord.

Toute l'équipe s'est rassemblée autour d'eux pour assister à l'opération. Sauf moi. Brrr... Pour rien au monde je n'aurais regardé un tel spectacle ! J'ai fait mine de vérifier l'équipement tandis que Claudia, armée d'un mouchoir en papier, extirpait la dent branlante.

Jackie est ensuite venue vers moi en courant. Il a souri de toutes ses dents, moins une.

– J'adore perdre mes dents. Tu veux la voir ?

Beurk ! Je n'ai jamais aimé perdre mes dents et je suis bien contente de ne plus avoir de dents de lait à perdre.

– Range-la dans ta poche, on va reprendre le jeu.

On a fait une autre manche et je dois dire que les enfants étaient vraiment très motivés. Mais il se faisait tard.

– Ça sera tout pour aujourd'hui, ai-je déclaré. Combien d'entre vous ont acheté leur T-shirt et les lettres transferts ?

Presque tous ont levé la main.

– Super ! Pensez à porter votre T-shirt au prochain entraînement. Comme cela, tout le monde saura que nous sommes les Imbattables.

Les enfants ont lancé des hourras avant de quitter le terrain. Samuel est venu nous chercher, Karen, Andrew, David Michael et moi. Il a d'abord déposé Karen et Andrew chez leur mère avant de rentrer. Sur le chemin, je me suis surprise à rêver de… Bart. Cela m'arrivait souvent ces derniers temps. C'est alors que j'ai eu une idée.

– Tu veux que je promène Louisa ce soir à ta place ? ai-je proposé à David Michael.

Mon frère adore Louisa autant que moi, mais la promener était pour lui une véritable corvée.

– Si tu y tiens, a-t-il fait d'un air distrait avant de se tourner vers moi, les sourcils froncés. Que devrai-je faire en échange ?

En échange ? Je n'avais pas pensé à cela, mais c'était une occasion à ne pas louper.

– Hum… Apprends cinq signes pour pouvoir communiquer pendant les entraînements avec Mathew Braddock. Tu peux appeler Nicky Pike pour lui demander de t'aider.

– D'accord.

Après le dîner, j'ai trouvé Louisa dans le bureau ; elle mâchonnait un jouet en caoutchouc en forme de steak.

– Viens, on va aller se promener !

Elle a aussitôt délaissé son jouet pour sauter sur ses pattes et se précipiter dans l'entrée où se trouvait sa laisse.

J'ai prévenu maman et Jim et je suis sortie. Je ne leur ai pas dit le véritable but de cette promenade, bien sûr. Je me suis dirigée directement vers la maison de Bart. Rusé, non ?

Mais quelle n'a pas été ma surprise quand, sur le chemin,

j'ai croisé... Bart ! Il promenait un énorme rottweiler. À côté, Louisa ressemblait à une souris.

Bart et moi nous sommes vus de loin et il m'a adressé un grand sourire. Waouh... Nous avons tous les deux ralenti le pas, parce nous ne savions pas comment les chiens allaient se comporter.

– Salut ! m'a lancé Bart. Je te présente Twist. Il est impressionnant, mais n'aie pas peur, il ne ferait pas de mal à une mouche.

– Voici Louisa. C'est vrai que Twist est impressionnant. Difficile de croire qu'il est doux comme un agneau.

Louisa s'est approchée timidement du gros chien, la queue basse. Ils se sont reniflés longuement et Louisa, qui était visiblement rassurée, s'est placée sous le rottweiler. Cela nous a beaucoup fait rire.

Puisque les chiens s'entendaient bien, nous en avons profité pour bavarder un peu. Je lui ai fait part de la création des Imbattables.

– Mon équipe s'appelle les Invincibles.

Les Invincibles et les Imbattables. C'était drôle. Quelle coïncidence, n'est-ce pas ?

– Est-ce que tu as déjà eu à faire à un enfant qui a peur de la balle ? lui ai-je demandé en pensant à Simon.

Il a réfléchi en fronçant les sourcils... Ce qui le rendait encore plus craquant !

– Je ne crois pas. Mes joueurs sont un peu plus âgés. Ils ont entre sept et neuf ans, ce ne sont plus des bébés.

– Les Imbattables ne sont pas des bébés, me suis-je offusquée.

Bart a rougi.

– Ne te fâche pas, ce n'est pas vraiment ce que je voulais dire. C'est juste que les Invincibles sont plus grands.

Il avait l'air sincèrement désolé. La nuit tombait et les derniers rayons du soleil jouaient dans ses cheveux... Comment lui en vouloir ?

– Ce n'est pas grave.

Bart était le garçon le plus mignon que j'avais jamais rencontré.

– J'ai une idée, a-t-il déclaré avec enthousiasme. Pour te montrer que je pense que ton équipe est aussi bonne que la mienne, même si les enfants sont plus jeunes, je te propose un match. Les Invincibles de Bart contre les Imbattables de Kristy.

Un match, un vrai match ? Contre l'équipe de Bart ? Je ne savais pas si les Imbattables étaient prêts, mais je ne pouvais pas refuser. Bart ne devait pas penser que j'avais peur de son équipe. Sans compter que cela impliquait de le revoir bientôt !

– D'accord, ai-je accepté. Dans quinze jours, cela irait ?

– Bien sûr !

– Alors, tu verras de quoi les Imbattables sont capables !

J'ai souri à Bart, qui m'a rendu mon sourire.

Nous nous sommes quittés, car il était l'heure que je rentre à la maison. Jamais mon cœur n'avait battu aussi fort. Je marchais sur un nuage. Et je suis sûre que j'avais les yeux qui brillaient.

**⑨**

Samedi,

Les Imbattables sont formidables!

Je suis contente d'avoir eu à garder les Barrett un jour d'entraînement.

Buddy et Liz étaient tout excités. Ils adorent leur équipe. Surtout leur T-shirt.

Que puis-je dire de cet après-midi? C'était le plus facile des baby-sittings de tous les temps. Tout ce que j'ai eu à faire, c'est d'emmener les enfants à l'entraînement, de m'occuper de Maud pendant la séance et de ramener tout le monde à la maison après. Maud était de bonne humeur et s'est même endormie un moment.

Tout s'est donc fabuleusement bien passé... Sauf que Jackie a encore frappé... On ne l'appelle pas le désastre ambulant pour rien !


Grâce à moi, Jessica a eu un après-midi de baby-sitting très facile, puisque c'est moi qui ai tout fait ! Mais je ne me plains pas. Après tout, entraîner une équipe de base-ball était mon idée. Ce n'est pas la faute de Jessica si Buddy et Liz font partie de l'équipe.

En tout cas, elle a assisté à un entraînement du tonnerre ! Tous les joueurs portaient leur T-shirt au nom de l'équipe. C'était la première fois. Ils étaient magnifiques ! J'étais fière d'être leur entraîneur. Jim, qui nous avait accompagnés en voiture, David Michael et moi, était resté dans les gradins pour voir comment nous nous débrouillions.

– On forme une vraie équipe maintenant, ne cessait de répéter David Michael. Et tout le monde saura que tu es notre entraîneur avec « Imbattables » écrit en rouge sur ton maillot.

C'est vrai que mon T-shirt portait des lettres rouges alors que celles des enfants étaient noires, mais j'espérais que d'autres choses montreraient que j'étais l'entraîneur ; d'abord, j'avais treize ans et non cinq ou huit ans et ensuite j'étais plus grande que les joueurs.

Comme il faisait froid, les enfants avaient enfilé leur T-shirt par-dessus leur sweat ou leur pull. Simon m'a lancé un joyeux salut en arrivant avec Gabbie, Myriam et M. Perkins.

– Coucou ! a fait Liz en courant devant Jessica qui poussait Maud dans sa poussette.

– Salut, Kristy! a chantonné Karen en descendant de la voiture de sa mère, suivie de près par Andrew. (Ce n'était pas un week-end où ils étaient chez nous.)

– Quel beau T-shirt! me suis-je exclamée. C'est ta maman qui a collé les lettres?

Karen a acquiescé et s'est mise à épeler à voix haute le nom de l'équipe, comme à l'école. J'ai souri et fait mine d'être très épatée.

Nous étions au complet. Il y avait même des spectateurs! Jessica et Maud bien sûr. Et M. Perkins, qui papotait avec Jim. Helen Braddock, Vanessa Pike et Charlotte Johanssen (une petite fille que nous gardons) étaient aussi venues. Plus deux garçons que je ne connaissais pas.

Comme j'avais convenu avec Jim de parler du match contre les Invincibles le plus tôt possible, j'ai demandé à Helen de nous rejoindre pour traduire à Mathew ce que j'allais dire.

– Venez tous par ici! J'ai une grande nouvelle à vous annoncer.

Une fois tout le monde rassemblé autour de moi, j'ai déclaré :

– Pour commencer, je tenais à vous dire que je suis fière de vous.

– On est une vraie équipe! a répété pour la énième fois David Michael.

Je n'avais jamais vu autant de visages heureux réunis.

– Alors, cette nouvelle? a voulu savoir Jake Kahn.

– La nouvelle... ai-je répété en faisant durer le suspense, est que nous, les Imbattables... allons disputer un vrai match... contre une autre véritable équipe.

Ils m'ont tous dévisagée, la bouche bée, les yeux ronds et pétillants. C'était bon signe.

– Contre qui allons-nous jouer ? a demandé Jackie.

– Les Invincibles.

– Les Invincibles de Bart ? a hoqueté Max Delaney.

– Exact.

– Ils sont forts ? s'est inquiété Jackie.

– Je ne les ai jamais vus jouer, mais je sais qu'ils sont un peu plus âgés que vous. Je veux dire en moyenne.

– Mais ils ne sont pas à la Petite Ligue ? est intervenu Nicky Pike.

– Non.

Il y a eu un moment de silence jusqu'à ce que Cornélia Papadakis s'exclame :

– C'est génial !

À grand renfort de signes, Mathew Braddock m'a fait comprendre qu'il était impatient de jouer et que les Invincibles feraient bien de se tenir prêts.

– Quand aura lieu le match ? a demandé Helen en traduisant simultanément en langage des signes pour Mathew.

– Dans deux semaines. On n'a donc pas de temps à perdre. Il va falloir s'entraîner d'arrache-pied. Il nous faut un bon lanceur, un bon bloqueur et de bons joueurs en défense comme en attaque. Le lanceur est le poste le plus important. Je veux que tout le monde travaille ses lancers. D'accord ?

– D'accord ! ont répondu en chœur les enfants.

– Vous êtes motivés ?

– Oui !

– Vous allez donner le meilleur de vous-même ?

79

– OUI !

– Vous voulez battre les Invincibles ?

– OUI !

C'est pile à ce moment-là qu'une idée géniale m'est venue à l'esprit. Des fans ! Il nous fallait des supporters pour nous encourager et j'étais sûre que les Invincibles n'en avaient pas. Je me suis tournée vers Helen :

– Je sais que tu ne veux pas jouer, mais est-ce que tu voudrais bien mettre l'ambiance dans les gradins ? Je pensais le demander à Vanessa et Charlotte aussi.

– Super ! Hé ! Vanessa, Charlotte, venez vite.

Les filles nous ont rejointes en courant et je leur ai expliqué mon idée. Vanessa était tellement enthousiaste qu'elle sautait partout. Charlotte était plus réservée.

– Je ne sais pas, avec tous ces gens qui nous regardent.

Charlotte est très timide.

– Oh, s'il te plaît, l'ont suppliée Vanessa et Helen.

– Je pourrais vous aider à écrire des formules d'encouragement, mais pas à les crier devant tout le monde.

– Ce serait déjà formidable, ai-je dit en me rappelant qu'il ne fallait surtout pas forcer Charlotte.

Un jour, Claudia avait insisté pour qu'elle participe à un concours de beauté et Charlotte avait fini par craquer et quitter la scène en pleurant.

– Deux fans et une aide, ce sera parfait, ai-je conclu.

Charlotte est très intelligente et je savais qu'elle saurait trouver les mots justes.

Les filles ont échangé des sourires enthousiastes.

– On va avoir des supporters… s'est émerveillée Myriam. Comme des pros.

– Ouais, a acquiescé Jackie. Mais puisqu'on dispute un vrai match, comme les pros, avec des T-shirts au nom de l'équipe et des supporters, on devrait peut-être vendre des rafraîchissements, comme dans les stades.

– Mallory pourrait nous aider, Nicky, Claire et moi, à faire des gâteaux, a aussitôt proposé Margot Pike.

– On pourrait vendre des jus de fruits, a suggéré Liz Barrett.

J'ai réfléchi rapidement. Proposer un stand de boissons fraîches et de gâteaux était une bonne idée, mais cela demandait beaucoup de travail.

– Qui vendra les rafraîchissements ? Nous serons déjà tous très occupés à jouer ou à encourager l'équipe.

– Nos frères et sœurs, a dit Max Delaney. Je suis sûre qu'Amanda nous aidera.

J'en doutais, mais peut-être que Samuel et Charlie pourraient nous aider, et les triplés aussi.

– Bon, d'accord. Mais que ferons-nous de l'argent que nous gagnerons ? Souvenez-vous, ce sera l'argent de l'équipe.

– On pourrait acheter des casquettes avec le nom de l'équipe écrit dessus, a lancé Jackie.

Excellente idée, me suis-je dit. Tout était donc réglé.

– Formidable. Maintenant, c'est l'heure de s'entraîner !

J'ai réparti les enfants en deux groupes.

– Nicky, je pense que tu es notre meilleur lanceur, donc à partir de maintenant je veux que toi et David Michael vous lanciez à chaque entraînement. Mais c'est toi qui lanceras quand on jouera contre les Invincibles.

Nicky semblait fier et flatté.

Puis, la partie a commencé. Vanessa et Helen, qui se tenaient sur le bord du terrain, criaient : « Vive les Imbattables ! »

Mais, un peu après le début du jeu, j'ai surpris Liz Barrett en train de faire des cabrioles à un bout du terrain tandis que Lenny Papadakis imitait un reporter sportif, micro en main, alors qu'il était censé faire le bloqueur. Quant à Claire, elle n'arrivait toujours pas à toucher la balle avec la batte.

Jackie a pris sa place et a renvoyé la balle lancée par Nicky avec une telle force que tout le monde a su qu'il allait réussir un *home run*. Mais juste avant qu'il n'atteigne la première base, un bruit fracassant a retenti.

Oups… c'était la fenêtre du bureau du principal. Heureusement, c'était samedi et personne n'était…

Un visage est apparu à la fenêtre. C'était le secrétaire du principal. L'instant d'après, il a déboulé sur le terrain. Quelle rapidité ! me suis-je dit. Il ferait un excellent coureur !

– Qui a lancé cette balle ?

Le pauvre Jackie s'est avancé, tout penaud.

– Moi. Enfin, ce n'est pas moi qui l'ai lancée, je l'ai renvoyée…

Amusé par son explication, le secrétaire a souri. Mais il a bien fait comprendre à Jackie que ses parents devraient payer le remplacement de la vitre.

Il est parti et j'ai annoncé la fin de l'entraînement. Les enfants auraient été incapables de se concentrer à nouveau. J'en étais sûre.

Malgré cet incident et un entraînement écourté, Buddy et Liz étaient fous de joie en rentrant chez eux. Et Jim était si excité à la perspective du match à venir que son enthou-siasme a gagné David Michael, Karen et Andrew. Le T-shirt au nom de l'équipe, les supporters, le stand de rafraîchisse-ments et un vrai match en perspective : un grand jour dans l'histoire des Imbattables.

Mardi,

Waouuuuh!

Quelque chose est en train de se passer. Et ça te concerne, Kristy! Toi et l'équipe des Vainqueurs ou je ne sais quoi. Cela n'a rien à voir avec le baby-sitting, mais comme je m'en suis aperçue pendant que je gardais des enfants, je crois que je peux en parler dans le journal de bord.

Mme Perkins et Mme Newton m'avaient demandé d'emmener Myriam, Gabbie et Simon à l'entraînement. J'étais dans les gradins quand les Vainqueurs sont arrivés.

Ce qu'il faut savoir, les filles, c'est que Kristy est folle de leur entraîneur! Mais cela ne va peut-être pas durer *parce que... Oh, je crois que j'en dis trop. Je ferais mieux de me taire.*

*Pour en revenir au baby-sitting, les filles et Simon étaient bouleversés en rentrant. Et en colère aussi.*

Décidément, rien n'échappait jamais à Carla, comme le prouve son résumé dans le journal de bord! Je tiens toutefois à faire une rectification. L'équipe de Bart s'appelle les Invincibles, pas les Vainqueurs.

J'aurais préféré qu'elle n'ait rien remarqué pour Bart et moi. Et j'aurais vraiment préféré qu'elle n'ait rien écrit à ce sujet. Il faudra que je lui en parle.

C'est vrai que je n'avais parlé de Bart à aucune de mes amies, pas même à Mary Anne. Les filles du Club savaient que nous allions faire un match contre les Invincibles, et elles savaient que leur entraîneur s'appelait Bart, mais j'avais pris soin de ne pas laisser deviner à quel point il me faisait craquer. Généralement, c'est le genre de confidences que nous nous faisons au Club, mais, je ne sais pas pourquoi, je voulais que Bart reste une affaire privée.

Mardi, l'entraînement a commencé tout à fait normalement.

Les enfants sont arrivés à l'heure (grâce notamment à Carla, toujours très ponctuelle). J'ai passé l'équipe en revue. Vingt visages rayonnants, vingt T-shirts au nom des Imbattables, vingt paires de chaussures de sport lacées, ou fermées par une bande Velcro, vingt jeans propres... Enfin, pour être parfaitement honnête, dix-neuf d'entre eux étaient impeccablement vêtus. Il y en avait un qui ne l'était pas du tout : notre désastre ambulant. Le jean de Jackie était plein de boue, les lacets de ses chaussures défaits, son T-shirt à l'envers déjà troué. Même ses cheveux étaient en pétard. Passons...

– Très bien, les Imbattables ! ai-je fait, mais j'ai été interrompue par des cris venant des gradins.

– À bas les Invincibles ! Vive les Imbattables !

C'étaient nos supportrices.

Mais elles n'étaient pas les seules spectatrices. Il y avait également Bart... et une dizaine de joueurs de son équipe ! Bart nous observait depuis les gradins, mais ses joueurs traînaient près de l'emplacement du receveur.

C'étaient des garçons robustes qui portaient des casquettes de base-ball rouges.

– Bart !

Oh, là, là, j'ai dû rougir jusqu'aux oreilles ! J'avais les genoux en coton, mais j'ai quand même réussi à faire quelques pas vers lui.

– Qu'est-ce que tu fais là ?

– Je viens voir votre niveau. C'est tout à fait normal avant un match.

J'ai soudain eu une boule au creux de l'estomac.

– Oh... Nous ne sommes pas venus vous observer, nous.

– Libre à toi de le faire.

Bart a esquissé un sourire, mais je ne reconnaissais pas le garçon à qui j'avais parlé l'autre soir. Il était froid et distant. Était-ce une facette de son caractère que je ne connaissais pas encore ? Ou était-il comme ça uniquement sur le terrain (comme Claire et ses colères) ?

Comme je ne savais pas quoi lui dire, j'ai tourné les

talons et je suis allée rejoindre mon équipe. Je suis passée devant ses joueurs et j'ai entendu des rires moqueurs et des commentaires méprisants.

– Regarde cet épouvantail! On dirait Kiki Grabouille.

– Tu as vu ce bébé avec son T-shirt et son ballon en plastique? Un ballon en plastique! Incroyable!

C'était Gabbie, son T-shirt laissait voir son petit ventre rebondi de deux ans et demi. Les balles de base-ball sont trop petites pour elle, alors on la fait jouer avec un ballon. Le lanceur devait se rapprocher d'elle et faire des lancers doux.

Comment ferions-nous pendant le match contre les Invincibles? Je n'avais pas pensé à cela, mais j'étais décidée à faire participer tous les enfants de l'équipe, même Claire et Gabbie, ne serait-ce que quelques minutes. Jim et moi pensions que c'était important pour leur confiance en soi.

– Regarde Bouboule!

D'accord, Jake Kahn est rondouillet, mais ce n'était pas une raison pour se moquer de lui!

– Celui-là a l'air bon, quand même…

Ils parlaient de Nicky. J'étais soulagée de voir que les Invincibles s'en inquiétaient.

Dans les tribunes, Carla nous regardait. Elle fait toujours attention à tout. Elle m'a vue parler à Bart, et elle a vu les membres de son équipe se moquer de la nôtre. Le plus étonnant, c'était de voir que l'équipe de Bart avait traversé toute la ville pour venir nous jauger.

Soit les Invincibles étaient très curieux, soit ils étaient inquiets de l'issue du match.

J'ai décidé d'ignorer Bart et ses stupides Invincibles. J'ai fait comme s'ils n'étaient pas là. Du moins, j'ai essayé. Et ça n'a pas été facile. Je pouvais sentir le regard de Bart sur moi.

J'ai formé deux groupes et les enfants ont commencé à jouer.

David Michael a lancé une première balle à Margot... qui l'a manquée, bien sûr. Heureusement qu'elle n'a pas entendu la remarque des Invincibles.

– Elle ferait mieux de jouer à la marelle !

Je bouillonnais intérieurement, mais j'ai fait comme si de rien n'était. Bart était toujours assis dans les tribunes, en train de regarder le match. Il était trop loin pour savoir ce qui se passait.

Myriam Perkins a remplacé Margot et elle a réussi un beau coup. Elle aurait dû courir en première base, mais Jackie était sur le champ extérieur et il avait du mal à rattraper la balle.

– Virez le crado, il sert à rien ! a crié un Invincible.

Je me suis tournée vers Bart pour voir sa réaction, mais deux de ses joueurs lui parlaient. Peut-être était-ce pour le distraire et l'empêcher d'entendre leurs horribles commentaires...

Puis cela a été le tour de Mathew Braddock. « Enfin ! » ai-je pensé. Nous allions leur montrer de quoi nous étions capables. Si seulement Jackie n'était pas sur le champ extérieur...

Mathew a manqué la balle deux fois, mais le troisième coup était le bon. Il a frappé la balle très fort et s'est aussitôt mis à courir. Il s'est arrêté en deuxième base en voyant Myriam, en troisième base, lui faire signe de rester où il était.

Leurs gestes ont déclenché un fou rire chez les Invincibles. Ma seule consolation était que Mathew ne pouvait pas l'entendre. Mais ce n'était pas le cas des autres joueurs. Ils savaient qu'ils étaient observés et moqués. Et ce n'était pas agréable.

– Un idiot, ils ont même un idiot dans leur équipe !

« Bart, pourquoi ne les fais-tu pas taire ? » Encore une fois, quelqu'un s'était chargé de détourner l'attention de Bart. J'étais très en colère. Pourquoi Bart ne voyait-il pas ce qui se passait ?

Helen s'est dirigée vers l'Invincible qui avait insulté son frère.

– Cet idiot, a-t-elle dit en serrant la mâchoire, c'est mon frère. Si tu l'appelles encore une fois idiot, tu vas avoir affaire à moi. Compris ?

Le garçon a reniflé avec mépris, mais comme Helen a soutenu son regard sans ciller, il a fini par baisser les yeux.

Helen est ensuite allée rejoindre Vanessa et Charlotte. Elles se sont concertées et Vanessa et Helen se sont mises à scander :

– Les Invincibles sont invincibles, les Imbattables sont imbattables, mais les Imbattables vont écraser les Invincibles d'un seul coup de batte.

Cela a suffi pour rabattre le clapet des Invincibles durant les deux manches suivantes. Mais ils se sont déchaînés quand Jackie a pris la place du receveur. Ils se sont bouché le nez et ont fait semblant de tomber comme des mouches.

– Oh non ! Revoilà Kiki Grabouille !

J'ai lancé un regard assassin à Bart, mais il était en train de démêler ses lacets que ses stupides Invincibles avaient noués ensemble.

« Si Bart ne peut pas contrôler son équipe, il ne devrait pas accepter d'être leur entraîneur. »

Jackie s'est tourné vers moi, les larmes aux yeux. On ne pouvait pas continuer comme ça. J'ai rappelé tout le monde et j'ai mis fin à l'entraînement. Carla m'a dit plus tard qu'en rentrant Simon boudait et Gabbie pleurait dans les bras de Myriam.

– Ils étaient vraiment méchants, s'est plainte Gabbie entre deux hoquets.

– Oui, mais pas nous, pas vrai, pas vrai? ne cessait de répéter Myriam, parce que personne ne lui répondait.

– Non, ont fini par concéder Gabbie et Simon.

Et je savais que c'était vrai. Mes Imbattables ne seraient jamais méchants, eux, même pour se venger.

*Je n'arrivais pas à y croire ! On était déjà vendredi ! La veille du match contre les Invincibles. Nous devions avoir un entraînement spécial. Le Club des Baby-Sitters avait même annulé sa réunion pour pouvoir encourager les Imbattables.*

C'était un jour très important. C'était la dernière fois que je pouvais entraîner mon équipe avant le match. Les enfants étaient motivés. Mais ils avaient encore besoin de travailler s'ils voulaient gagner, et ils voulaient tous gagner. Moi aussi je voulais qu'ils gagnent. Pas seulement parce que j'aime la compétition, mais pour qu'ils goûtent à la victoire. Il n'y a rien de tel pour rester motivé.

À la fin de la séance, je me suis dit que mon équipe avait une chance de gagner, même si je n'avais jamais vu jouer les Invincibles. Je n'étais pas allée vérifier leur jeu comme s'était permis de le faire Bart.

Lors des entraînements, il y avait toujours eu quelques spectateurs, parents, frères, sœurs ou baby-sitters. Mais, ce vendredi, il y avait vingt personnes dans les gradins venues nous supporter ! Les Imbattables étaient impressionnés et moi aussi.

Jessica, Mallory, Claudia, Carla et Mary Anne étaient là bien sûr. Ainsi que Mme Newton et Amanda, Mme Perkins et Laura, Jim (qui avait pris son après-midi), les triplés et quelques autres personnes.

Juste avant que le match ne débute, nos supportrices officielles sont arrivées. Elles portaient toutes les trois un T-shirt au nom des Imbattables, une jupe en jean, des chaussettes blanches et des baskets. J'ai couru vers elles.

– Vous êtes magnifiques ! Les Imbattables vont adorer... Mais, toi aussi tu es en tenue, Charlotte. Est-ce que cela veut dire que tu viendras nous encourager demain ? Cela nous ferait vraiment très plaisir, mais tu n'es pas obligée, tu sais.

– Je sais, mais je crois que ça me ferait plaisir aussi de dire mes textes.

Ça alors ! Je savais que les Imbattables auraient le soutien de leur famille et de leurs amis, mais décider Charlotte à sortir de sa coquille, c'était un véritable tour de force !

Il fallait que les Imbattables l'emportent. Pour eux et pour tous ceux qui croyaient en eux. J'ai rassemblé mon équipe pour faire un dernier point. Juste avant de prendre la parole, j'ai levé les yeux vers les gradins et mon regard a croisé celui de Jim. Il m'a fait un signe de la main. J'ai souri et lui ai rendu son signe.

Puis j'ai fait face à mon équipe. Il y avait dix-neuf Imbattables plus Jackie. Oh, Jackie est un Imbattable à part entière, seulement, c'est vrai qu'il ressemblait un peu à Kiki Grabouille. Il était le seul à avoir un trou dans son T-shirt. Il était le seul à avoir les lacets défaits. Même le plus jeune de notre équipe faisait plus pro que lui. Jackie était... Jackie. Notre catastrophe ambulante, même s'il jouait mieux ces derniers temps.

– Alors les Imbattables, vous savez tous ce qui va se passer demain ?

– Un match, a répondu Jackie.

– Oui, notre grand match. Contre les...

– Invincibles ! ont-ils crié d'une même voix.

– Et qu'allons-nous faire ?

– Les battre !

– Quoi ?

– Les battre !

– J'ai rien entendu ? Quoi ?

– LES BATTRE !

– Et comment on va les battre ?

Silence.

– En jouant de notre...

– Mieux.

– Oui. C'est tout ce que je vous demande.

C'était quelque chose que Jim nous avait dit très souvent à Karen, Andrew, mes frères et moi et pas seulement quand il s'agit de sport. Un jour, comme je lui disais que je venais d'avoir un C + à un contrôle de maths (un C +, ce n'est pas

catastrophique, mais j'ai l'habitude d'avoir des A ou des B),
Jim a réfléchi et m'a dit :

– Est-ce que tu as révisé pour ce contrôle ? Est-ce que tu
as fait de ton mieux ?

– Oui, mais la géométrie, c'est dur.

– Faire de ton mieux, c'est tout ce à quoi tu dois t'effor-
cer, dit Jim. Si tu veux, je peux t'aider à avoir une meilleure
note la prochaine fois. Mais tu dis avoir fait de ton mieux,
alors je ne suis pas déçu, je suis fier de toi.

Et voilà que, maintenant, c'était moi qui disais aux Imbattables : « Faites de votre mieux » et, sans même regarder les
gradins, je savais que Jim me souriait.

Notre dernier entraînement a commencé. Gabbie étant la
première batteuse, David Michael, qui lançait, a dû se
rapprocher et utiliser le ballon d'enfant.

Gabbie a manqué le coup une première fois. Une
deuxième fois. Mais elle a réussi à frapper la balle à la troisième fois et s'est mise à courir aussi vite que le lui permet-
taient ses petites jambes.

– C'est bon, Gabbie ! Arrête-toi là ! ai-je dû l'avertir
quand elle a atteint la première base.

Jackie a été le batteur suivant. Il a renvoyé la balle du
premier coup et a couru jusqu'à la première base. Gabbie,
jusqu'à la deuxième.

Son tour venu, Claire a manqué la balle trois fois et s'est
vue éliminer. Mais elle a regagné le banc de touche sans
piquer de colère.

Andrew s'est mis en place et a frappé la balle. Il a couru en
première base, Jackie en deuxième, et Gabbie en troisième.

Les bases étaient toutes occupées.

C'était au tour de Buddy Barrett de prendre la batte. À la surprise générale, il a manqué deux fois la balle et a été éliminé.

– Deux joueurs éliminés et les bases sont toutes occupées, ai-je annoncé tandis que Karen s'emparait de la batte.

Il fallait leur mettre la pression pour les motiver.

– Allez, Karen ! l'a encouragée Jim depuis les gradins.

Karen s'est concentrée, la langue tirée, les yeux rivés sur la balle. La balle s'est envolée et Karen est revenue au but.

Le match a continué sans accroc. C'était excitant.

Les Imbattables jouaient bien et restaient concentrés. Le score final a été de 13 à 12. J'étais aux anges ! Nos supportrices criaient si fort que j'ai dû leur faire signe de se calmer. Je ne voulais pas qu'elles soient aphones le lendemain.

À la fin du match, les spectateurs sont venus sur le terrain féliciter les joueurs.

Jim a donné une tape sur l'épaule de Karen, d'Andrew et de David Michael. Puis il m'a prise dans ses bras.

– Tu fais du très bon travail, Kristy. Je suis impressionné !

– Attendons de voir demain ce qui va se passer.

– Pas besoin. Ce que j'ai vu aujourd'hui m'a déjà convaincu. Demain ne compte pas vraiment.

J'ai compris ce que Jim voulait dire, même si, moi, je préférais gagner.

– Bien, venez, les enfants, je vous ramène à la maison, a ajouté Jim.

J'allais le suivre avec Karen et mes frères quand quelqu'un m'a tapé sur l'épaule.

– Bart ! me suis-je exclamée, plus surprise que ravie. Depuis quand es-tu là ?

– Assez longtemps...

Je suppose qu'il voulait dire assez longtemps pour constater combien les Imbattables s'étaient améliorés.

– On rentre ensemble à pied ? a-t-il proposé.

J'étais exténuée, et l'idée de traverser la ville à pied ne m'enchantait guère, mais j'ai accepté quand même, curieuse de voir ce que Bart avait à me dire.

– Jim, je vais rentrer à pied. On se retrouve à la maison.

Bart ne me faisait plus du tout craquer. J'avais la désagréable impression de ne pas pouvoir lui faire confiance. Il m'avait blessée.

Nous avons quitté le terrain de jeu sous les regards ahuris de mes amies du Club des Baby-Sitters.

– Ton équipe a fait des progrès.

– Merci.

J'étais sur le point de dire quelque chose sur le fait que les joueurs avaient travaillé dur, mais je me suis retenue. Après tout, Bart était l'entraîneur des Invincibles, l'équipe ennemie.

Aussi, j'ai pris un malin plaisir à déclarer :

– Demain, je voudrais faire jouer Gabbie, tu sais, la petite ? Celle qui joue avec un ballon. Ton lanceur devra s'approcher tout près d'elle, d'accord ?

– Bien sûr, a fait Bart en fourrant ses mains dans ses poches.

J'ai cru qu'il allait ajouter autre chose, mais, comme je l'avais fait quelques minutes auparavant, il s'est retenu.

Après cela, comme nous ne savions plus quoi dire, nous avons marché en silence. Quand nous sommes arrivés devant chez moi, Bart m'a dit :

– Au revoir, Kristy.

– Au revoir.

– Bonne chance pour demain.

– À toi aussi.

Je suis rentrée. Je me sentais à la fois bouleversée et déçue.

*– Kristy! Kristy! Réveille-toi! On est samedi!
C'est le grand jour!*
*Karen se tenait penchée au-dessus de moi.
Elle avait déjà ouvert les volets et allumé la
radio.*

– Entraîneur! On a besoin de toi, aujourd'hui!

– OK, ai-je grommelé. Je me lève.

– C'est vrai?

– Oui, mais à condition que tu arrêtes de me crier dans
les oreilles et que tu descendes prendre un bon petit déjeuner. Dis à Andrew et à David Michael de faire la même
chose. Vous avez besoin de faire le plein d'énergie.

– D'accord!

Karen est sortie de ma chambre en trombe. Elle avait

assez d'énergie pour toute une équipe et même pour ses adversaires !

Je me suis redressée et j'ai regardé par la fenêtre.

Il faisait beau, le ciel était sans nuages. Peut-être était-ce de bon augure. Cela dit, le ciel était le même chez Bart. Il pensait probablement que c'était de bon augure pour les Invincibles. C'est dans ces moments que je me dis que ces histoires de présages ne veulent rien dire.

J'ai enfilé mon T-shirt des Imbattables, mon jean, mes baskets, et j'ai vissé ma casquette fétiche sur la tête.

Jackie avait raison : nous avions besoin de casquettes au nom de l'équipe.

Dans la cuisine, j'ai trouvé Karen, Andrew et David Michael avec Charlie. Les trois Imbattables portaient déjà leur tenue pour le match. Ils étaient attablés devant des gaufres, des tartines grillées, des œufs au plat, du bacon, des fruits. Andrew avait une moustache de lait, Karen et David Michael buvaient du jus d'orange en plus de tout le reste.

– Karen, j'ai dit de prendre un bon petit déjeuner, pas de vous rendre malades !

Je n'avais jamais vu autant de nourriture.

– Nous faisons le plein, m'a signifié David Michael.

– C'est bien, mais ne vous forcez pas.

Je me suis beurré une tartine et j'ai mangé en prenant mon temps. Puis, j'ai regardé l'heure.

– Neuf heures et demie ! Je ferais mieux d'y aller. J'ai des tas de choses à faire. Où sont maman et Jim ? Où est Samuel ? Est-ce qu'il a pensé aux gâteaux ? Où sont les tables pour les rafraîchissements ?

– Kristy ! m'a heureusement interrompue Jim en entrant

dans la cuisine. Calme-toi. Ta mère est allée faire quelques courses et Samuel finit sa toilette. Il arrive. Tout va bien.

– Est-ce que les gâteaux sont cuits ?

– Oui.

– Vous avez trouvé les tables qui sont dans le garage ?

– Oui.

– Est-ce que…

Le téléphone a sonné.

– J'y vais ! me suis-je écriée en me ruant sur le combiné.

Mais Charlie m'a devancée.

– Allô… C'est pour toi, Kristy.

Je m'en étais doutée.

J'ai pris le téléphone :

– Allô ?

– Salut, c'est Jake.

– Oui, qu'est-ce qui se passe ?

– Ma mère dit qu'il faut que je lave mon T-shirt avant le match d'aujourd'hui, c'est vrai ?

– Eh bien, je n'ai pas dit de le faire, mais si ton T-shirt est sale tu devrais sans doute…

– Maman ! a hurlé Jake en m'interrompant. L'entraîneur a dit qu'elle n'avait pas dit de laver les T-shirts.

– Attends, Jake !

Oh, s'il y avait une chose que je voulais éviter, c'était d'avoir un parent fâché contre moi.

– Quoi ?

– Lave ton T-shirt.

À peine ai-je raccroché que le téléphone a de nouveau sonné. Cela tombait bien, j'avais encore la main sur le combiné.

– Allô, ai-je fait en priant pour que ce ne soit pas Jake qui rappelle.

– C'est Kristy Parker, l'entraîneur des Imbattables ? a demandé une petite voix.

– Oui, qui appelle ?

– Liz Barrett.

– Bonjour, Liz !

– Buddy a dit que lorsqu'on joue contre une autre équipe on a droit à quatre essais avant d'être éliminé.

– Buddy te taquine, les règles sont les mêmes pour tous les matchs.

– D'accord, au revoir.

Heureusement, il n'y a pas eu d'autres coups de fil. J'avais suffisamment de choses à faire ! En pensant à l'organisation que demandait le stand de boissons, je me suis mise à regretter d'avoir accepté. Pourquoi ne pouvais-je garder la tête froide comme Mallory, ou être aussi méticuleuse que Carla ?

– Maman, je viens de penser qu'il nous faudrait des serviettes en papier, une nappe ou des trucs comme ça pour le stand de boissons.

Elle venait de rentrer et n'avait même pas encore eu le temps de ranger les courses. Elle m'a souri et a tiré d'un sac un lot de nappes en papier.

– Ah, j'ai aussi oublié de te dire d'acheter des gobelets en plastique pour les jus de fruits, me suis-je écriée.

Maman a posé une pile de gobelets sur la table. Puis elle a traversé la cuisine, a pris mon visage entre ses mains et a dit :

– Ne t'inquiète pas, ma belle. Samuel et Charlie vont s'occuper du stand et j'ai acheté tout ce qu'il faut. La seule chose à laquelle tu dois penser c'est à ton équipe.

101

Elle avait dit ça en me désignant du menton David Michael, Andrew et Karen qui me fixaient d'un air angoissé.

Je leur ai souri.

– Qu'allez-vous faire aujourd'hui, les enfants ?

– Battre les Invincibles !

– Exactement !

Le téléphone s'est de nouveau mis à sonner.

– Ça doit être encore pour moi, ai-je fait à ma mère en décrochant.

C'était effectivement pour moi. Jackie, le désastre ambulant, avait une question à propos des balles hors jeu. Il m'a rappelée cinq fois de suite, avec d'autres questions sur le base-ball, et semblait à chaque fois plus nerveux.

Quand le téléphone a sonné une sixième fois en moins de dix minutes, j'ai décroché :

– Jackie, ne t'inquiète pas. Je te promets que…

– Kristy ? Ce n'est pas Jackie.

– Mallory ?

– Oui.

Elle avait une petite voix.

– C'est Nicky, a-t-elle annoncé. Il s'est réveillé avec un mal de gorge, des ganglions et quarante de fièvre.

– Oh, non ! C'est terrible !

– Il ne peut pas jouer aujourd'hui. Ma mère l'emmène chez le médecin.

– OK. Merci, Mallory. Dis à Nicky que je souhaite qu'il guérisse vite. À tout à l'heure.

Après avoir raccroché, je suis montée dans ma chambre. J'étais contrariée et je ne voulais pas que les enfants s'en rendent compte. Mais comme il n'y avait rien à faire et que cela ne servait à rien de se lamenter, je suis redescendue. J'ai pris David Michael à part dans la buanderie.

– Toi et Jake allez être lanceurs aujourd'hui.

– Moi ?

– Oui. Nicky est malade. Tu seras le lanceur et Jake le lanceur remplaçant. Tu penses que tu y arriveras ?

– Je ne sais pas. J'ai fait des progrès, mais je suis encore maladroit. Et les Invincibles appellent Jake « Bouboule ». C'est difficile de se concentrer quand les gens se moquent de toi.

– Ne t'occupe pas de Jake et fais de ton mieux, d'accord ?

– D'accord.

La matinée a filé à toute allure et, avant que je puisse dire ouf, la famille chargeait nos deux voitures.

Nous sommes arrivés sur le terrain une heure avant le début du match. Charlie et Samuel ont dressé les tables du stand de boissons. Maman et Jim se sont installés dans les gradins. Je n'aurais su dire pourquoi, mais j'aurais aimé que Jim me dise encore une fois : « Fais de ton mieux, je suis fier de toi. » J'ai voulu aller le voir, mais je devais m'occuper des enfants qui arrivaient. Certains apportaient des gâteaux à vendre. D'autres avaient des questions ou tout simplement besoin d'encouragements. J'ai essayé de les rassurer de mon mieux.

Les gradins se remplissaient. Il y avait beaucoup de visages inconnus. Ce devait être les supporters des Invincibles.

D'ailleurs, où étaient les Invincibles ?

J'ai rassemblé mon équipe pour expliquer les changements de dernière minute.

– Jake, tu seras le lanceur remplaçant, tu es d'accord ?

– D'accord, a répondu Jake avec sérieux.

– Bon, détendez-vous. Je suis sûre que tout va bien se passer. Mais, dis-moi, Jackie, tu es tout beau !

Le visage de Jackie s'est illuminé. Personne n'aurait pu encore le traiter de Kiki Grabouille ! Ses chaussures étaient lacées. Ses vêtements propres. Le trou de son T-shirt était recousu. Il n'y avait que ses cheveux qui étaient en bataille. Bah, après tout, c'était Jackie !

– Oh, oh, a-t-il fait en fronçant les sourcils. Regardez qui voilà !

Les Invincibles arrivaient sur le terrain en file indienne, menés par Bart. Les vingt garçons de l'équipe portaient le T-shirt des Invincibles et des casquettes rouges assorties. Ils étaient suivis par quatre filles en tenue de pom-pom girl.

Mes Imbattables les ont suivis des yeux.

Les Invincibles avaient fait une entrée pour le moins remarquée.

*Avant que le jeu ne commence, Bart et moi nous sommes concertés. Nous avons parlé de Gabbie et du petit ballon, et j'ai rappelé à Bart qu'il fallait parler par signes à Mathew. Puis nous avons décidé d'un match en sept manches.*

– Si tu veux, j'annoncerai la partie et le score au fur et à mesure, a proposé Bart.

Je me suis empressée d'accepter, soulagée de ne pas avoir à prendre la parole devant tout ce monde.

– Bienvenue à la première rencontre officielle entre les Invincibles et les Imbattables, a-t-il déclaré d'une voix forte avant de rappeler sommairement les règles du jeu.

Les deux équipes se sont longuement dévisagées. J'ai eu

un pincement au cœur. Les Imbattables étaient un groupe où se mêlaient garçons et filles, petits et gros, maladroits et handicapé. Sans compter notre désastre ambulant! Les Invincibles formaient une équipe homogène de garçons, tous plus grands et plus costauds que mes protégés! J'ai lu la peur dans les yeux des enfants. Je leur ai fait un signe d'encouragement. J'aurais voulu leur dire : « Vous pouvez y arriver, vous pouvez y arriver. »

Bart a sifflé le début de la partie. Nous avons commencé en attaque avec Max Delaney comme premier batteur. Sur le bord du terrain, mes amies du Club des Baby-Sitters étaient là pour nous encourager et pour m'aider à surveiller tout mon petit monde.

– Oh, là, là, vivement mon tour, pestait Karen sur le banc de touche. J'ai trop envie de jouer!

Mary Anne l'a prise sur ses épaules et l'a conduite au stand de rafraîchissements pour la faire patienter. Claudia a joué aux devinettes avec Gabbie, Myriam et Simon. Carla et Mallory se sont chargées de séparer Jake et Jackie qui se chamaillaient. Jessica a pris Liz Barrett dans ses bras. Heureusement qu'elles étaient là! Je ne m'en serais pas sortie sinon.

Elles veillaient à ce que les enfants restent calmes pendant que je suivais l'évolution du jeu.

Les choses ne se passaient pas trop mal, bien que rien d'excitant n'ait encore eu lieu. Simon Newton a relayé Max Delaney à la batte. Le lanceur de l'équipe adverse était un grand garçon qui devait avoir au moins dix ans. Il a lancé la balle de toutes ses forces.

Simon s'est baissé, ce qui a provoqué une vague de ricanements chez les Invincibles. Les moqueries ont redoublé quand Simon s'est à nouveau baissé pour esquiver la balle...

– Trois essais, tu es hors jeu, a annoncé Bart.

Claire est entrée sur le terrain sous les encouragements de nos supporters.

– Vive les Imbattables ! Vas-y, Claire ! Montre de quoi tu es capable !

Mais Claire a manqué son premier essai.

Les pom-pom girls se sont avancées, bien en ligne. Elles ont exécuté une petite chorégraphie en scandant le nom des Invincibles.

Vanessa, Helen et Charlotte se sont regardées et elles ont haussé les épaules.

Puis tous les regards se sont braqués sur Claire.

– C'est pas juste ! Pas juste ! Pas juste ! hurlait-elle.

Elle était si rouge que son père a dû venir la prendre à part et la calmer.

J'ai laissé M. Pike s'occuper de Claire et j'ai passé mon équipe en revue pour savoir qui envoyer pour la remplacer. Il était temps de faire rentrer un bon joueur et Mathew Braddock était prêt. J'avais peur que les Invincibles ne se moquent à nouveau de lui et ne le traitent d'idiot, mais ils n'oseraient quand même pas le faire devant les parents !

Grâce à Mathew, le match a basculé en notre faveur. Il a frappé la balle avec force, permettant à ses coéquipiers de marquer un maximum de points. Le score était de 3 à 0. Helen et Vanessa ont manifesté leur joie avec énergie, mais les pom-pom girls des Invincibles les éclipsaient totalement.

Cela ne nous a pas empêchés de féliciter chaleureusement Mathew quand il est revenu nous rejoindre. Margot

Pike a pris la batte. Les Invincibles l'avaient certainement étiquetée comme mauvais frappeur, car leurs supporters ont immédiatement crié :

– Manque la balle ! Manque la balle !

C'était franchement méchant.

Heureusement, je n'étais pas la seule à le penser. Les triplés, qui arboraient un T-shirt blanc au nom des Imbattables, ont décidé de joindre leur voix à celles de Vanessa et d'Helen pour encourager l'équipe. Il était difficile de comprendre ce qu'ils disaient, mais, au moins, ils faisaient plus de bruit que les supporters des Invincibles et c'était le principal.

Cela n'a cependant pas aidé Margot à frapper la balle.

– Troisième joueur hors jeu, a déclaré Bart.

Les Imbattables se sont aussitôt redéployés en défense pour la deuxième partie de la manche. Ils n'avaient pas l'air découragés du tout, bien au contraire. J'ai même entendu Jackie dire à David Michael :

– Trois points, tu te rends compte !

Ils étaient fiers !

Mon regard a croisé celui de Bart. J'ai aussitôt détourné la tête. Puis j'ai fait un signe à David Michael, qui était déjà en position. Il a couru vers moi :

– Oui ?

– David Michael, fais de ton mieux et tout se passera bien.

– D'accord, Jim, a-t-il gloussé.

Je lui ai tapoté l'épaule en guise d'encouragement avant de le renvoyer sur le terrain.

Malgré toute sa bonne volonté, David Michael n'était pas de taille face aux frappeurs des Invincibles. À la fin de la manche, le score était de 6 à 3 en faveur des Invincibles.

J'ai commencé la deuxième manche en faisant entrer Gabbie sur le terrain. Si je voulais la faire jouer, mieux valait que ce soit avant que la manche ne soit vraiment engagée. Je suis allée voir le lanceur des Invincibles pour lui expliquer qu'il fallait adapter le jeu à l'âge et à la taille de la petite. Il a regardé le ballon d'enfant en roulant des yeux.

– Elle n'a que deux ans et demi, alors approche-toi d'elle.

Le garçon a obéi. Et je lui ai demandé de lancer une balle facile.

À sa grande surprise, Gabbie a réussi à frapper du premier coup et à atteindre la première base. C'était au tour de Jackie de jouer. Il était près du stand de rafraîchissements en train de choisir une batte. Pour s'amuser, il en a lancé une en l'air, mais quand il a voulu la rattraper, elle lui a glissé des mains pour tomber en plein sur le stand. Heureusement, il n'avait assommé personne, mais l'une des tables a basculé et tout est tombé par terre.

– Vite, vite! a crié Charlie en essayant de rattraper une assiette de gâteaux.

Trop tard! Les biscuits gisaient au sol dans une mare de jus de fruits.

Tout le monde sans exception a vu l'incident. Et tout le monde a ri, bien sûr.

J'étais morte de honte et je pense que Jackie aussi, mais il a fait comme si de rien n'était et a pris place sur le terrain. Il semblait déterminé, et nullement perturbé par la catastrophe qu'il venait de déclencher.

Le premier coup a été lancé avec violence, mais Jackie ne s'est pas démonté et il a frappé de toutes ses forces, manquant la balle de peu. Emporté par l'élan, il a fait un tour sur lui-même et a failli perdre l'équilibre. Des gloussements ont retenti dans les gradins. Il a manqué le coup suivant, mais s'est aussitôt remis en position de frappe.

La balle a volé droit sur lui, mais il l'a loupée encore une fois.

– Tu es éliminé, a fait Bart.

Les épaules de Jackie se sont affaissées, son visage s'est assombri. Il est sorti du terrain en traînant des pieds. Manque de chance, il a trébuché et s'est écroulé par terre.

– Aïe! Ma cheville! Je me suis tordu la cheville.

Je me suis précipitée à ses côtés pour examiner sa cheville et j'ai fait signe à ses parents qu'il n'y avait rien de cassé. Jackie affirmait cependant souffrir le martyre.

– Je ferais mieux d'arrêter de jouer, a-t-il bougonné en se relevant et en regagnant le banc de touche en claudiquant.

Je me suis figée. N'était-ce pas la cheville gauche qu'il s'était tordue? C'était celle que j'avais examinée et qu'il tenait à deux mains un instant plus tôt… Mais voilà qu'il boitillait en retenant l'autre pied.

« Je vois… »

**(14)**

*J'ai laissé Jackie sur le banc de touche jusqu'à la fin de la deuxième manche. Puis j'ai demandé un temps mort. Je me suis assise à côté de notre grand blessé et je lui ai dit d'une voix ferme :*

– Jackie, je vais te renvoyer sur le terrain.

– Mais je ne peux pas jouer, je me suis tordu la cheville, a-t-il protesté en se frictionnant la cheville droite.

– Quand tu es tombé, tu t'es fait mal à l'autre cheville. Jackie, je sais que tu es déçu et triste d'avoir été éliminé. Mais je sais aussi que tu es un bon joueur. Tu fais partie de nos meilleurs lanceurs. Et, maintenant, nous avons besoin de toi en première base. Si tu n'y vas pas, je devrai envoyer Simon et tu sais comme il a peur des balles.

Jackie a réfléchi en silence avant de faire un oui timide de la tête.

– Et si je n'y arrive pas ?

– Ne t'inquiète pas de ça. Tout ce que je te demande, c'est d'y aller et de faire de ton mieux. Je compte sur toi. Toute l'équipe compte sur toi. Et je sais que tu peux y arriver.

– C'est vrai ?

– Bien sûr !

Il a poussé un long soupir.

– D'accord.

Jackie s'est levé, et des applaudissements ont salué son retour sur le terrain. Ce devait être sa famille. Les Invincibles se sont mis à rire. L'un d'eux a même crié :

– Attention, c'est monsieur catastrophe !

Il les a ignorés. David Michael était au lancer. Le frappeur adverse a réussi à toucher la balle, mais Mathew l'a récupérée très rapidement et l'a renvoyée à Jackie juste avant que le coureur atteigne la base.

J'ai crié « hors jeu » alors même que je n'étais pas l'arbitre. Brad m'a lancé un regard noir, mais cela ne m'a fait ni chaud ni froid. Jackie souriait de toutes ses dents. Sa confiance était revenue. Avec David Michael, Simon et Myriam, ils n'ont pas laissé leurs adversaires marquer un seul point de plus. Le score était de 6 à 4. Même s'ils menaient le match, les Invincibles ne s'attendaient pas à une telle résistance de notre part.

– Vive les Imbattables ! Allez, les Imbattables, vous êtes les meilleurs ! hurlaient nos supporters.

Même Charlotte s'était jointe à eux, emportée par la fièvre du match.

Ce sont les encouragements de Charlotte qui, plus que toute autre chose, m'ont redonné espoir.

Le jeu s'est poursuivi sous un soleil de plomb. Les spectateurs avaient retiré leur veste et mis leurs lunettes de soleil.

Au cours de la troisième manche, Cornélia Papadakis a réussi à frapper la balle très loin.

– Waouh ! s'est-elle écriée sans y croire elle-même.

– Cours, cours ! lui ai-je rappelé.

– Oh, oui, c'est vrai ! a-t-elle pouffé en s'élançant.

Grâce à sa prouesse, les Imbattables ont marqué deux points.

Les Invincibles faisaient la grimace. Mais ils ont quand même remporté la manche, avec un score de 8 à 6.

À la fin de la quatrième manche, alors qu'ils menaient 10 à 6, Bart a demandé une pause. Tout le monde en avait besoin, les joueurs, les supporters, le public et les entraîneurs.

Il faisait de plus en plus chaud. J'ai essuyé la sueur de mon front avec la manche de mon T-shirt (maman déteste que je fasse ça) et je me suis dirigée vers mes amies.

– Les Imbattables se débrouillent bien, a fait Claudia.

– Nous perdons.

– Mais vous jouez une partie difficile, est intervenue Mary Anne, qui pourtant n'y connaissait rien en base-ball. Les Invincibles croyaient vous battre à plates coutures et vous leur menez la vie dure !

– Oh oui ! a acquiescé Mallory, je suis sûre qu'ils ne s'attendaient pas à ça. Même Gabbie se débrouille comme un chef avec son ballon en plastique.

– Vous oubliez la catastrophe déclenchée par Jackie au stand des rafraîchissements, leur ai-je rappelé.

– C'était plutôt drôle, a gloussé Carla. Et puis, comme tu le dis si bien, on l'a déjà oublié ! Ce qu'on retiendra, c'est sa performance sur le terrain. Regarde comme il est fier de lui.

Jackie parlait avec sa famille. Il souriait. Il jubilait, en effet.

Karen m'a fait signe. En fait, elle agitait frénétiquement sa main. Karen n'a jamais été très discrète.

– Je ferais mieux d'aller voir ce qu'elle veut.

J'ai laissé mes amies pour rejoindre Karen et le reste de ma famille.

– Te voilà enfin ! s'est exclamée Karen.

– Quel jeu ! a fait Jim.

– Oui. On est les plus forts, a renchéri Andrew.

– On est forts, c'est vrai, mais pas les plus forts, puisqu'on est en train de perdre.

– Karen dit qu'on est les plus forts.

– Les Invincibles mènent au score, tu le sais bien. Ils ont dix points et nous seulement six.

– Seulement ? s'est offusquée Karen. Six, c'est beaucoup. La partie n'est pas finie. On peut encore gagner.

J'ai regardé maman et Jim en haussant les épaules. Maman a souri et Jim a dit :

– Elle a raison, il ne faut jamais perdre espoir !

– Je ferais bien d'aller voir Charlie et Samuel, ai-je enchaîné.

Le stand était bondé. Avec la chaleur, tout le monde avait soif. J'ai demandé à Mary Anne de venir avec moi donner un coup de main à mes frères.

– Ils se défendent bien, ces Imbattables ! ai-je entendu dire dans la foule.

C'était un Invincible !

La pause a duré une dizaine de minutes. La partie a repris. Les deux équipes étaient plus motivées que jamais. À la fin de la septième manche, les Invincibles menaient toujours et les Imbattables avaient deux joueurs éliminés. Claire Pike était à la frappe.

Si jamais elle devait réussir un coup, c'était celui-là, me suis-je dit en croisant les doigts. Mais Claire a manqué la balle... Une fois, deux fois, trois fois.

Les Invincibles ont sauté de joie et ont jeté leur casquette en l'air.

Le jeu était terminé. Le score était de 16 à 11 et les Invincibles avaient gagné. Ils avaient écrasé les Imbattables. Il fallait s'y attendre, bien sûr. Les Invincibles avaient mené tout au long du jeu.

J'ai retiré ma casquette et je l'ai fourrée dans la poche de mon pantalon. Les Imbattables couraient sur le terrain et la foule les applaudissait.

– Pour les Imbattables, hip, hip, hip ! ont lancé en chœur les Invincibles. Hourra !

En guise de réponse, les Imbattables ont entonné :

– Pour les Invincibles, hip, hip, hip, hourra !

Voilà qui était mieux que les moqueries et les regards assassins !

Les deux équipes se félicitaient mutuellement.

– Rassemblement ! ai-je crié à l'attention de mes joueurs.

Quand ils ont tous été devant moi, j'ai déclaré :

– Félicitations à tous. Vous avez très bien joué. Je suis fière de vous.

– Même si on a perdu ? a demandé Jackie.

– Même si vous avez perdu. Vous avez joué contre une équipe plus âgée et plus expérimentée que vous. Vous avez marqué onze points. C'est formidable.

– Et la prochaine fois que nous jouerons contre les Invincibles, a ajouté Karen, peut-être que nous gagnerons.

J'ai souri.

– Peut-être. Maintenant, il est temps de rentrer. Allez retrouver vos parents, vos frères et sœurs.

Andrew, Karen, David Michael et moi sommes allés aider Samuel et Charlie à tout remballer.

Mary Anne est partie au bras de Logan. Jessica est rentrée en compagnie des Pike. Claudia et Carla sont restées pour compter l'argent que Samuel et Charlie avaient gagné en vendant les boissons et les gâteaux.

– Pas mal du tout ! a fait Carla. Vous allez pouvoir acheter des casquettes pour toute l'équipe.

– Merci, Samuel, merci, Charlie, ai-je dit.

– Pas de problème, m'a répondu Charlie en pliant les tables.

Je vérifiais qu'il ne restait pas de gobelets ou de serviettes sur la pelouse quand une voix m'a appelée.

– Kristy !

J'aurais reconnu cette voix entre mille. C'était celle de Bart.

*Je ne me suis pas retournée tout de suite et j'ai vu du coin de l'œil Samuel et Charlie se donner des coups de coude en pouffant de rire, Carla et Claudia se faire un signe de tête, maman et Jim échanger un clin d'œil.*

– Oui ? ai-je fait en ayant l'air le plus détaché possible.

Devinez quoi ? Bart m'a demandé si je voulais bien faire le chemin à pied avec lui.

– Je vous retrouve à la maison ! ai-je prévenu ma famille. Je vous appellerai ce soir, ai-je ajouté à l'attention de Claudia et Carla.

– Tu as intérêt, m'a lancé Claudia en riant. Sinon, c'est moi qui t'appellerai.

Bart et moi nous sommes éloignés rapidement et avons quitté le terrain.

– Félicitations, m'a-t-il dit.

– Pour quoi ?

– Pour la partie d'aujourd'hui.

– Oh…

– Tes joueurs se sont bien débrouillés.

– Certains, oui.

– Tous.

– Simon continue d'esquiver la balle, Claire n'arrive toujours pas à la frapper et pique des colères incontrôlables…

– Peut-être, mais j'ai remarqué quelque chose aujourd'hui. Ton équipe est vraiment très soudée.

– Qu'est-ce que tu veux dire ?

– Je veux dire qu'ils feraient n'importe quoi pour l'équipe ou n'importe lequel d'entre eux. Ils ne sont peut-être pas d'excellents joueurs, mais on sent comme c'est important pour eux de faire partie d'une équipe. Ils sont fiers d'être les Imbattables.

Bart a marqué un silence avant de reprendre :

– C'est pour ça que j'appréhendais ce match.

– Quoi ? Tu avais peur de nous ?

– Oui… Au départ, j'avais emmené mon équipe assister à votre entraînement pour leur montrer que le match était gagné d'avance. Mais quand j'ai vu tes joueurs en action, même s'ils ne sont pas très doués, je me suis dit que ce ne serait pas aussi facile que ça.

– Ah bon…

La confidence de Bart me faisait voir les choses sous un angle nouveau. Et je me suis rappelé la réflexion de Karen.

Elle avait raison. Les Imbattables n'avaient pas besoin de gagner pour être les plus forts.

– Après tout, est-ce si important de gagner ? ai-je réfléchi à haute voix.

– Euh, ouais… a répondu Bart en grimaçant.

On a éclaté de rire.

– J'imagine que nous aimons tous les deux gagner, ai-je ajouté.

– J'ai l'esprit de compétition. Mes parents me disent que je l'ai même trop.

– Moi, j'aime organiser, prendre les choses en main.

– Comme tout bon entraîneur.

– Et quand je m'occupe de quelque chose, j'aime que ça marche aussi. J'aime gagner, comme toi… Mes amies et moi avons fondé un Club de baby-sitting. C'était une idée à moi. Je suis la présidente et ça marche bien. Nous avons beaucoup de travail. Si ce n'était pas un succès, je ne sais pas ce que je ferais.

– Est-ce que tu vas laisser tomber le base-ball ?

J'ai haussé les épaules.

– Vas-tu arrêter d'entraîner les Imbattables juste parce que vous avez perdu aujourd'hui ?

– Sûrement pas ! me suis-je écriée sans même réfléchir.

– Alors gagner n'est probablement pas aussi important pour toi que tu ne le penses, a conclu Bart.

– Oh, là, là, ce que tu es sérieux, ai-je pouffé. On croirait entendre mon beau-père !

Bart et moi allions traverser la rue quand une voiture est arrivée en trombe.

– Kristy, attention !

Bart m'a saisi la main et m'a tirée en arrière. Ouf! Il s'en était fallu de peu.

Nous étions en sécurité sur le trottoir, mais Bart ne m'a pas lâché la main. Il l'a gardée dans la sienne jusqu'à ce que nous ayons traversé la rue.

– Jolie casquette! a-t-il sifflé alors que je la remettais. Qu'est-ce que c'est comme chien brodé dessus?

– Ma race de chiens préférée. Je porte ça en souvenir de Foxy. C'était notre colley. Nous avons dû le faire piquer.

– Comme c'est triste. J'espère que nous n'aurons jamais à le faire avec Twist.

Il y a eu un silence.

– Kristy?

– Oui?

– Je tiens à m'excuser pour toutes les méchancetés que mes joueurs ont lancées aux tiens. Je ne m'en suis pas rendu compte tout de suite. Mais je te promets que cela ne se reproduira pas.

– D'accord. Vos moqueries ont eu le mérite d'endurcir mes joueurs. Et puis je dois avouer que Jackie est une vraie catastrophe ambulante!

Bart s'est mis à rire.

Après ça, nous avons marché longuement en silence. J'étais gênée et je ne savais pas quoi dire. Je ne devais pas être la seule, puisqu'il ne disait rien lui non plus.

De quoi pouvais-je lui parler? De ma famille? De mon école? À moins que je ne lui pose des questions... Restait à savoir lesquelles. J'ai finalement opté pour l'école, un sujet sans risque. Mais il m'a prise de court:

– Kristy, j'ai une question à te poser.

– Oui ?

– Je me demandais si... Je veux dire... Je sais que les choses ont été un peu tendues entre nous, mais, maintenant que nous avons tous deux admis que nous avions l'esprit de compétition et que nous avons disputé un match...

Mais où voulait-il en venir ?

– Je me demandais, donc, si tu accepterais de... faire un autre match contre les Invincibles.

– Pourquoi pas... ai-je répondu d'une voix traînante.

J'étais déçue. J'espérais qu'il me demande quelque chose de plus personnel.

– Je pose une condition, a-t-il ajouté soudainement.

– Une condition ?

– Oui. Que tu ne me considères plus comme un adversaire, mais comme... un ami ? Ou...

– Ou... ?

– Peut-être que nous pourrions sortir quelque part, aller voir un match ou aller au cinéma. Ça te dirait ?

– Bien sûr ! ai-je répondu joyeusement.

– Parfait.

Nous avons ri tous les deux.

Nous étions arrivés dans notre quartier, et bientôt Bart allait me laisser devant chez moi.

J'aurais aimé que le retour dure plus longtemps, même si j'étais fatiguée. Cela dit, je ne devais pas l'être autant que mes joueurs. Gabbie s'était endormie dans les bras de son père au moment où les Perkins quittaient le terrain. Et Andrew tombait également de sommeil.

– Bon... Je suis arrivée... Je suppose que je vais te revoir bientôt.

– Avant le match.

– D'accord. Il faudra que je te présente mes amies. Je suis sûre que vous vous entendrez bien.

– Je pourrais peut-être venir à une réunion du Club des Baby-Sitters.

– Tu veux garder des enfants ?

– Non.

– Alors je te les présenterai une autre fois, les réunions sont sérieuses.

– Ça marche. À bientôt, Kristy !

Je l'ai regardé s'éloigner dans la rue. Puis je suis allée dans le jardin. Jim s'affairait dans un massif de fleurs.

– Coucou !

Il a levé les yeux.

– Te voilà ! Nous n'avons pas eu l'occasion de parler après le match. Mais je voulais te féliciter. Les enfants ont été formidables. Mais ça, je m'en doutais.

– Ah, bon ? Et pourquoi ça ?

– Parce que c'est toi, leur entraîneur.

– Merci, Jim.

S'il n'avait pas été couvert de terre et de mousse, je crois que je l'aurais embrassé. Au lieu de cela je lui ai dit :

– Bart m'invite à aller assister à un match avec lui. Il veut que nous soyons amis.

Ou peut-être plus qu'amis, ai-je secrètement pensé. Mais cela me faisait plutôt peur. Est-ce que j'étais prête à être plus qu'une amie avec un garçon ?

– Merveilleux, a fait Jim en souriant.

– Je rentre, je dois téléphoner.

J'ai couru à la maison. J'ai appelé Mary Anne, Carla et

Claudia, comme prévu, pour tout leur raconter. Enfin, j'ai passé un dernier coup de fil.

– Allô, est-ce que je peux parler à Jackie ?

– C'est moi.

– C'est Kristy. Je voulais juste te dire que j'étais fière de toi. Tu as bien joué aujourd'hui. Et tu as fait preuve de courage en retournant sur le terrain après ta chute.

– Merci, c'est gentil d'appeler pour me dire ça... Oh zut !

– Qu'est-ce qui s'est passé ?

– La lampe. Je viens de casser la lampe.

Décidément, certaines choses ne changeraient jamais !

# Le grand amour de CARLA

*L'auteur tient à remercier Mary Lou Kennedy,
pour l'avoir aidée à préparer le manuscrit de ce livre.*

*– Je ne crois pas que l'orange soit ta couleur, m'a dit Claudia Koshi d'un air pensif. Le beige rosé irait mieux avec ton teint de pêche et tes cheveux blonds.*

– Hum, je crois que tu as raison.

Je me suis regardée dans le miroir et j'ai pris un mouchoir pour enlever le rouge à lèvres orange. On aurait dit que j'avais embrassé une citrouille.

– Essaie celui-là, a continué Claudia en me tendant un tube de brillant à lèvres rose.

Il était couleur Malabar.

En voyant la tête que je faisais, elle a éclaté de rire.

– Fais-moi confiance, Carla.

Claudia est une artiste. Elle est incroyablement douée

127

pour assembler les formes et les couleurs et a une imagination folle. Heureusement, parce qu'elle n'est pas très bonne en classe (elle fait des tonnes de fautes d'orthographe). Et pour ne rien arranger, sa sœur aînée, Jane, est une surdouée. C'est le genre de fille qui résout des problèmes de maths juste pour s'amuser. Je vous assure, c'est vrai.

Ce jour-là, nous étions dans la chambre de Kristy Parker et je me suis rendu compte que mes six copines étaient toutes en train d'essayer des rouges à lèvres et du vernis à ongles, et même de nouvelles coiffures, comme Lucy MacDouglas. Cette séance de maquillage collectif nous a valu un bon nombre de fous rires.

Il serait peut-être temps que me je présente ! Je m'appelle Carla Schafer, j'ai treize ans et je vis à Stonebrook, dans le Connecticut, comme mes amies du Club des Baby-Sitters, dont je suis membre suppléante. Je suis blonde aux yeux bleus. Pour mes amies, je suis la Californienne typique. Quoi de plus normal, j'ai vécu en Californie jusqu'au divorce de mes parents. Ensuite, maman, mon frère David et moi, nous avons emménagé à Stonebrook. Maintenant, David vit de nouveau en Californie avec mon père (il ne se plaisait pas du tout dans le Connecticut), et j'y vais assez souvent pour les vacances. Quoi d'autre ? Eh bien, j'adore le grand air, je suis végétarienne et j'essaie de manger sainement (pas comme Claudia qui pense que les Carambar sont bons pour la santé).

Claudia, la vice-présidente du Club, est d'origine japonaise. Elle a les cheveux d'un noir de jais et la peau très blanche. Elle fait partie de ces gens qui peuvent porter n'importe quoi. Tout lui va à merveille. Ce jour-là, par exemple, elle était en noir et blanc. Une robe noire sans manches sur un col roulé blanc, et une ceinture noire vernie. Des bottines en daim noir et un collant blanc. Ses longs cheveux noirs, retenus par des pinces en plastique blanc, encadraient joliment son visage. N'importe qui d'autre aurait eu l'air d'un pingouin dans cet accoutrement, mais Claudia était tout simplement superbe.

– Qu'en penses-tu ? m'a-t-elle demandé en présentant une boucle d'oreille blanche contre sa joue. C'est trop ?

J'ai hoché la tête.

– Peut-être un peu trop.

La boucle d'oreille avait la taille d'une poignée de porte.

– Hé, Carla, regarde ma coiffure ! m'a lancé Mary Anne.

Mary Anne Cook est ma sœur par alliance (ma mère a épousé Richard, son père) et c'est aussi ma meilleure amie. Elle est beaucoup plus classique que moi pour les vêtements et le maquillage, mais elle commence depuis peu à oser des choses plus fantaisistes.

Quand je l'ai rencontrée pour la première fois, elle faisait petite fille. Elle portait une jupe plissée et une chemise boutonnée jusqu'au cou. Et, pire que tout, elle avait deux longues tresses. Horrible ! Mais ce n'était pas de sa faute, c'était son père qui lui choisissait ses vêtements ! Depuis qu'il a épousé ma mère, il est moins sévère, et Mary Anne a le droit de s'habiller comme une fille de son âge. Et elle a même un petit ami. C'est la seule d'entre nous à pouvoir s'en vanter. Il s'appelle Logan Rinaldi, et fait partie du Club, lui aussi. Au fait, Mary Anne est la secrétaire du Club.

– Et toi, ça te plaît ? ai-je demandé en me précipitant à l'autre bout de la pièce.

Je connaissais déjà la réponse.

Lucy MacDouglas (une vraie New-Yorkaise) avait ébouriffé les longs cheveux châtains de Mary Anne. Cela faisait très branché, très mode, mais pas très Mary Anne. D'ailleurs, on voyait bien que ça ne lui plaisait pas ! Mais elle n'osait le dire, de crainte de blesser Lucy.

Lucy avait elle-même transformé sa chevelure en un nuage de boucles blondes.

Mary Anne m'a lancé un regard désespéré dans le miroir, au moment où Lucy donnait la touche finale à l'ensemble.

– Elle est géniale, non ?

J'étais au pied du mur.

– Ça te change, ai-je dit en regardant Mary Anne. Bien sûr, tu ne pourrais pas te coiffer comme ça tous les jours.

– Elle devrait. C'est beaucoup mieux, a affirmé Lucy.

Lucy, la trésorière du Club, est toujours à la mode et super bien habillée. C'est quelqu'un de sophistiqué, comme Claudia (qui est devenue sa meilleure amie). Il lui arrive d'avoir des petits amis, mais rien de sérieux. Elle est fille unique et a grandi à New York jusqu'à ce que son père soit muté dans le Connecticut pour son travail. Ils ont vécu un an à Stonebrook, puis son père a été rappelé à New York. Nous avons fait des adieux déchirants à Lucy et nous nous demandions si nous la reverrions un jour. Environ un an plus tard, ses parents ont divorcé et sa mère est revenue dans le Connecticut. Quelle vie compliquée ! Lucy est restée une New-Yorkaise de cœur (exactement comme je suis une Californienne de cœur) et elle va voir son père dès qu'elle le peut.

Et comme si sa vie n'était pas déjà assez compliquée, Lucy a du diabète, une maladie très grave. Elle fait très attention à ce qu'elle mange et doit se faire chaque jour des piqûres d'insuline pour maîtriser sa maladie. Elle a interdiction absolue de manger des sucreries. Imaginez un instant une vie sans friandises, et vous aurez une idée de ce qu'est son existence. Au début, nous avons essayé de ne pas laisser traîner des gâteaux ou des bonbons, mais ce n'était pas la peine, car Lucy se contrôle drôlement bien. Elle n'en mange jamais parce qu'elle sait que ça la rendrait très malade.

– Et voilà le travail ! a annoncé Lucy d'un air triomphant.

Elle a posé la brosse et s'est emparée d'une pomme. Les autres suçotaient des caramels (sauf moi, parce que les bonbons, ce n'est pas diététique).

– Je te remercie, Lucy. C'est très joli, a dit Mary Anne.

Je savais qu'elle détestait cette coiffure, mais elle s'arrangeait pour faire croire qu'elle était ravie.

– Je peux te la refaire quand tu veux. Il faut utiliser un tout petit peu de gel et…

Elle s'est tue soudainement et s'est assise sur le lit de Kristy, qui s'est aussitôt inquiétée :

– Ça va ?

Kristy Parker est la présidente du Club des Baby-Sitters.

– Ça va, a répondu Lucy d'une voix faible.

Elle a porté un instant la main à son front, comme si elle avait la migraine.

– Tu es un peu pâle.

Je me suis souvenue que, depuis quelque temps, Lucy nous disait régulièrement qu'elle ne se sentait pas bien.

– Non, non, ça va, vraiment.

Elle s'est relevée d'un bond et a repris sa brosse à cheveux.

– Je crois que c'est la laque qui m'a fait tourner la tête, a-t-elle ajouté en souriant. On devrait peut-être aérer un peu.

– Bonne idée.

Comme toujours, Kristy a pris la situation en main et s'est dirigée vers la fenêtre la plus proche. Parfois, ses manières autoritaires m'agacent un peu (attendez de la voir dans les réunions du Club et vous comprendrez), mais je dois reconnaître qu'elle est efficace. C'est drôle parce que, d'un côté, on ne dirait pas qu'elle a treize ans. Elle ne s'intéresse pas du tout aux vêtements et au maquillage et ne quitte presque jamais sa tenue favorite : sweat-shirt, jean large et baskets. Mais, d'un autre côté, elle semble très mûre et sait toujours comment faire face aux cas d'urgence.

Peut-être est-ce dû à l'histoire mouvementée de sa famille : l'absence de son père, le remariage de sa mère avec Jim Lelland et, dernièrement, l'adoption d'une petite Vietnamienne qu'ils ont appelée Emily Michelle. Cela en fait du monde à la maison avec Charlie, Samuel, David Michael (ses frères), Karen et Andrew (les enfants de Jim)! D'autant que la grand-mère de Kristy est venue vivre chez eux pour donner un coup de main. Kristy adore sa nouvelle famille et, comme elle est formidable avec les enfants, elle s'occupe très bien de ses jeunes frères et sœurs.

J'ai encore plein d'autres choses à vous dire (surtout sur ma demi-sœur, Mary Anne, et la rencontre tout à fait romantique de nos parents), mais je dois garder ça pour plus tard. Alors, restez avec moi !

*À onze heures, le matin suivant, Mary Anne est venue me réveiller.*
*– Carla ! a-t-elle fait en me tapotant l'épaule. Allez, c'est presque l'heure du déjeuner !*

Je me suis pelotonnée encore plus dans mon sac de couchage et j'ai enfoncé mon visage dans l'oreiller. J'ai poussé un grognement. Quelle mouche avait piqué Mary Anne ? Vous croyez qu'on peut sauter comme ça de son lit après avoir papoté toute la nuit ? Nous n'avions pas éteint la lumière avant trois heures du matin.

Pas étonnant que j'aie l'impression d'être un zombie.

Mais Mary Anne ne lâchait pas prise. Elle s'est assise près de moi.

– Il faut se lever tout de suite, a-t-elle insisté. Nous avons déjà perdu la moitié de la journée !

– Chut ! a lancé Lucy, emmitouflée dans son duvet. Il y en a qui essaient de dormir.

– Je sais, s'est excusée Mary Anne. Mais je crois que les Lelland nous attendent pour le petit déjeuner. On ne peut pas rester à flemmarder au lit toute la matinée alors qu'ils sont en train de préparer à manger pour seize personnes.

Mary Anne avait raison, bien sûr. Ma demi-sœur pense toujours à tout le monde !

– Mmm, il me semble que ça sent le bacon grillé, a dit Mallory en s'étirant. Je suis d'accord avec Mary Anne. Nous devrions toutes descendre.

Jessi a poussé un énorme bâillement.

– Je déjeunerai au lit. Vous n'avez qu'à me laisser un plateau devant la porte.

– Hé ! Pas question ! s'est écriée Claudia en lui lançant un oreiller. Si on se lève, toi aussi.

Mary Anne a ouvert les rideaux en grand, et le soleil a envahi la chambre. Tout le monde s'est levé pour de bon, y compris Kristy qui s'était enfouie comme une taupe sous sa couette.

– Hé, Kristy, est-ce qu'il faut s'habiller avant de descendre manger ? a demandé Lucy.

– Un samedi matin ? Tu rigoles ? a-t-elle marmonné en enfilant une paire de grosses pantoufles. Vous pouvez mettre ce que vous voulez, maman et Jim ne feront pas attention. Je vous assure.

Claudia a jeté un coup d'œil dans le miroir. Ses cheveux étaient tout emmêlés et son mascara, qui avait coulé, lui faisait de grands cernes noirs. On aurait dit qu'elle sortait de *La Nuit des morts vivants*.

– Claudia, tu es affreuse, a gloussé Kristy.

– Tu n'es pas terrible non plus, lui a-t-elle rétorqué.

Elle n'était pas vexée du tout parce que, en fait, nous étions toutes affreuses.

– Je sais. C'est rigolo, non ?

Kristy a pris sa casquette de base-ball favorite (celle avec un colley dessus) et l'a vissée sur sa tête.

– ... Mais qui va nous voir au petit déjeuner à part Karen, mamie, maman et les autres ? a-t-elle repris en haussant les épaules.

Nous avons eu la réponse quelques minutes plus tard. Qui pouvait nous voir ? Personne si ce n'était le garçon le plus mignon du monde !

Nous étions en train de descendre les escaliers sous notre plus mauvais jour quand nous avons vu – attablé avec Samuel et Charlie, les frères de Kristy – un garçon qui aurait pu être mannequin. Des cheveux blond cendré, des yeux bleu profond, et un sourire que je n'oublierai jamais. Claudia était devant moi, elle s'est arrêtée net et je lui ai foncé dedans, comme dans les dessins animés !

– Oh, Claudia. Salut ! Je croyais que vous alliez dormir toute la journée.

Samuel nous a dévisagées d'un air étonné... Voire dégouté. Je me suis sentie affreuse. J'ai une peau très claire et des cheveux blond très pâle. Pas difficile d'imaginer à quoi je peux ressembler le matin, en particulier avec des traînées de mascara sous les yeux !

J'ai essayé de me cacher derrière Lucy qui a immédiate-ment compris la manœuvre et s'est dirigée discrètement vers le couloir.

– Hé, ne te sauve pas, l'a taquinée Charlie. Kristy, je veux vous présenter quelqu'un, à toi et à tes amies. (Il a désigné le garçon trop mignon.) Travis, je te présente ma sœur et le Club des Baby-Sitters au grand complet. Travis vient d'arriver à Stonebrook, a-t-il précisé.

Le garçon en question nous a saluées d'un signe de tête et a souri à tout le monde.

Les autres enfants de la famille Parker-Lellard étaient également à table. Emily Michelle, David Michael, Karen et Andrew mangeaient des corn flakes, mais je les ai à peine remarqués. Je ne pouvais détacher mes yeux de Travis. Et, en même temps, j'aurais préféré être invisible ! Quelle horreur, c'était la première fois qu'il me voyait, et ce n'était vraiment pas sous mon meilleur jour !

Mais Travis était trop poli pour faire une quelconque réflexion. J'aurais voulu que le plancher s'ouvre sous mes pieds quand il m'a serré la main ! À notre âge, personne ne se serre la main (vous ne croyez pas ?), mais bon…

Je sentais un frisson d'excitation parcourir notre groupe, même si la plupart d'entre nous gardaient les yeux rivés au sol et auraient préféré se trouver sur une autre planète. Il y a eu ce genre de silence affreusement long où tout le monde attend que quelqu'un trouve un truc à dire. Travis et moi restions là, plantés l'un en face de l'autre à nous regarder.

J'ai lâché les premiers mots qui me sont venus à l'esprit :

– C'est du muesli que tu manges ?

Ce n'était pas très brillant, mais il faut que vous compreniez que c'était une situation de crise. Imaginez un peu : j'étais affublée d'une vieille chemise de nuit et d'une robe de chambre trois fois trop grande et, en face de moi, il y avait le garçon le plus craquant de la Terre. Dans un moment pareil, il y a de quoi dire n'importe quoi.

– Oui, a répondu Travis. Tout le monde en raffole en Californie. (Il venait de Californie !) Et si vous vous joigniez à nous ?

Il montrait un siège vide à côté de lui. J'ai failli accepter, mais je me suis rappelé mon visage luisant (et mon haleine du matin), alors j'ai répondu :

– Oh, nous mangerons plus tard.

J'avais le cœur qui battait à tout rompre.

– Le petit déjeuner est pourtant le repas le plus important de la journée, a-t-il insisté d'un air taquin.

– Je sais.

Kristy, comme d'habitude, a pris les choses en main.

– Je pense vraiment que nous devrions retourner là-haut, a-t-elle dit fermement.

– Ouais, c'est vrai, a acquiescé Claudia qui s'éloignait déjà de la table.

– Sans avoir pris de petit déjeuner ? s'est étonné Samuel d'un ton qui laissait deviner qu'il avait parfaitement compris pourquoi nous voulions nous éclipser.

– En fait, on a… euh… laissé le fer à friser branché dans la salle de bains.

– Oh, c'est vrai, a renchéri Mary Anne. (Et pourtant, elle a horreur de mentir !) Il faut vite qu'on remonte le débrancher sinon on va mettre le feu à la maison !

Charlie a pouffé de rire. Même Travis semblait amusé.

Sans un mot de plus, nous nous sommes précipitées toutes les sept vers la porte. J'ai eu le temps de jeter un dernier coup d'œil à Travis et, tandis que ses yeux bleus croisaient les miens, j'ai eu comme un pincement au cœur.

J'ai pris une douche rapide et j'ai passé l'heure suivante à m'occuper de mes cheveux et à me maquiller.

J'avais décidé de paraître cool (mais belle!) et j'ai mis mon haut bleu clair à petits boutons et mon jean favori (en fait, je n'avais pas beaucoup de choix, car j'avais emporté juste de quoi passer une nuit).

Quand nous sommes redescendues, il était déjà presque midi, et devinez quoi? Les garçons étaient encore là! Quelle chance! Je me suis assurée que Travis m'avait remarquée et je me suis glissée sur la chaise à côté de lui.

– Tu dois mourir de faim, a-t-il dit en poussant la panière de fruits vers moi.

– J'ai une faim de loup, ai-je répondu en grignotant une pomme du bout des dents.

– Au fait, Travis, tu sais que Carla et toi, vous avez un point commun? a soudain fait remarquer Charlie. Elle vient aussi de Californie.

– Vraiment? C'est super. Moi, ce qui me manque le plus, c'est l'océan. Nous habitions tout près de la plage et j'avais l'habitude de faire de longues balades dans le sable le soir après dîner.

– C'est vrai? Nous n'habitions pas à côté de l'océan, mais, moi aussi, je faisais de longues promenades.

J'étais dans un de ces états! Cela vous est déjà arrivé à vous de rencontrer quelqu'un pour la première fois et d'avoir l'impression de le connaître depuis toujours? C'était ce que j'ai ressenti avec Travis.

– Il y a un endroit juste au-dessus de Malibu, a-t-il repris, où, quand le soleil se couche, on dirait qu'il tombe droit dans l'océan.

– Je sais, j'y suis allée une fois. J'en ai presque eu le vertige.

Travis et moi avons bavardé une bonne demi-heure. Je n'avais jamais rencontré quelqu'un qui éprouve à ce point les mêmes sentiments que moi. Nous aurions pu être jumeaux.

– Le bleu te va bien, m'a-t-il complimentée. Ça fait ressortir la couleur de tes yeux. Bleus comme l'océan…

Jamais je n'oublierai cette rencontre ! J'ai pensé à Travis tout le reste de la journée, et j'ai pratiquement rendu Mary Anne folle à force de parler de lui sans arrêt.

– Mary Anne, tu crois au coup de foudre, toi ? lui ai-je demandé une fois à la maison.

– Regarde ta mère et mon père. Je pense qu'ils sont tombés amoureux dès le premier regard au lycée. Sauf qu'il leur a fallu du temps avant de pouvoir être ensemble.

Maman est sortie avec le père de Mary Anne quand ils étaient tous les deux au lycée (sauf que nous ne l'avons pas appris tout de suite !). Ils étaient très amoureux l'un de l'autre, mais les parents de ma mère n'appréciaient pas le père de Mary Anne et ils ne voulaient pas que maman continue de e voir. Elle vient d'une famille aisée, et je suppose qu'ils avaient toujours pensé qu'elle épouserait un homme riche. La vie les a séparés et ils ont fondé chacun une famille. Heureusement, l'histoire finit bien. Maman et Richard se sont retrouvés (un peu grâce à Mary Anne et à moi) et, maintenant, ils sont mariés et heureux, et nous vivons tous dans ma maison.

– Mary Anne, tu ne trouves pas que Travis est le garçon le plus beau que tu aies jamais vu ?

– Travis ?

Elle m'a regardée d'un air perplexe.

– Carla, tu ne serais pas en train de craquer pour lui ?

– Bien sûr que non. Je le trouve juste très… mignon.

– Oh, bon… oui. Je trouve aussi. Évidemment, moi, je pense que c'est Logan le plus beau.

Toutes les deux, nous nous connaissons si bien qu'elle pourrait lire dans mes pensées. Je m'efforçais de paraître détachée, mais elle a bien compris qu'il se passait quelque chose.

– Mais voyons, Carla !

– Je sais.

– Tu devrais réfléchir avant de t'emballer comme ça.

– Tu as raison.

J'ai changé de sujet, mais mes pensées continuaient de vagabonder. Au fond de moi, je savais que j'avais trouvé l'âme sœur. C'était Travis.

# 3

*Beaucoup de gens détestent le lundi. Je n'en fais pas partie. Pourquoi? Parce que le Club des Baby-Sitters se réunit le lundi et c'est toujours un moment agréable. Si vous vous demandiez si, le lundi suivant la soirée chez Kristy, je pensais encore à Travis, sachez que oui. Plus que jamais!*

Nous nous réunissons le lundi, mercredi et vendredi, à dix-sept heures trente pile. À la seconde près! Kristy Parker ne plaisante pas avec les horaires (ni avec tout un tas d'autres règlements).

Je suis arrivée dans la chambre de Claudia avec deux minutes de retard (à cause d'un baby-sitting), et Kristy m'a accueillie avec un regard noir. Elle était assise dans son

141

fauteuil de présidente, comme d'habitude, et n'a pas dit un mot, mais on voyait bien qu'elle était contrariée.

– Désolée, ai-je dit en passant entre Mallory et Jessica pour m'asseoir sur le lit, avec Claudia et Mary Anne.

Mal et Jessi souriaient, se mordant les lèvres pour ne pas éclater de rire. Comme elles ont environ deux ans de moins que nous, vous imaginez peut-être que Kristy est moins dure avec elles. Pas du tout ! Celui qui pense que les règles sont faites pour être transgressées n'a jamais rencontré Kristy Parker. Professionnelle jusqu'au bout des ongles ! Elle est donc parfaite pour être la présidente du Club.

Même si elle a tendance à être un peu autoritaire, je dois admettre qu'elle le gère bien. Franchement, je ne vois pas qui serait capable d'être présidente. C'est une grosse responsabilité. En plus, le Club, c'est son idée !

Lucy MacDouglas a repris son poste de trésorière depuis qu'elle est revenue vivre à Stonebrook. Tant mieux, elle est plus douée avec les chiffres que moi (j'ai occupé ce poste lorsqu'elle était à New York). Je préfère, et de loin, mon rôle de suppléante. En quoi consiste-t-il ? Quand une fille ne peut pas venir à une réunion, c'est moi qui la remplace. Kristy est tellement stricte sur la présence de tous les membres que je dois avouer que cela n'arrive pas souvent, mais j'ai déjà été vice-présidente, secrétaire et trésorière. J'aime pouvoir assurer tous les postes.

Retour à la réunion. Nous discutions des affaires du Club, mais je ne pensais qu'à Travis. Je mourais d'envie de demander à Kristy si elle l'avait revu, mais je n'arrivais pas à trouver un moyen de glisser ça dans la conversation sans que cela fasse bizarre.

Kristy a dû remarquer que j'avais la tête ailleurs, car elle m'a demandé :

– Et toi, Carla ? As-tu besoin de crayons ou de feutres en plus pour ton coffre à jouets ?

Il m'a fallu une bonne minute pour revenir sur terre.

– Euh, non, mais j'aimerais acheter quelques albums de coloriage.

Nous avons chacune un coffre à jouets. C'est une boîte en carton que nous avons décorée nous-même et remplie de nos vieux jouets, livres et puzzles, que nous emportons parfois avec nous. Les enfants adorent, et c'est une exclusivité du Club. Allez savoir pourquoi, ils trouvent toujours les vieux jouets de quelqu'un d'autre plus intéressants que les leurs. Les jouets et les puzzles ont la vie longue, mais les crayons et les albums de coloriage doivent être remplacés de temps en temps. Nous les achetons avec l'argent de nos cotisations.

Je me demandais comment amener Travis dans la conversation, quand l'occasion s'est soudain présentée. Kristy nous a annoncé que Samuel serait un peu en retard pour venir la chercher.

– Ah bon ? Il est avec Travis ?

Elle m'a jeté un regard amusé.

– Non, il est chez le dentiste pour soigner une carie.

– Oh, le pauvre ! Tu crois que ça s'est bien passé ?

Kristy a fait les yeux ronds.

– Je suis sûre que oui. Ce n'était pas grave. Maintenant, si nous revenions à nos affaires…

– Je ne parle pas de Samuel, me suis-je empressée de corriger, mais de Travis.

143

Maintenant, tout le monde me regardait... Pour la discrétion, c'était raté !

Kristy a haussé les épaules.

– Comment le saurais-je ?

Elle a pris le journal de bord dans l'intention de parler de Charlotte Johanssen qui est une de nos petites filles préférées.

– Tu veux dire que Travis n'est pas revenu chez vous ?

C'était sorti tout seul.

Elle m'a regardée d'un air intrigué.

– Peut-être une fois ou deux. Il est venu jouer au basket hier. Enfin, je crois...

– Ah oui ?

Comment pouvait-elle ne pas être sûre d'une telle chose ?

– Il y avait pas mal de copains de Samuel et Charlie. Bon, maintenant, il faut vraiment...

De nouveau, j'ai perdu le fil de la conversation. Je ne pensais qu'à Travis. Voyons ce que j'avais appris. Premièrement, Travis était peut-être revenu chez eux ou peut-être pas. Deuxièmement, il n'avait probablement pas parlé de moi, du moins pas à Kristy. (Mais peut-être à l'un de ses frères. Impossible de le savoir.) Bref, je ne savais pas grand-chose ! Mais au moins cela avait été agréable de parler de lui. Rien que de pouvoir prononcer son nom à voix haute me faisait plaisir !

Le téléphone s'est mis à sonner juste à ce moment. Kristy a décroché.

– Bonjour, ici le Club des Baby-Sitters.

Elle a pris quelques notes et a promis de rappeler. Je devrais préciser que personne n'est privilégié au Club. Le fait de décrocher le téléphone ne veut pas dire qu'on fera le baby-sitting (bien que cela se soit déjà produit). Nous devons en discuter ensemble et laisser Mary Anne voir dans l'agenda qui est disponible. Ensuite nous rappelons la personne. C'est plus équitable.

– C'était Mme Hobart, a annoncé Kristy à la ronde. Il lui faut quelqu'un pour garder Johnny, Chris et James samedi prochain parce que Ben emmène Mallory au cinéma.

Nous nous sommes toutes tournées d'un seul mouvement vers Mallory, qui a rougi jusqu'aux oreilles.

– C'est vrai ? ai-je demandé. Toi et Ben, vous sortez ensemble ?

Les Hobart sont des Australiens qui ont emménagé dans l'ancienne maison de Mary Anne, de l'autre côté de la rue. Il y a quatre garçons dans cette famille, tous avec des cheveux roux et un accent. Ben Hobart, l'aîné, a l'âge de Mal et il est vraiment mignon.

– Je ne dirais pas sortir ensemble, a-t-elle protesté. (Elle semblait un peu gênée d'être le centre de l'attention.) Nous allons juste voir un film.

– Pour moi, c'est comme sortir ensemble, l'ai-je taquinée.

Évidemment, je me suis remise à penser à Travis. J'aurais donné n'importe quoi pour aller voir un film avec lui, et ça m'aurait été bien égal qu'on appelle ça sortir ensemble ou pas.

– Revenons à nos affaires, a repris Kristy d'une voix sèche. Qui est disponible samedi ?

Mary Anne s'est plongée dans l'agenda. Jessi était libre.

– D'accord, a fait Jessi. J'adore les petits Hobart.

La réunion s'est terminée peu de temps après. Mary Anne et moi, nous sommes rentrées à bicyclette à la maison, dans la lumière rosée du soleil couchant. Je ne pouvais m'empêcher de penser à Mal et à son rendez-vous-qui-n'était-pas-vraiment-un-rendez-vous. J'essayais d'imaginer ce que ce serait de sortir avec Travis. Je me suis mise à rêver qu'il m'appelait pour m'inviter à aller manger une pizza ou voir un film. Comment lui répondrais-je ? Et ensuite, qu'est-ce que je porterais ? Du bleu, bien sûr, puisqu'il trouve que cela me va bien...

J'étais si absorbée dans mes pensées que j'ai failli rouler dans le caniveau.

– Attention, Carla ! m'a prévenue Mary Anne. Regarde devant toi !

J'ai secoué la tête, comme pour chasser Travis de mon esprit. Mais c'était impossible. Chaque pensée me ramenait vers lui !

**( 4 )**

*Avez-vous déjà eu la curieuse impression qu'une chose incroyablement excitante allait vous arriver ? C'est ce que j'ai ressenti pendant tout le week-end. Le problème, c'est que je ne savais pas si cela serait excitant en bien ou en mal. Une fois, j'avais eu le pressentiment d'un grand événement. Je m'étais donc attendue à quelque chose de merveilleux... Et Claudia s'est cassé une jambe ! Cela m'a servi de leçon. Je sais maintenant qu'il vaut mieux ne pas se faire d'illusions.*

Il était dix heures ce samedi-là. Le soleil brillait, Mary Anne et moi étions en train de ratisser les feuilles devant la maison. Nos parents étaient sortis faire des courses. Nous

147

avons une immense pelouse, qui paraît encore plus grande quand il faut l'entretenir.

Quand maman et moi sommes venues à Stonebrook après le divorce, nous avons acheté une vieille ferme qui a plus de deux cents ans. Je l'adore. Il y a plein de coins et recoins, ce qui lui donne un air inquiétant, et les portes sont si basses que certains adultes doivent se pencher pour les franchir. Maman dit que les gens étaient plus petits au xviiie siècle. En plus du bâtiment principal, on a un fumoir, un hangar et un petit pavillon dans le jardin.

Ce que je préfère, c'est le passage secret, un long tunnel tout noir qui va de ma chambre au hangar. Nous pensons qu'il faisait partie du réseau souterrain permettant aux esclaves de s'échapper du Sud pendant la guerre de Sécession. C'est exactement comme dans les histoires de fantômes (je suis une fan d'histoires de fantômes, au cas où vous ne le sauriez pas).

Mais revenons à ce samedi matin. Mary Anne et moi, nous nous étions levées de bonne heure et avions enfilé nos vieux jeans pour jardiner. Même à deux, c'était comme nous attaquer à un iceberg avec un cure-dent, nous progressions très lentement. J'avais mon baladeur sur les oreilles et je fredonnais distraitement quand Mary Anne m'a attrapée par le bras.

– Regarde, regarde ! ai-je pu lire sur ses lèvres.

Elle m'a fait pivoter vers l'entrée, et mon cœur a fait un bond. Une voiture bleu nuit s'était arrêtée devant la maison et un garçon en est sorti. Mais pas n'importe quel garçon. Travis.

– Oh, là, là, là, là ! ai-je murmuré à Mary Anne, en ôtant mes écouteurs. Qu'est-ce qu'il faut que je fasse ?

J'avais l'impression que la pelouse se dérobait sous mes pieds, et j'ai failli laisser tomber le râteau.

– Dis-lui bonjour, ce sera déjà bien, m'a-t-elle répondu calmement. (Facile à dire ! On voyait bien qu'elle n'était pas à ma place !)

Travis s'est avancé vers nous. D'un geste machinal, j'ai repoussé la mèche de cheveux qui me tombait un peu devant les yeux. Malheureusement, je me suis mis du noir sur la figure, mais je ne m'en suis pas rendu compte.

– Qu'est-ce que je vais dire ? Comment je suis ? me suis-je affolée.

Mary Anne a souri sans rien répondre. Elle a salué Travis d'un signe de la main et elle est partie vers la maison pour nous laisser seuls. C'était gentil de sa part (elle est toujours pleine de tact), mais, en fait, j'aurais préféré qu'elle reste. J'avais peur de me retrouver seule avec Travis, peur de me conduire comme une idiote. (Et puis Richard et maman ne plaisantent pas avec le règlement. Pas de garçons à la maison en leur absence. Un point c'est tout.)

– Salut, a fait Travis de sa voix suave.

Contrairement à moi, il avait l'air très détendu. Il portait un jean délavé et un blouson aux initiales du lycée. Oh, là, là, qu'il était mignon !

– Je ne savais pas que tu savais conduire, ai-je réussi à articuler.

Mais quelle idiote ! J'aurais quand même pu trouver quelque chose de plus intéressant !

Il a haussé les épaules d'un air dégagé.

– Je conduis depuis que j'ai seize ans.

Personne de mon entourage n'a eu l'autorisation de

conduire dès seize ans, qui est l'âge légal pour avoir le permis. Les parents de Kristy n'ont laissé Samuel conduire qu'à dix-sept ans.

– Oh, tu as de la chance. J'aime bien ta voiture.

Pas terrible non plus comme commentaire, mais c'est ce que j'avais trouvé de mieux.

– Merci.

Nous nous sommes dirigés vers la maison. Après ce qui m'a semblé une éternité, je lui ai demandé s'il voulait boire quelque chose.

– Je n'ai pas soif, merci. Et si on s'asseyait sur le perron pour faire tranquillement connaissance ?

– Bien sûr, ai-je répondu d'une voix étranglée.

Il avait envie de me connaître ! En même temps, il était venu jusque chez moi... Je devais m'y attendre un peu. Mais je crois que je n'arrivais pas à y croire, tout simplement.

– Elle a quatre-vingt mille kilomètres au compteur, mais on ne le dirait pas, a-t-il déclaré en montrant sa voiture.

J'ai hoché la tête, ne sachant pas très bien ce qu'il fallait répondre. Est-ce que quatre-vingt mille kilomètres, c'était bien ou pas ? Ça avait l'air de faire beaucoup, mais je n'y connais rien en voiture.

– Tes parents te la prêtent souvent ?

– Me la prêter ? Mais elle est à moi !

Il a sorti de sa poche un paquet de chewing-gums sans sucre et m'en a proposé un. J'ai refusé en secouant la tête. Je n'avais pas envie qu'il me voie mastiquer !

– Mais je dois me débrouiller pour payer l'essence et l'assurance, a-t-il continué.

J'ai hoché la tête à nouveau. Je devais ressembler à Oui-Oui.

– Elle est très… brillante, ai-je finalement bredouillé.

Travis m'a adressé un grand sourire, et j'ai compris que j'avais dit ce qu'il fallait.

– Trois passages de Super Gloss, a-t-il expliqué fièrement. Tu vois, Carla, le truc c'est de bien laisser sécher entre chaque couche. Sinon, ça fait des traces.

– Oh… ai-je commenté d'un air intéressé. C'est bien de le savoir.

Je n'avais jamais pensé à ce sujet, mais Travis le rendait presque intéressant.

– Et toujours utiliser un chiffon doux pour ne pas abîmer la peinture et bien la faire briller. C'est très important.

J'ai encore hoché la tête.

Nous aurions sans doute pu parler encore un peu de voitures, mais Travis a changé brusquement de sujet.

– Alors, comment trouves-tu le collège de Stonebrook ?

– Oh, formidable. Toutes mes amies y sont et…

– Super, m'a-t-il interrompue. Je me fais facilement des amis moi aussi. Beaucoup de gens pensent que c'est difficile de changer d'école, mais pas moi. Je me fais des amis partout où je vais.

– Alors, tu te plais au lycée de Stonebrook…

– Oh oui ! Le premier jour, on m'a proposé d'intégrer cinq Clubs. Cinq ! (Il les a énumérés sur ses doigts.) Le Club des débats, le Club de théâtre, le Club des supporters de match, le Club informatique… ah, ouais, et le Club de latin.

– Impressionnant, ai-je murmuré.

Il n'y a que des filles au Club de latin, pas étonnant qu'elles se soient jetées sur lui !

– Et quand ils ont su que je jouais au football et au basket, ils m'ont sauté dessus.

– Waouh !

Il était vraiment génial. Je n'avais encore jamais rencontré quelqu'un d'aussi énergique (aussi doué, aussi séduisant…).

– C'était drôle, a-t-il ajouté, les entraîneurs, M. Higgins et M. Reilly, sont venus me voir en même temps. L'un voulait m'avoir pour le basket, l'autre pour le foot. On aurait dit qu'ils allaient se battre.

Il a ri.

– J'imagine. (J'ai ri pour montrer que je participais à la conversation.)

– Bon, assez parlé de moi, a-t-il décrété brusquement. Et si on parlait un peu de toi ?

Il a sorti une petite boîte blanche de sa poche.

– Je t'ai apporté quelque chose.

Un cadeau ? Même en rêve, je n'aurais pas pu imaginer ça.

– Qu'est-ce que c'est ?

– Ouvre et regarde. (Il m'a adressé un sourire.) Je crois que ça va te plaire.

Mes mains tremblaient en défaisant le nœud. Un bijou ! Un collier de magnifiques perles bleues.

– Ce n'est pas tout, a ajouté Travis.

Il y avait aussi deux petits peignes enveloppés dans du papier de soie. Du même bleu que les perles.

– Mais ce n'est pas mon anniversaire, ai-je protesté.

Il s'est tourné vers moi et m'a passé délicatement le collier autour du cou.

– Quand je l'ai vu, j'ai tout de suite pensé à toi. C'est la même nuance que tes yeux.

– Vraiment ?

– Tout à fait. Et je vais t'expliquer pour les peignes. J'ai vu une fille à la télé qui avait les cheveux tirés en arrière et attachés comme ça. (Il a remonté mes cheveux derrière mes oreilles.) J'ai pensé que ça t'irait bien. Ça met en valeur la couleur de tes yeux et tes pommettes. Je crois que tu devrais essayer.

– Euh... D'accord, ai-je dit, de plus en plus troublée. C'est vrai que je ne pense jamais à les attacher...

Travis a soulevé une mèche de mes cheveux et l'a examinée d'un œil critique.

– Quand les as-tu fait couper pour la dernière fois ?

– Couper ? Mais je ne les fais jamais couper. Bon, de temps en temps, je fais égaliser les pointes, mais c'est tout.

Il m'a regardée d'un air très sérieux.

– Je crois que tu devrais les raccourcir de quelques centimètres, peut-être cinq ou six. En plus, ça leur ferait du bien.

– Peut-être, ai-je répondu, l'air pensif.

J'aime mes cheveux comme ils sont – très longs et fins. Chaque fois que j'essaie un nouveau style, ça ne me plaît pas et je reviens à mes habitudes.

– Je ne parle pas de changer de coupe, a enchaîné Travis.

Il a posé ses mains très doucement sur les miennes, juste une seconde.

– Penses-y, OK ? Pour moi.

« Pour moi ! » J'ai failli m'évanouir.

– Bien sûr, j'y penserai, lui ai-je promis.

Il a souri et s'est levé.

153

– Je dois y aller. Ma mère veut que je fasse des courses pour elle.

– Merci pour le collier et les peignes, ai-je dit, toute gênée.

– De rien, a répliqué Travis en se dirigeant vers sa voiture. Mais n'oublie pas, je veux te voir avec cette nouvelle coiffure.

Il a démarré, m'a fait au revoir de la main et s'est éloigné.

Je suis restée plantée sur place avec un sourire niais. Travis s'intéressait à moi.

J'aurais pu rester là, à rêver éveillée, pour toujours, mais il fallait absolument que j'en parle à Mary Anne, alors je suis entrée en courant dans la maison.

– Mary Anne! Apporte une brosse et des ciseaux. Nous avons du travail!

## 5

Samedi,

Je ne sais jamais à quoi m'attendre quand je vais chez les Hobart. Cette fois-ci, j'ai eu droit à une drôle de surprise. Les enfants m'ont demandé d'assister à leur répétition. Ils jouent une pièce de théâtre écrite par James ! À huit ans ! Incroyable. Tout le monde a un rôle et c'est Shewy la grande vedette. C'était grandiose ! Je vous raconterai en détail lors de la prochaine réunion.

Jessi a passé l'un des meilleurs après-midi de sa vie chez les Hobart. Qui aurait pu imaginer que monter une pièce avec cinq enfants (les trois garçons Hobart et les deux filles Perkins) puisse être aussi amusant ?

Mme Hobart lui avait demandé de venir à quatorze heures. Elle devait sortir pour faire des courses avec son mari et il leur fallait quelqu'un pour surveiller les trois garçons – James, huit ans, Chris, six ans, et Johnny, quatre ans. Ben, l'aîné des garçons, qui est dans ma classe, n'a évidemment plus besoin de baby-sitter. De toute façon, cet après-midi-là, il emmenait Mallory au cinéma.

Les trois plus jeunes garçons jouaient à l'extérieur quand Myriam et Gabbie Perkins sont arrivées en courant.

– Salut, Jessica Ramsey! a lancé Gabbie.

Gabbie a deux ans et demi et appelle toujours les gens par leur nom et prénom au grand complet. Elle a deux sœurs, Myriam, qui a presque six ans, et Laura Beth, qui est encore un bébé. Les Perkins habitent Bradford Alley; ils ont acheté l'ancienne maison de Kristy. Nous allons souvent travailler chez eux et nous aimons beaucoup ça.

Les trois filles sont formidables. Myriam est particulièrement douée pour le spectacle. Elle chante, elle danse (claquettes et danse classique), et elle fait même de la gymnastique. Comme Jessi fait aussi de la danse, elles s'entendent bien. Jessi dit qu'elle est toujours impressionnée de voir des enfants aussi jeunes sur scène, car elle sait combien il est difficile d'affronter un public. Myriam connaît plein de chansons par cœur. Beaucoup d'enfants adorent chanter, mais elle, elle est vraiment très douée. On dirait une vedette de la télé. Elle a une excellente mémoire et un sens du rythme fantastique.

Les petites avaient amené leur chien Shewy, un énorme labrador noir très affectueux. Il ressemble à un ours, mais se conduit comme un jeune chiot.

– Shewy, reviens ici! a grondé Myriam.

Le chien courait dans les plates-bandes des Hobart.

– Il vient juste de prendre un bain, a-t-elle expliqué, et ça le rend toujours tout fou.

– Dis-lui d'aller courir plus loin, a dit Jessi, qu'on puisse jouer tous ensemble.

– À quel jeu ? a demandé Chris avec son accent australien.

– Laisse-moi réfléchir…

Jessi a jeté un coup d'œil vers Shewy. Impossible de jouer au Frisbee quand il est dans les parages. Il en avait déjà mâchonné trois.

– Une partie de cache-cache ?

– Et si on faisait une répétition plutôt ? a suggéré Myriam.

– Une répétition de quoi ? s'est étonnée Jessi.

– Oh oui ! se sont exclamés en même temps James et Chris. On va te montrer notre pièce.

Les petits Hobart adorent le théâtre et Chris a même décroché le premier rôle dans la pièce de son école.

– Vous montez une pièce ? a demandé Jessi.

– Une pièce inédite, a répondu fièrement James. Je suis en train de l'écrire.

Un enfant de huit ans qui écrit une pièce de théâtre ? C'était drôlement impressionnant.

– Nous travaillons dessus depuis deux semaines, est intervenue Myriam. Tu veux voir où nous en sommes ?

– Bien sûr. Vous ne pensez pas qu'il faudrait d'abord ramener Shewy ? Il risque de nous gêner pendant la répétition.

– Maman a dit de le laisser dehors jusqu'à ce qu'il soit sec, a riposté Myriam. En plus, c'est notre vedette, a-t-elle ajouté avec un grand sourire.

Jessi s'est servi un verre de limonade et est revenue s'asseoir dans l'herbe pour assister au spectacle. La pièce était vraiment captivante, malgré les fous rires des comédiens en herbe, qui avaient oublié leur texte.

L'histoire était très simple : Shewy (le héros) était un chien perdu qui vagabondait dans un centre commercial, à la recherche de son propriétaire. Jessi a été tentée de faire remarquer que les chiens n'étaient pas autorisés dans les centres commerciaux, mais elle savait que ça gâcherait tout.

– Hello, petit chien, a fait Myriam, tout à son rôle. Serais-tu perdu ?

Elle s'est avancée vers Shewy et a inspecté son encolure.

– Oh oh, a-t-elle dit face au public. Pas de collier. (Elle roulait les yeux.) Alors, ça va être vraiment difficile de retrouver ton maître.

Le labrador a sauté et s'est mis à lui lécher le visage.

– Arrête, Shewy ! a-t-elle crié d'une voix aiguë. Je veux dire, arrête, petit chien.

Gabbie s'est éclairci la gorge, impatiente d'entrer en scène.

– Voyons si l'une des personnes qui travaillent au centre commercial connaît ton propriétaire…, a repris Myriam en traversant la scène improvisée. Nous allons commencer par le marchand de chaussures.

– Vous cherchez des chaussures ? a demandé Gabbie. Nous en avons de toutes les sortes : des jaunes, des vertes et des rouges. Et dans toutes les pointures.

Myriam s'est arrêtée si brusquement que Shewy lui est rentré dedans.

– Pas aujourd'hui, merci, a-t-elle répondu comme si de rien n'était. J'ai trouvé un chien perdu et je cherche son propriétaire.

– Et pour les chaussures ? a insisté Gabbie.

– Hé, Gabbie ! a protesté James. Tu dois parler du chien, pas des chaussures.

Myriam a froncé les sourcils et a enchaîné, très professionnelle :

– Réfléchissez bien. Avez-vous vu son maître, mademoi-
selle ?

– Nous avons des baskets, a poursuivi Gabbie. Et des
bottes de cow-boy…

Myriam a soupiré. Sa sœur devait avoir oublié son texte.
Alors elle a décidé d'improviser pour rattraper la scène :

– Partons, petit chien. Peut-être ton maître s'est-il arrêté
pour manger une glace ou une pizza.

Elle s'est dirigée vers le barbecue, où Chris faisait
semblant de jeter en l'air de la pâte à pizza.

– Excusez-moi, monsieur…

– Je suis occupé, vous voyez bien ! a répliqué Chris.
Attendez que je mette ma pizza au four.

Myriam a secoué la tête. Visiblement, Chris venait d'inventer cette réplique.

– Écoutez, a-t-elle insisté, c'est une urgence.

Chris a secoué la tête. Il faisait des moulinets avec la pâte
imaginaire. Il a fait mine d'étaler de la sauce tomate dessus et
de la garnir avant de l'enfourner. Puis il a fait semblant de
s'essuyer les mains sur un tablier (« Joli détail », s'est dit Jessi)
et il a adressé un grand sourire à Myriam.

– Voilà. Que voulez-vous ?

Elle a répété l'histoire du chien perdu pendant que Chris
écoutait attentivement.

– J'ai bien peur de ne pouvoir vous aider, a-t-il répondu,
en pétrissant une nouvelle boule de pâte imaginaire.

Jessi commençait à se demander ce qu'allait faire
Myriam, quand Zach a déboulé sur son vélo. C'est un bon

copain de James, mais il est très autoritaire et dit toujours à James ce qu'il doit faire.

Quand il a vu Myriam qui promenait Shewy dans le jardin, il s'est arrêté.

– Qu'est-ce que tu fais ?

– Nous sommes en train de répéter une pièce de théâtre.

– Je peux rester ?

– Oui, si tu veux.

Zach s'est installé sur le pneu suspendu à une corde, et la pièce a repris.

Au bout de quelques minutes, tandis que Myriam continuait sa tournée des magasins du centre commercial, Zach s'est esclaffé :

– C'est la pièce la plus nulle que j'aie jamais vue !

– N'importe quoi ! s'est exclamé James en allant se planter devant Zack. C'est moi qui l'ai écrite.

– Noon ! C'est toi qui l'as écrite ?

Zach riait si fort qu'il a failli tomber de la balançoire. Il a sauté du pneu et s'est dirigé vers son vélo.

– D'abord, qu'est-ce que tu fabriques avec des filles ?

– Elles ont un rôle dans la pièce, a répondu James en rougissant.

– Je n'y crois pas ! a pouffé Zach. D'abord, tu traînes avec cette débile de Susan Felder, et maintenant tu joues avec des bébés.

Susan Felder est une petite fille autiste dont la famille vit dans les environs. Elle fréquente une école spécialisée, car elle ne parle pas et ne sait pas jouer avec les autres enfants.

Jessi trouvait que c'était vraiment méchant de la part de Zach de la traiter de débile et elle le lui a fait remarquer.

– Bah quoi ? Elle est débile, c'est tout, a-t-il répété. Tu sais quoi, James ? a-t-il continué en se balançant sur sa bicyclette, si tu veux avoir des copains, il faut que tu changes. Il faut que tu passes plus de temps avec moi et les autres garçons. Il faut que tu fasses plus de skate. Et tu devrais laisser tomber ces filles. Ouais. Encore un truc. Arrête de dire « maman » quand tu parles de ta mère.

– Tu sais quoi, Zach ? a répondu James avec un calme impressionnant. Tu es jaloux parce que tu ne joues pas dans la pièce.

– Il ne serait même pas capable de tenir un rôle, a renchéri Chris.

Et Jessi a étouffé un rire.

– Bien sûr que si ! a protesté Zach. Mais j'ai autre chose à faire qu'à perdre mon temps avec des filles !

Et il est parti en pédalant aussi vite qu'il le pouvait.

– James est une fi-ille ! James est une fi-ille ! s'est-il mis à brailler en s'éloignant.

Le visage de James s'est assombri, et Jessi avait de la peine pour lui.

Un long silence a suivi. C'est Shewy qui l'a interrompu en aboyant.

– Je pense qu'il essaie de nous dire qu'il est temps de reprendre la pièce, a traduit James.

Tout le monde a éclaté de rire.

James a frappé dans ses mains.

– Allez, tout le monde en place. On recommence depuis le début.

Jessi était fière de lui.

## 6

*Il m'est arrivé une chose incroyable! Vous n'allez pas me croire!*
*Mardi après l'école, Lucy et moi avons accompagné Kristy jusqu'à son arrêt de bus, comme d'habitude. Claudia et Mary Anne nous suivaient à quelques pas. Une fois Kristy partie, on s'est demandé ce qu'on pourrait faire.*

– Et si nous allions chez moi? a proposé Claudia. Maman a acheté une nouvelle crème glacée. Et pour toi, Lucy, il y a aussi de la compote de pommes maison. Sans sucre.

Lucy a souri.

– C'est tentant, mais j'ai un contrôle d'anglais demain. D'ailleurs, toi aussi, Claudia, a-t-elle ajouté malicieusement. Au cas où tu l'aurais oublié.

Claudia a grogné :

– Tu avais vraiment besoin de me le rappeler ? (Elle s'est retournée vers moi.) Et toi, Carla ?

J'ai haussé les épaules. Je ne mange jamais de crème glacée (je préfère les sorbets). J'étais en train de chercher une excuse pour ne pas aller chez elle, quand une voiture a klaxonné derrière moi. Je me suis retournée et devinez qui j'ai vu ? Travis !

– Oh, là, là, là ! ai-je murmuré dans un souffle.

Mary Anne a pouffé de rire.

– Regarde, il s'est arrêté, a dit Lucy en m'agrippant le bras. Et il te fait signe.

Mon cœur s'est mis à battre à tout rompre. Que faisait-il par ici ? Venait-il pour moi ?

– Va le voir, m'a chuchoté Lucy, en me donnant un coup de coude. Qu'est-ce que tu attends ?

Qu'est-ce que j'attendais ? Le garçon le plus mignon du monde me proposait de monter dans sa voiture, et je restais figée comme une statue ! Je serais probablement restée plantée là éternellement si Lucy ne m'avait pas poussée en avant.

– Allez !

Travis avait déjà ouvert la portière côté passager et il m'a accueillie avec son sourire si craquant.

– Monte. Tu rentrais chez toi ?

– Oui, mais…

– J'ai une meilleure idée. Ça te dirait de faire du shopping avec moi ? Il faut que je choisisse un cadeau d'anniversaire pour mon père.

J'ai hésité. Aller n'importe où avec Travis aurait été fantastique, mais je savais que je devais d'abord demander la permission à ma mère. Vite, vite, il fallait que je lui

163

réponde. J'ai pensé passer un rapide coup de fil, mais je ne voulais pas que Travis me prenne pour un bébé qui devait obtenir la permission de sa maman. À moins que je ne demande à Mary Anne de la prévenir.

Je n'avais pas encore décidé quoi faire quand Travis, qui s'impatientait, a donné un coup de Klaxon.

– Allez! m'a-t-il pressée. Je suis mal garé.

J'ai jeté mes livres sur le siège et je me suis glissée dans la voiture. Une minute plus tard, nous filions avec la musique à fond.

Travis a attendu un feu rouge pour se tourner vers moi.

– Ça me fait plaisir que tu viennes avec moi.

J'ai souri, un peu plus détendue.

– Moi aussi. Il y a juste une chose. Je dois être à la maison à six heures.

– Pas de problème. Cela nous laisse assez de temps. On va faire un saut à la boutique *Voile et Surf*, et ensuite, on improvisera.

– *Voile et Surf*?

– C'est une boutique de sport. Mon père a envie d'une nouvelle boussole, et elles sont arrivées cette semaine.

Je me suis sentie comme sur un petit nuage. Travis était incroyablement mignon avec sa chemise bleue et son jean délavé. J'avais vraiment une chance incroyable!

Arrivée dans la boutique, je me suis sentie perdue. J'ai longtemps fait de la voile, mais je ne connais pas grand-chose aux équipements spéciaux. Travis s'est arrêté devant une vitrine remplie de boussoles.

– Je suis désolée, mais je ne vais pas t'être d'une grande aide. Je n'y connais rien.

Il s'est mis à rire et il a glissé son bras autour de mes épaules.

– Ne t'inquiète pas. Ce n'est pas pour ça que je t'ai demandé de m'accompagner. J'avais juste besoin d'un prétexte pour te voir.

– Vraiment ?

Je ne savais pas quoi répondre.

Travis a très vite arrêté son choix. Il a payé son achat et nous sommes sortis. « Et maintenant que va-t-il se passer ? » me suis-je demandé. J'étais troublée. Et un peu déçue. J'avais espéré qu'il mettrait plus de temps à se décider dans le magasin pour que nous restions plus longtemps ensemble.

Je me suis dirigée vers la voiture, mais il m'a prise par la main et m'a conduite vers un petit restaurant.

– On ne rentre pas à la maison ?

– Nous avons encore du temps devant nous. J'ai pensé qu'on pouvait manger un morceau, puis faire encore un peu de shopping.

J'étais surprise que Travis veuille aller dans ce type d'établissement, parce qu'il m'avait dit qu'il aimait manger sain. Or, le restaurant servait surtout des hamburgers et des frites. Mais j'étais contente d'être assise là avec lui. J'ai attrapé le menu, mais il a refermé ses mains sur les miennes.

– Pas besoin de ça, je viens ici tout le temps.

« Mais pas moi », avais-je envie de répliquer. Manifestement, Travis voulait tout décider. Je connais des filles qui aiment que les garçons prennent les choses en main, mais moi, j'aime prendre mes décisions moi-même. Et puis comment Travis pouvait-il connaître mes goûts ?

J'ai retenu ma respiration quand la serveuse est arrivée et je me suis demandé si j'allais lui avouer que je ne mangeais pas de viande. Heureusement, il a commandé des sandwichs au fromage pour nous deux.

– Alors, a-t-il dit quand la serveuse a été partie. Qu'est-ce que tu as fait aujourd'hui?

– Pas grand-chose, et toi?

J'avais encore la gorge nouée en sa présence et je me suis dit qu'il valait mieux le laisser mener la conversation. Il avait l'air d'avoir toujours quelque chose à raconter.

– J'ai participé aux sélections de l'équipe d'athlétisme. Et devine quoi? J'ai été le premier que l'entraîneur a sélectionné. Comme quoi, ça sert de faire du jogging tous les jours!

Je me suis laissée porter par les mots de Travis, en me disant que c'était merveilleux d'être assise là avec lui. Si on m'avait demandé de décrire le garçon idéal, ça aurait été lui. Grand, beau, avec un sourire fantastique et une forte personnalité. Et il s'intéressait à moi, alors qu'il avait trois ans de plus!

Quand les sandwichs sont arrivés, il est passé à un autre sujet: le football.

– Tu vois, l'entraîneur, M. Larson, nous a montré une stratégie de jeu super complexe. L'arrière devait courir comme ça, tu vois... (J'observais, captivée par le son de sa voix...) Puis l'ailier devait zigzaguer jusque-là... (Il a pris une bouteille de ketchup et l'a posée lourdement près du sucrier.) Et gagné! Droit dans le but.

– Génial, ai-je commenté en essayant de paraître intéressée.

– Et tu sais quoi ? a-t-il ajouté en faisant glisser le poivrier sur la table. J'étais le seul à savoir de quoi il parlait.

– C'est merveilleux. Tu as l'air de t'y connaître en foot.

Travis a souri.

– Oh, je pourrais en parler pendant des heures !

Il a englouti le reste de son sandwich et je me suis dépêchée pour ne pas être à la traîne.

Il était presque seize heures quand nous sommes sortis du snack, et je commençais à stresser un peu. Je savais que maman ne serait pas très contente si elle découvrait que j'avais passé l'après-midi avec Travis, mais je savais aussi qu'elle et Richard ne rentraient à la maison qu'à dix-huit heures. Alors, j'étais tranquille, au moins pour un petit moment.

Nous nous sommes promenés en ville, et Travis m'a conduite dans une bijouterie.

– J'ai vu des boucles d'oreilles ici qui t'iraient à merveille.

Il m'a amenée vers un comptoir.

– Ah ! elles sont encore là.

Il a soulevé une fine paire de pendentifs en argent et me l'a tendue.

– Elles te plaisent ?

Elles étaient superbes. C'étaient des petits papillons.

– Je les adore, ai-je murmuré.

Il les a placées contre mon oreille et a souri.

– Je savais qu'elles étaient faites pour toi.

– Je les porterai sous mes étoiles, lui ai-je promis (je porte deux boucles à chaque oreille).

– Mais non, voyons, a répliqué Travis, il faut te faire percer un trou de plus.

– Trois trous ? Je ne sais pas…

Il faudrait d'abord convaincre ma mère.

Il s'est mis à rire.

– Je ne vois pas où est le problème. Toutes les filles le font en Californie. Ça t'irait vraiment bien.

– Il faut que je réfléchisse, ai-je continué en essayant de garder mon calme.

– Mais c'est l'histoire de cinq minutes ! a insisté Travis. Ils pourraient sans doute te le faire maintenant.

– Non !

Je commençais à paniquer un peu. Je pensais à la réaction de maman si je faisais ça sans le lui demander.

Je ne me suis sentie soulagée qu'une fois sortie de la boutique, même si je sentais bien que Travis m'en voulait.

– Merci pour les boucles, lui ai-je dit gentiment.

– Je suis content que tu les aimes.

Il m'a pris le bras. Je savais que jamais, jamais je ne pourrais oublier ce moment.

Le problème, c'est que, en rentrant à la maison, j'ai découvert que Maman et Richard m'attendaient dans la cuisine.

– Vous êtes rentrés tôt, ai-je lancé en posant mes livres sur la table de la cuisine.

– Et toi, tu rentres bien tard, a répondu maman en fronçant un peu les sourcils. (Elle coupait des légumes pour une salade.)

– Oh, pas tant que ça…

J'ai grignoté une carotte pour gagner du temps. Maman et Richard n'avaient pas l'air contents. Ma belle journée finissait plutôt mal.

– Mary Anne nous a dit que tu étais allée faire des courses avec un certain Travis, a repris ma mère.

Maman sait être vraiment directe quand elle veut.

J'ai préféré dire la vérité :

– Je suis tombée sur Travis en sortant de l'école... C'est un de mes copains, et il m'a demandé si j'aimerais aller faire un tour en voiture avec lui...

– Quoi ? Tu es montée dans sa voiture ? est intervenu Richard.

– Oui. On a été en ville, il devait acheter un cadeau d'anniversaire pour son père, ai-je précisé rapidement.

– Qui est ce Travis ? a demandé maman. Et comment se fait-il qu'il conduise ?

– C'est un ami de Samuel et Charlie. Il a le permis, puisqu'il a seize ans.

Oups. Ce n'était pas vraiment ce qu'il aurait fallu dire pour les rassurer. Maintenant, ils étaient furieux.

– Attends un peu, a fait Richard. Tu es montée en voiture avec un garçon de seize ans ? Un garçon que nous ne connaissons pas ? Ne crois-tu pas que tu aurais dû nous demander la permission avant ?

J'ai hoché la tête. Je savais au fond de moi qu'il avait raison.

– Bon, et si on oubliait un peu ça et qu'on préparait le dîner ? Je vais vous aider, ai-je proposé en m'emparant du saladier.

– Pas question, m'a coupée maman. Personne ne mangera avant que nous ayons tiré tout ça au clair.

Maman était rarement aussi fâchée. J'allais en prendre pour mon grade.

## 7

*Mary Anne est entrée dans la cuisine et s'est arrêtée net en me voyant. Elle a donné à manger à Tigrou, son petit chat, en prenant tout son temps pour ne pas perdre une miette de la conversation. J'espère qu'elle se sentait coupable. Si elle n'avait pas dit à maman et à Richard que j'étais sortie avec Travis, les choses n'en seraient pas là !*

– Je crois qu'il faut qu'on mette les choses au clair, a déclaré Richard d'un ton sec.

Il m'a fait signe de m'asseoir à la table de la cuisine.

– Je ne pensais pas que vous seriez si fâchés, ai-je commencé, mais il m'a interrompue d'un geste.

– Tu as fait preuve d'un sérieux manque de jugement, Carla, a-t-il dit sévèrement.

– Je sais que ça peut sembler irréfléchi, mais…

– Tu me déçois beaucoup, a ajouté maman.

Elle s'est assise en face de moi. Je me suis sentie attaquée de tous les côtés !

– Si vous connaissiez Travis, il vous plairait vraiment, ai-je protesté. (Je regardais bêtement mes mains, ne sachant par où commencer.) Il est vraiment gentil.

– J'en suis sûre, mais là n'est pas la question.

Mary Anne a jeté un coup d'œil rapide par-dessus son épaule et s'est remise à s'occuper de Tigrou. Tout ça, c'était à cause d'elle.

– D'abord, il est trop âgé pour toi, a enchaîné Richard brutalement. Il a seize ans et tu n'en as que treize. Que pouvez-vous bien avoir en commun ?

– Nous venons tous les deux de Californie. Nous nous intéressons aux mêmes choses.

J'ai cherché le regard de maman, j'espérais qu'elle serait d'accord avec moi. Peut-être comprenait-elle ce que je ressentais. J'aime bien mes amis du Connecticut, mais ceux de Californie me manquent.

– En plus, a poursuivi maman, nous n'avons jamais vu ce garçon. Tu savais qu'il viendrait t'attendre au collège aujourd'hui ?

– Non. Travis fait les choses selon l'inspiration du moment. Il est impulsif. (« Et drôle, et mignon », aurais-je souhaité ajouter.)

– Si vraiment il s'intéressait à toi, a dit Richard, il serait venu te voir chez toi et il aurait rencontré le reste de la famille.

J'ai soupiré. Il prend très au sérieux son rôle de beau-père, mais je trouve parfois qu'il exagère.

– Mais Travis m'aime bien, ai-je plaidé. Vous n'imaginez pas tous les cadeaux qu'il m'a faits. D'abord un collier et des peignes et, aujourd'hui, il m'a acheté des boucles d'oreilles.

– Ça ne me plaît pas beaucoup, a commenté maman calmement. Tu le connais à peine, et il te couvre de cadeaux. Il y a quelque chose de bizarre.

J'ai regardé Mary Anne. Elle avait fini de nourrir Tigrou et s'est éclipsée de la cuisine. J'avais hâte de lui parler seule à seule ! Rien de tout cela ne serait arrivé si elle avait tenu sa langue.

– Il n'y a rien de bizarre, ai-je continué en me levant. Travis m'a fait des cadeaux parce qu'il m'aime bien. (Je me suis tournée vers maman.) Et j'ai vraiment envie de le revoir.

– Je le sais, ma chérie, a-t-elle dit en s'adoucissant un peu. Mais nous aimerions rencontrer ton ami.

– Tu veux dire que tu vas la laisser continuer à le voir ? a explosé Richard. Tu n'y penses pas sérieusement ?

– C'est peut-être un garçon charmant…

– Mais il a trois ans de plus qu'elle ! C'est ridicule !

– C'est vrai, Richard, a repris maman sur un ton apaisant. Mais peut-être que nous dramatisons trop. Du moment que Carla comprend qu'elle ne peut pas le voir sans notre permission, je ne pense pas qu'il y ait un problème.

– Bien sûr qu'il y a un problème. Elle ne devrait pas le voir du tout. Il est trop âgé pour elle.

Ils discutaient encore quand je me suis glissée discrètement hors de la cuisine. Il était évident que ça allait continuer pendant un bon moment, et j'avais deux mots à dire à

Mary Anne. Je l'ai trouvée à l'étage, allongée sur son lit en train de faire ses devoirs.

– Je te remercie, lui ai-je lancé. J'ai plein d'ennuis à cause de toi.

– Oh, Carla, je suis désolée, a-t-elle dit en se redressant. Ça m'embête beaucoup qu'ils soient en colère contre toi, mais je me demande ce que j'aurais pu dire d'autre.

– Pourquoi voulais-tu leur dire quoi que ce soit ? Tu aurais juste pu te taire.

– Mais comment ? Ils m'ont demandé si je savais où tu étais. Alors, je leur ai dit la vérité. J'ai dit que tu étais allée faire des courses. Avec Travis.

J'ai soupiré. Je savais que Mary Anne était incapable de mentir. Et, à bien y réfléchir, je ne voulais pas qu'elle ait besoin de le faire pour me couvrir.

– Sharon et papa auraient été très inquiets si je leur avais dit que je ne savais pas où tu étais, s'est défendue faiblement Mary Anne.

Elle avait l'air sincèrement désolé et se retenait de ne pas éclater en sanglots.

– Je sais, ai-je répondu, accablée.

– Tu sais, je ne voulais pas t'attirer d'ennuis, a-t-elle continué en reniflant.

Mary Anne pleure vraiment facilement. Je n'ai rien ajouté pendant un moment, puis je me suis dit qu'elle avait raison. Ce n'était pas sa faute si je me trouvais dans une telle situation.

– Allez, l'ai-je consolée en mettant mon bras autour de ses épaules, on oublie tout ça. Tu ne pouvais pas faire autrement.

Elle a levé ses yeux pleins de larmes.

– Tu le penses vraiment ?

J'ai acquiescé et je me suis assise sur son lit.

– Comment ça s'est passé aujourd'hui ? Je t'ai à peine vue.

– Logan est venu faire un tour après l'école, a-t-elle répondu, avec un faible sourire. Il m'a donné ce jouet pour Tigrou, comme il me l'avait promis.

Logan est l'une des personnes les plus adorables que je connaisse. Lui et Mary Anne se ressemblent beaucoup.

– Tu l'aimes vraiment, n'est-ce pas ? lui ai-je demandé, alors que je connaissais déjà la réponse.

– Bien sûr.

Elle a rougi.

– Je suis sûre que tu trouves ça idiot. Il n'est pas aussi beau que Travis.

– Qu'est-ce que tu racontes ? J'aime beaucoup Logan.

– Avec lui, je sais où je vais. Il n'y a pas trop de surprises, a dit doucement Mary Anne. Mais, moi, je préfère.

Je pensais à tous les problèmes que j'avais eus aujourd'hui à cause de Travis.

– Peut-être que les surprises ce n'est pas si bien que ça, ai-je conclu.

Maman nous a appelées pour dîner, coupant court à notre conversation sur Logan et Travis. Je me suis assise à ma place à table, sans avoir aucune idée de ce qui allait se passer. Maman et Richard allaient-ils discuter de Travis pendant tout le dîner ? Est-ce que j'allais avoir droit à un sermon ?

Heureusement, le dîner s'est passé sans problème, compte tenu des circonstances. Mais maman et Richard n'ont pas beaucoup parlé durant le repas. Maman gardait les yeux perdus dans le vague, et Richard faisait semblant d'être absorbé par sa salade grecque. Mary Anne et moi avons échangé quelques regards perplexes, mais ni l'une ni l'autre n'avait envie de discuter. Pourtant, j'étais sûre que je n'avais pas fini d'entendre parler de Travis.

# 8

Samedi,

Aujourd'hui, j'ai gardé mes frères et sœurs, et ils ont
passé un temps fou dehors, à jouer à l'un des jeux préférés
de Karen : le camping. C'est facile à organiser, il suffit
de faire semblant de camper! Nous avons juste besoin de
vieux couvre-lits, de chaises, de quelques accessoires et de
beaucoup d'imagination. Et, croyez-moi, Karen n'en
manque pas! L'avantage avec ce jeu, c'est que petits et
grands peuvent jouer ensemble et que ça peut durer des
heures. Évidemment, il vaut mieux qu'il fasse beau, mais,
au pire, on peut toujours installer la tente dans le séjour!

Kristy aime toujours donner beaucoup de détails sur ses
baby-sittings et tient à ce que nous lisions régulièrement et
attentivement le journal de bord. C'est un bon moyen de

savoir ce que font les autres baby-sitters avec les enfants, et on peut y trouver beaucoup de bonnes idées. Personne n'aime vraiment le tenir à jour, mais Kristy prend très au sérieux son travail de présidente et essaie de nous montrer l'exemple.

«Jouer au camping» était un excellent moyen de distraire ses quatre frères et sœurs. Karen a une imagination débordante et adore «faire semblant». David Michael est un enfant facile, toujours partant. Quant à Andrew et Emily Michelle, ils sont contents de pouvoir jouer avec leurs aînés, voilà tout!

Kristy et Karen ont trouvé un vieux couvre-lit tout en haut de l'armoire à linge. Il avait appartenu à Andrew et était jaune avec plein de voitures de course dessus.

– Ça ne ressemble pas à une toile de tente, a déclaré David Michael d'un air dubitatif. Il faudrait qu'il soit vert foncé ou marron.

– Ça fera très bien l'affaire, a répliqué Kristy. Le tout, c'est de «faire semblant»!

Elle préférait tout installer aussi vite que possible pour éviter que les plus petits ne s'impatientent.

– Je vais t'aider, a proposé Karen quand Kristy a voulu étendre le couvre-lit sur des chaises de jardin.

– Fais-la très grande, qu'on puisse mettre toutes nos affaires à l'intérieur, a suggéré David Michael, qui était déjà allé chercher une gamelle et une poêle à frire en fonte.

– Grande pente? a fait Emily Michelle, perplexe.

Elle a beaucoup de mal à parler anglais. Le pédiatre dit qu'elle a un retard de langage.

Andrew a ri.

– Non, une grande tente, a-t-il répété en montrant le couvre-lit. Viens !

– Attendez ! N'entrez pas tout de suite ! a protesté Karen, en retenant Kristy par le bras.

– Et pourquoi ?

Karen s'est mise à chuchoter :

– Il faut d'abord vérifier qu'il n'y a pas d'ours à l'intérieur. Il pourrait y en avoir un qui dort.

– Des zouss ?

Le visage rond d'Emily Michelle s'est assombri.

– C'est pour de faux, l'a rassurée Kristy en lui prenant la main. Pour jouer !

Elle ne souhaitait pas brider l'imagination de Karen, mais ne voulait pas non plus effrayer Emily Michelle.

– Je vais entrer la première, a annoncé Karen en se munissant d'une lampe torche cassée. Si je ne suis pas de retour dans quelques minutes, appelez les secours.

– Bonne idée, a répondu David Michael. Je pense que je peux leur envoyer un signal en morse.

Il s'est mis à fouiller dans une boîte à cigares pleine de bric-à-brac et en a tiré un dentier. Il a fait s'entrechoquer les dents pendant quelques secondes avant de déclarer, satisfait :

– Nous avons de la chance, ça marche encore.

– Moi aussi, je veux faire du morse ! Moi aussi ! s'est exclamé Andrew.

– Chut ! a grondé Karen. S'il y a un ours à l'intérieur, tu vas le réveiller. Tu sais qu'ils se mettent très en colère si on les dérange pendant qu'ils hibernent ?

– Oh ! pardon, s'est excusé Andrew, en plaquant sa main

sur sa bouche. S'il te plaît, David Michael, je peux faire du morse ? a-t-il soufflé.

David Michael lui a tendu les dents en plastique.

– Rappelle-toi juste que SOS, c'est trois courts, trois longs et trois courts. Tu saisis ?

Il a fait claquer le dentier pour lui faire une démonstration.

– J'ai compris.

– Tout le monde en place, a ordonné Karen. J'y vais. Tu es prêt, Andrew ?

– Prêt !

– David Michael ?

– Je suis à côté du… tas de bois.

– Pourquoi avons-nous besoin d'un tas de bois ? a demandé Kristy.

David Michael a levé les yeux au ciel.

– Pour le cas où le morse ne marcherait pas, tiens. Je pourrais allumer du feu et envoyer des signaux de fumée aux sauveteurs.

– Oh, très juste. Bonne idée.

Kristy était ravie. Les enfants entraient vraiment dans le jeu. Elle était impatiente de tout raconter à la prochaine réunion du Club.

– Moi aussi ! Moi aussi ! Moi aussi ! a crié Emily Michelle en tirant Karen par son T-shirt.

– Elle veut participer, a dit Kristy. Donnons-lui quelque chose à faire.

– Je sais, a fait Karen en se baissant à la hauteur de sa petite sœur. Tu peux me souhaiter bonne chance. J'ai quelque chose de très dangereux à faire, dis-moi bonne chance.

179

– Bonne sance.

Kristy n'était pas sûre qu'elle sache bien ce que signifie « bonne chance », mais elle était toute contente de participer.

– Bon, j'y vais, a annoncé Karen d'un ton solennel.

Elle a pris une profonde inspiration et elle a rampé à l'intérieur de la tente. Tous les autres attendaient accroupis à l'extérieur, prêts à agir si nécessaire. Quelques instants se sont écoulés, et puis elle a réapparu.

– Tout va bien. Il n'y a pas d'ours à l'intérieur. Du moins, pas en ce moment.

– Comment ça, « pas en ce moment » ? s'est étonné David Michael.

Karen a glissé un œil par-dessus son épaule comme si elle s'attendait à voir apparaître un ours à tout instant.

– Je ne veux effrayer personne, a-t-elle dit doucement, mais je dois vous avertir que j'ai trouvé un pot de miel à l'intérieur.

– Du miel ! s'est écrié Andrew en plaquant sa main sur sa bouche.

Elle a acquiescé.

– Et vous savez ce que cela veut dire…

– Ça veut dire quoi ?

David Michael était tout pâle.

Karen a levé les yeux au ciel.

– Qu'il doit y avoir eu un ours par ici, pardi.

– Oh, c'est vrai.

Il raclait le sol de la pointe du pied et paraissait un peu gêné.

– Alors qu'est-ce qu'on fait maintenant ?

– Je crois qu'il faut qu'on rentre tous sous la tente, a

répondu Karen, en écartant la couverture. Mais il faut être sûrs qu'il y a un système d'alerte à l'extérieur.

– Un système d'alerte ? (Le visage de David Michael s'est éclairé.) C'est une idée géniale ! Allez-y, je m'en occupe.

Kristy s'est installée à l'intérieur avec les enfants et, pendant une bonne minute, tout le monde est resté silencieux. Il faisait chaud là-dessous, ils étaient serrés comme des sardines, et elle se demandait ce que Karen allait encore inventer. Heureusement, ça n'a pas été long.

Emily Michelle était en train de bâiller quand Karen a attrapé Kristy par le bras.

– Tu as senti ?

– Senti quoi ?

– La terre vient juste de trembler, a-t-elle annoncé d'un ton mélodramatique. Je pense que nous sommes pris dans un tremblement de terre.

– Oh non ! a hoqueté Andrew. Qu'est-ce qu'il faut faire ?

– Tenons-nous la main, a-t-elle conseillé calmement. Ainsi, personne ne sera emporté si ça recommence.

Emily Michelle dévisageait Karen avec des yeux grands comme des soucoupes, alors Kristy l'a prise dans ses bras.

– Ne t'inquiète pas, Emily Michelle, l'a-t-elle rassurée, en la serrant très fort. Il ne t'arrivera rien.

– Ouh là ! Ça recommence, s'est écriée Karen en faisant mine de tomber à la renverse.

Andrew l'a aussitôt imitée.

– Tenez bon, tout le monde !

– Attends une minute, a protesté Andrew. Et David Michael ? Il est dehors, en train d'installer ce stupide système d'alerte !

– Il faut lui venir en aide, a décidé Karen. Andrew, va secourir David Michael.

Andrew s'est figé, impressionné par l'importance de sa mission.

– Ouvre la tente avec précaution et jette un œil dehors. Dès que tu le vois, dis-lui de rentrer.

– D'accord !

Andrew a rampé et soulevé le couvre-lit.

– David Michael ! David Michael ! a-t-il soufflé.

Il a attendu un moment avant de se retourner.

– Il n'est pas là !

– Tu es sûr ? a demandé Karen.

– Sûr !

Elle a soupiré.

– C'est encore pire que ce que je pensais.

– Tu crois qu'il a disparu dans le tremblement de terre ? a suggéré Andrew.

– Non, je crois que… Morbidda Destiny l'a attrapé !

Kristy a réprimé un gloussement. Morbidda Destiny est la vieille dame qui habite juste à côté de chez eux. Son vrai nom est Mme Porter, mais Karen est convaincue que c'est une sorcière. Elle vit dans une vieille maison victorienne avec pignons et tourelles, et elle a même un balai devant sa porte d'entrée.

– Maintenant, qu'est-ce qu'on fait ? a demandé Andrew.

Karen semblait prise de court.

– Je ne sais pas. Morbidda Destiny a des pouvoirs surnaturels. Elle pourrait transformer David Michael en crapaud si elle voulait, ou elle pourrait lui faire boire une potion magique.

– Mais c'est affreux !

– Elle pourrait même en faire un ragoût.

– Pouah ! s'est exclamé Andrew. Il faut le sauver !

– Laisse-moi réfléchir.

Au même moment, David Michael a fait son entrée sous la tente en rampant.

– Le système d'alerte est en place, a-t-il expliqué en se précipitant vers Kristy. Vous êtes tous en sécurité.

– Ça va ? lui a demandé Karen. Nous pensions que Morbidda Destiny t'avait enlevé.

Il s'est esclaffé.

– Bien sûr que ça va.

Elle le regardait avec méfiance, comme s'il était devenu un lézard ou un crapaud qui aurait pris son apparence.

– Je me demande un truc. Tu étais où quand Andrew t'a appelé ?

– Je me cachais, a-t-il répondu malicieusement. Je savais que tu penserais que Morbidda Destiny m'avait kidnappé, et je voulais voir ce que tu ferais.

– Eh bien, ce n'était pas drôle, a répliqué Karen, vexée.

Andrew a raconté le tremblement de terre à son demi-frère, et Karen s'est assise près de Kristy.

– Tu sais ce que je pense ? lui a-t-elle murmuré à l'oreille. Je pense que Morbidda Destiny l'a vraiment attrapé et l'a forcé à dire qu'il se cachait !

– Vraiment ?

Karen a fait signe que oui.

– Tu sais, avec les sorcières, il faut se méfier, a-t-elle conclu avec beaucoup de sérieux.

## 9

*– Il faut donner une friandise à Shewy, sinon il va nous faire rater la pièce! s'est écriée Myriam.*

*On était jeudi après-midi, et je gardais les trois petits Hobart. Ben était chez le dentiste. Chris, James et Johnny étaient dans le jardin en train de répéter leur pièce avec Myriam et Gabbie Perkins.*

– On peut lui donner un biscuit si vous voulez, ai-je répondu, mais je ne crois pas que ça servira à grand-chose.

Shewy, le héros de la pièce, courait comme un fou dans le jardin. Il ne m'avait pas l'air très doué pour le théâtre. D'après le texte de James, il aurait dû paraître triste et solitaire, mais il ne cessait de sauter, aboyer et remuer la queue.

On aurait dit qu'il pourchassait une mouche.

– Viens ici, Shewy, ai-je soupiré. Voyons si ça va te calmer.

Je lui ai fourré un biscuit pour chien dans la gueule.

Il s'est assis immédiatement sur son arrière-train, car il en voulait encore.

– Je t'avais dit que ça ne servirait à rien, est intervenu James. Ce chien est incapable de faire du théâtre.

– Mais si, il en est capable ! (Myriam a passé les bras autour du cou du labrador.) Ce n'est juste pas le bon jour.

– Reprenons depuis le début. On recommence la scène du centre commercial, a ordonné James. Tout le monde se souvient de ce qu'il doit faire ?

Il a jeté un coup d'œil à ses notes.

– Gabbie, tu tiens un magasin de chaussures.

– Chaussures, chaussures, a-t-elle chantonné.

J'ai posé mon doigt sur mes lèvres pour lui rappeler de garder le silence, et elle m'a souri.

– Chris, tu travailles dans une pizzéria, et Johnny dans une animalerie.

– Je veux avoir l'animalerie ! s'est écriée Gabbie. Animaux à vendre ! Animaux à vendre ! Nous avons des lapins, des gerbilles et des hamsters. Et même des chats et des chiens…

– Non, Gabbie, a répliqué James calmement. Tu restes dans ta boutique et tu vends tes chaussures. Tu as un rôle très important dans la pièce.

Elle rayonnait. C'était exactement ce qu'il fallait dire. James m'impressionnait de plus en plus. Il savait diriger ses comédiens !

– Bon, on peut commencer maintenant, s'il vous plaît ! a demandé James.

– Chaussures à vendre ! Chaussures à vendre ! a entonné

Gabbie. Venez acheter des chaussures. Nous avons des offres spéciales aujourd'hui.

– Myriam, tu peux faire ton entrée maintenant, a annoncé James. Silence tout le monde.

Il s'est assis près de moi, sur la table de pique-nique. Personne n'a bougé.

– Myriam, qu'est-ce que tu attends ?

Elle l'a regardé sans lâcher son chien.

– Shewy et moi, nous attendons que tu nous donnes le signal. Tu dois dire « Et... action ! »

James a fait des yeux ronds.

– OK, OK, a-t-il marmonné. Et... action !

J'ai souri.

La scène a commencé sans heurt.

Myriam parlait doucement à son chien, lui demandant s'il était perdu quand, soudain, sa voix a été couverte par une musique assourdissante.

– Qui a allumé la radio ? a demandé James.

Il a couru vers Chris, qui était assis derrière le barbecue. Il en a sorti un petit transistor.

– Tu gâches toute la scène. On n'entend pas le texte de Myriam.

Son frère a haussé les épaules.

– J'ai bien le droit d'écouter la radio dans ma boutique.

Myriam a froncé les sourcils.

– Chris, on ne peut pas faire de bruit quand quelqu'un est en train de dire son texte. C'est la première chose qu'on apprend quand on joue la comédie.

– Mais je m'ennuie. Je n'ai rien à faire pour l'instant.

– Tu interviens dans la scène suivante, lui a rappelé

James. Écoute, le mieux c'est que tu restes à ta place et que tu fasses comme si tu fabriquais des pizzas.

– Je sais ce que je pourrais faire, a lancé Chris. Si tu me rends la radio, je pourrai l'écouter avec des écouteurs.

James a hésité.

– Bon si tu veux, mais fais attention de ne pas rater le moment où tu interviens. Myriam va visiter toutes les boutiques de la galerie, et la tienne est la deuxième où elle va aller.

Myriam s'est impatientée.

– Est-ce qu'on peut recommencer maintenant ? Shewy ne tient plus en place.

– C'est bon, a dit James, qui commençait à en avoir assez de toutes ces interruptions. Tout le monde en place.

– Tu es encore sur ce truc ? s'est exclamée une voix moqueuse.

Je me suis retournée et j'ai vu Zach qui arrivait à vélo.

– Je croyais que tu en aurais eu assez de ce truc de bébé, a-t-il enchaîné.

– Ce n'est pas un truc de bébé, a riposté Myriam, outrée. Nous jouons une véritable pièce de théâtre.

– Ouais, ouais, c'est ça. (Zach s'est arrêté à côté de James et lui a donné une tape sur l'épaule.) Alors, ça te dirait de venir faire du foot ?

– Il ne peut pas quitter la répétition, a rétorqué Myriam. Nous sommes en plein milieu d'une scène très importante.

– Bien sûr ! a raillé Zach. C'est toujours la même pièce ? Avec l'histoire du chien perdu ?

– Je te l'ai déjà dit. C'est moi qui l'ai écrite.

Zach a éclaté de rire.

– Quand est-ce que tu vas grandir et faire des trucs de garçons, James ?

– Des trucs de garçons ?

– Tu sais, du foot, du skate, des choses comme ça.

– Je fais beaucoup de sport, a répliqué James, les joues en feu.

– On ne croirait pas ! a continué Zach en hurlant de rire. Chaque fois que je te vois, tu passes ton temps avec des filles… Tu sais, si tu continues, tu n'auras plus de copains. Déjà qu'à l'école les autres pensent que tu es bizarre.

– Bizarre ?

– Mets-toi à leur place. Tu ne parles pas normalement, tu ne joues pas avec les garçons et, pire encore, tu es toujours avec des filles ou des bébés.

James a baissé la tête.

– Je ne veux pas qu'on pense que je suis bizarre.

– Bien sûr, a dit Zach, en lui donnant une petite tape dans le dos. Mais tu peux changer tout ça. Tu n'as qu'à faire autrement. Et tu peux commencer dès maintenant.

– Tu crois ?

– Bien sûr. (Zach s'est levé et a repris son vélo.) Viens chez moi et on jouera au foot. Puis on regardera le film d'horreur que je viens de louer. Je pourrais aussi t'apprendre à parler sans accent. Alors, tu viens ?

James a hésité, puis il a jeté son script sur la table de pique-nique.

– Ça marche ! Je te suis.

– James, a gémi Myriam. Et la pièce ?

Il a haussé les épaules et s'est rué dans le garage pour y prendre son vélo.

– Qu'est-ce qu'on va faire maintenant ? a demandé Chris. On ne peut pas monter la pièce sans lui.

– On va trouver autre chose à faire, lui ai-je promis.

J'ai regardé Zach et James s'éloigner sur leurs VTT. Pourquoi James laissait-il Zach lui parler de cette manière ? Et pourquoi voulait-il lui plaire au point d'essayer de changer de personnalité ? James était formidable, tel qu'il était. Zach n'avait pas à lui dire comment parler et comment se comporter. Pourquoi James ne lui demandait-il pas de s'occuper de ses affaires ? Tout ça me paraissait insensé, et j'étais très déçue par l'attitude de James.

*Kristy a lancé une bombe en pleine réunion sans même le savoir. Nous étions dans la chambre de Claudia, comme tous les lundis après-midi. Jessi a parlé de Jackie Rodowsky, le « Désastre ambulant », et tout le monde s'est mis à raconter des histoires drôles sur lui. En fait, Jackie est un très gentil petit garçon de sept ans avec des taches de rousseur. Mais il s'attire toujours des ennuis.*

– Vous vous souvenez du jour où je l'ai emmené à la piscine ? nous a rappelé Kristy. D'abord, il a été piqué par une guêpe, et ensuite il s'est perdu. Samuel en avait parlé à une fille de sa classe, et elle lui a dit qu'elle avait tout vu. Elle surveillait la baignade ce jour-là.

– Vraiment ? Qui était-ce ? a demandé Mary Anne.

– Je ne connais pas son nom, mais elle a un look terrible et elle est capitaine de l'équipe de natation du lycée de Stonebrook.

Kristy a ouvert son bloc-notes, prête à revenir aux affaires du Club.

– Sam dit que c'est à cause d'elle que Travis s'est inscrit en natation en plus de tous ses autres sports. Il est fou d'elle à ce qu'il paraît. Ils sortent ensemble depuis des semaines.

J'ai levé les yeux du journal de bord, en état de choc. Travis sortait avec quelqu'un ? Travis était fou de quelqu'un ? Comment était-ce possible ? N'était-ce pas à moi qu'il s'intéressait ! Mes joues étaient devenues brûlantes et je me suis demandé si quelqu'un l'avait remarqué. Je me suis replongée dans le journal de bord.

La réunion a continué comme d'habitude et j'ai même réussi à répondre au téléphone sans trop montrer mon trouble. C'était le Dr Johanssen, qui avait besoin d'une baby-sitter pour Charlotte. Ma voix tremblait un peu, mais j'ai tout noté et j'ai promis de le rappeler.

Kristy a demandé qui était libre ce jour-là, et Mary Anne a vérifié dans l'agenda.

J'ai à nouveau fait semblant de feuilleter un magazine, attendant désespérément que la réunion se termine. Que se passait-il avec Travis ? Kristy pouvait-elle se tromper ? J'étais impatiente de rentrer à la maison et de réfléchir à tout ça.

Malheureusement, à la minute même où j'ai ouvert la porte, maman m'a demandé de préparer une salade. C'était la dernière chose que j'avais envie de faire, mais que dire ?

Mary Anne a fait les spaghettis, maman, la sauce tomate végétarienne, Richard, les croûtons à l'ail, et nous avons dîné tous les quatre.

J'étais là, sans y être. C'était bizarre. J'étais assise à la table de la salle à manger, passant la salade et écoutant à moitié ce que racontait Mary Anne, mais mon esprit était à des millions de kilomètres de là. J'aurais pu être sur une autre planète! Ma cervelle était en ébullition, je cherchais une explication à ce qu'avait dit Kristy sur Travis.

C'était dur à admettre, mais il n'y avait pas beaucoup de possibilités. Je ne pensais vraiment pas que Kristy ait pu se tromper, car elle avait l'air sûre d'elle. Elle avait bien prononcé le prénom de Travis (et il ne devait pas y avoir des tas de Travis au lycée).

Puis je me suis mise à gamberger. Peut-être qu'il faisait croire qu'il aimait cette fille. Mais pourquoi ferait-il ça? Aucune idée. À moins que... peut-être qu'il voulait entrer dans l'équipe de natation et qu'il pensait devoir sortir avec elle pour être sûr d'être sélectionné. Non, ça ne pouvait pas être ça non plus. Travis était un excellent sportif (il l'avait dit lui-même), il aurait été pris de toute façon. C'était idiot. J'avais beau me creuser la tête, je ne voyais pas pourquoi il aurait pu faire semblant d'aimer cette fille.

J'en ai parlé à Mary Anne ce soir-là. Nous étions en train de faire nos devoirs. Il nous arrive de les faire ensemble.

– Tu sais, ça n'a pas de sens, ai-je soudain déclaré.

– Qu'est-ce qui n'a pas de sens? m'a demandé Mary Anne en levant à peine les yeux de son livre.

– Ce qu'a dit Kristy à propos de Travis et de cette fille maître nageur!

– Ah, ça !

Elle m'a regardée.

– Eh bien, qu'est-ce que tu en penses ?

Elle a haussé les épaules.

– Je n'en pense pas grand-chose. Ça t'embête ?

Si ça m'embêtait !

– Oui, ai-je répondu en serrant les dents. Ça m'embête pas mal.

Mary Anne a soupiré.

– Bon, j'aurais préféré qu'elle n'en parle pas.

– Non, je suis contente qu'elle l'ait fait. Mais j'aimerais bien comprendre ce qui se passe. Pourquoi voit-il quelqu'un d'autre s'il s'intéresse tant que ça à moi ?

Je m'étais levée et faisais les cent pas devant la coiffeuse.

– Carla, ce n'est pas la fin du monde. Je ne veux pas que tu sois malheureuse pour ça.

Mary Anne est très attentive aux problèmes des autres, c'est quelqu'un à qui on peut parler.

– Mais je croyais que Travis s'intéressait à moi !

Elle a hésité.

– Je suis sûre que c'est le cas. Mais il peut sortir avec qui il veut. En plus, ils ont le même âge.

– Mais moi, je croyais qu'il m'aimait vraiment.

– Je pense qu'il t'aime aussi. Mais comme amie. Il n'y a rien de mal dans tout ça, pas vrai ?

J'allais protester, mais j'ai gardé le silence. Tout ce qu'elle avait dit était sensé, même si c'était dur à admettre. Ma relation avec Travis n'avait rien à voir avec celle de Mary Anne avec Logan. Je l'envie un peu parce qu'elle sait toujours où elle en est avec Logan. Et lui sait où il en est avec elle. Mais Travis était le genre de garçon qui vous laisse dans l'incertitude, plein de surprises (la fille de la piscine en était une de taille !), et il fallait que je trouve une manière de gérer ça.

Ce soir-là, alors que j'éteignais ma lampe pour dormir, une idée m'a traversé l'esprit. Pour comprendre ce que Travis éprouvait pour cette fille, il fallait que je les voie ensemble. C'était décidé.

L'occasion s'est présentée quelques jours plus tard. C'était jeudi après-midi, il faisait beau et le professeur avait décidé de laisser sortir la classe dix minutes avant l'heure. J'ai traversé la cour du collège en courant. Avec un peu de chance, je pouvais arriver au lycée avant la sonnerie.

Les élèves du lycée étaient en train de sortir des salles de cours lorsque je suis arrivée. Ma gorge s'est serrée. Comment repérer Travis dans une foule pareille ? J'étais en train de me demander où me mettre pour être sûre de ne pas le louper, quand je l'ai vu qui s'arrêtait en haut des marches pour mettre ses lunettes de soleil. C'était une chance ! Qu'il était beau avec son jean et son T-shirt blanc ! Mon cœur s'est emballé. Je mourais d'envie de courir vers lui pour lui dire comme j'étais contente de le voir.

Mais il n'était pas seul. Il s'est retourné et a pris le bras d'une fille super belle. Elle avait de longs cheveux roux et des pommettes saillantes comme un top model. Elle portait une petite robe mauve, exactement le genre de tenue branchée que Claudia ou Lucy pourraient porter. Je l'ai haïe tout de suite. Puis je me suis dit que ce n'était pas sa faute si elle était belle et si elle plaisait à Travis.

Ils se sont dirigés vers le portail. J'ai retenu ma respiration.

Ils sont passés devant le parking du lycée, toujours bras dessus bras dessous. Ils allaient probablement en ville à pied et, en faisant très attention, je pourrais les suivre. J'ai attendu derrière un arbre qu'ils soient à une bonne distance.

## 11

*Décidément, je ne suis pas douée en espion-
nage. Vous ne pouvez pas savoir comme c'est
dur de suivre quelqu'un. Dans les films, ça a
l'air facile, mais, dans la vraie vie, c'est horri-
blement compliqué.*

Comme je ne regardais pas où je mettais les pieds, j'ai
marché dans une énorme flaque d'eau et j'ai abîmé mes
chaussures. Puis, j'ai failli être renversée par une benne à
ordures. J'étais si occupée à ne pas perdre Travis de vue
que je n'ai même pas remarqué que le feu était passé au
vert. Complètement idiot !

J'ai respiré à fond en me disant qu'il fallait que je fasse
plus attention. Je ne découvrirais jamais la vérité sur Travis
si je me faisais écraser par un camion.

Travis et la fille étaient toujours à une centaine de mètres devant moi. Avec un peu de chance, je serais capable de me fondre dans la foule une fois en ville. L'endroit le plus critique, c'était une longue rue avec un petit trottoir et très peu d'arbres. Travis n'aurait pas manqué de me voir s'il se retournait.

Tout allait bien quand soudain un Klaxon a retenti derrière moi. J'ai fait un bond d'un mètre. À mon grand désarroi, Travis l'avait entendu aussi. Il a tourné la tête et j'ai à peine eu le temps de sauter derrière un buisson. M'avait-il vue ? Difficile à savoir, mais il ne fallait pas prendre de risque. Je suis restée accroupie un moment et je me suis sentie un peu bête, mais je n'osais pas bouger. J'ai compté jusqu'à dix avant de reprendre ma filature.

Quelques minutes plus tard, nous étions dans le centre-ville. Travis et la fille se sont d'abord arrêtés au restaurant où nous étions allés. Je me demandais s'il allait commander à sa place. Je me suis installée près de la porte d'entrée et je les ai observés. En faisant tourner mon siège, je pouvais les voir dans le miroir.

Ils riaient et parlaient et, quand la fille a pris le menu, Travis a posé ses mains sur les siennes. Il lui a fait un clin d'œil avant de passer la commande à la serveuse. Mon cœur a chaviré. Les sourires, les regards tendres… je connaissais. Il la regardait comme si elle était la seule fille au monde. Il m'avait regardée de la même façon !

J'ai avalé un jus de fruits et je suis sortie discrètement. Le cœur battant follement, je me suis assise sur un banc de l'autre côté de la rue en face du restaurant. J'ai décidé d'attendre qu'ils sortent et de les suivre encore. Pourquoi ? Je ne peux pas l'expliquer. Simplement il fallait que je sache ce qu'ils allaient faire, même si je savais que ça allait me faire du mal.

Environ une demi-heure plus tard, ils sont sortis en se tenant par le bras et se sont dirigés vers la bijouterie. Sandwichs et boucles d'oreilles. Je connaissais ! Travis l'emmenait exactement aux mêmes endroits que moi. Je me suis même demandé un instant s'il lui achèterait les mêmes boucles que moi.

Ils n'ont rien acheté, mais ils se sont promenés dans la boutique pour regarder les bijoux. Ils se tenaient tout près l'un de l'autre, à rire et à discuter. Même si je ne pouvais pas entendre ce qu'ils se disaient, je voyais bien qu'ils étaient contents d'être ensemble. J'aurais tellement voulu être la seule et l'unique pour Travis ! Mon cœur s'est serré, mais je me suis forcée à continuer à les observer. J'aurais dû savoir que les choses ne pouvaient que s'aggraver.

L'après-midi tirait à sa fin quand, finalement, ils se sont éloignés du centre-ville. Je leur ai emboîté le pas, fatiguée et découragée (et très jalouse). Tout se bousculait dans ma tête et je n'arrivais pas à réfléchir. Pourquoi Travis s'intéressait-il tellement à cette fille ? C'est vrai, elle était super belle, mais il devait y avoir autre chose. Il n'avait pas arrêté de me dire que j'avais de jolis yeux, et il m'avait même acheté des petits peignes de la même couleur. Alors, ça devait bien vouloir dire que je lui plaisais, non ? Qu'avait-elle de plus que moi ?

J'étais en train d'essayer d'y voir clair quand ils sont entrés dans un petit parc. J'ai à peine eu le temps de me cacher derrière un abri de bus qu'ils se sont assis sur un banc quelques mètres plus loin. Et maintenant ?

Je n'ai pas attendu longtemps. J'ai vu avec horreur Travis se pencher sur elle et l'embrasser! J'ai bien cru que j'allais m'évanouir. J'ai porté ma main à ma bouche et je me suis mise à pleurer. Comment était-ce possible?

Un groupe d'enfants est venu jouer près d'eux. Travis a froncé les sourcils, puis, en riant, il s'est relevé et a entraîné la fille rousse plus loin. Ils marchaient désormais enlacés. Je n'ai pas pu m'empêcher de leur emboîter le pas.

Ils se sont arrêtés devant le cinéma pour regarder les affiches. À la manière dont ils hochaient la tête en bavardant, il était évident qu'ils avaient l'intention d'aller voir un film ensemble. Ce soir? Ce week-end? Je n'avais aucun moyen de le savoir, mais ce n'était pas vraiment important. Tout ce qui comptait, c'était qu'elle serait avec Travis, et ça me faisait mal. Leurs doigts étaient étroitement enlacés... J'ai vu le regard de Travis quand il lui a souri. C'est à moi qu'il aurait dû sourire comme ça.

J'en avais vu assez. Il faisait presque nuit; je me suis dépêchée de rentrer à la maison. Sur le chemin, les questions se bousculaient dans ma tête. Est-ce qu'il aimait cette fille parce qu'elle avait son âge? Est-ce que j'étais vraiment trop jeune pour lui, comme l'avait dit Richard? Travis avait-il été déçu que je ne suive pas son conseil pour le troisième trou à l'oreille? J'avais beau tourner la situation dans tous les sens, j'en arrivais toujours à la même conclusion: Travis ne s'intéressait pas du tout à moi. Comment avais-je pu me tromper à ce point sur lui?

J'y ai pensé toute la nuit et toute la journée du lendemain. Et même si cela m'obsédait encore quand la réunion du Club a commencé, je me suis efforcée de ne pas le montrer à mes amies. D'ailleurs, j'avais pris la décision de ne rien leur dire. Mais les choses ne se sont pas passées comme je le voulais.

Nous attendions les coups de fil, quand Kristy a annoncé que Samuel et Travis étaient dans la même équipe d'athlétisme.

– Je ne sais pas comment il fait, a déclaré Kristy d'un ton admiratif. Il pratique trois sports différents et il trouve encore le temps d'auditionner pour le cours d'art dramatique.

– Je suis sûre qu'il obtiendrait tous les premiers rôles, a fait Lucy. Il est tellement beau ! J'adore ses yeux. Et aussi…

Lucy (qui est parfois un peu pénible) était sur le point de se lancer dans une longue description du sourire de Travis, mais je l'ai interrompue :

– On peut changer de sujet ? (Je me suis levée d'un bond en prenant ma veste.) Si nous sommes là uniquement pour parler des garçons, je rentre chez moi. J'ai des choses plus intéressantes à faire.

Kristy m'a dévisagée d'un air stupéfait.

– Carla, qu'est-ce qui ne va pas ?

– Rien, ai-je répondu sèchement.

Je me suis tournée vers le mur pour que mes amies ne puissent pas voir les larmes qui emplissaient mes yeux.

– J'en ai assez entendu sur Travis, c'est tout. En fait, j'en ai même par-dessus la tête !

J'ai titubé vers la porte de la chambre de Claudia, mais Mary Anne m'a arrêtée.

– Attends. Tu ferais peut-être mieux de nous dire ce qui se passe.

– Je n'ai pas envie d'en parler.

Mary Anne a pris ma main et m'a entraînée gentiment vers le lit.

– Les amies sont faites pour ça, tu sais. Une pour toutes, toutes pour une.

J'ai hésité. Les filles me regardaient, l'air inquiet.

– J'ai vu Travis avec quelqu'un d'autre, ai-je balbutié. Sûrement celle qui est capitaine de l'équipe de natation. Voilà pourquoi ça ne va pas.

Lucy semblait perplexe.

– Et pourquoi ça t'embêterait ? À moins que... Tu es amoureuse de lui ? Vous sortiez ensemble ?

J'ai haussé les épaules.

– Nous ne sortons pas vraiment ensemble, mais je sais qu'il s'intéresse à moi. Enfin, je croyais qu'il s'intéressait à moi.

Je leur ai parlé de la visite surprise à la maison, des bijoux, du restaurant... J'ai gardé pour moi l'épisode où maman et Richard m'avaient grondée.

– Quel sale type ! s'est indignée Lucy quand j'ai raconté la scène où Travis embrassait la fille dans le parc. Pourquoi t'a-t-il fait marcher comme ça ?

– Il ne l'a pas vraiment fait marcher, a rectifié Kristy. N'oublie pas qu'il ne lui a jamais rien demandé. En tout cas, pas de sortir avec lui.

– Attends un peu, Kristy, est intervenue Claudia. Si quelqu'un vient te voir chez toi et t'apporte des cadeaux, c'est comme si vous sortiez ensemble. Et, s'il t'emmène faire du shopping après l'école, c'est un peu pareil.

– Tu crois ? a demandé Jessi.

Avec Mallory, elle avait suivi toute la conversation sans dire un mot.

Claudia a ouvert un paquet de bonbons et en a fourré un dans sa bouche.

– Ben oui.

– Je trouve aussi, a renchéri Lucy. Travis a laissé croire à Carla qu'elle lui plaisait, alors c'est définitivement un sale type.

J'ai poussé un soupir. J'étais contente de voir que je n'étais pas la seule à penser que Travis s'intéressait à moi. Mais cela ne m'aidait pas à me sentir mieux. J'avais mal chaque fois que je pensais à Travis.

– Ne t'inquiète pas, Carla, a repris Claudia. Tu rencontreras quelqu'un de mille fois plus beau que lui. Quelqu'un qui t'apprécie vraiment.

J'ai reniflé. Comment pouvait-il exister quelqu'un de plus beau que Travis ?

– En fait, a ajouté Mary Anne, je crois que je connais la personne en question.

– Qui c'est ? a voulu savoir Kristy. Raconte-nous tout.

Mary Anne a souri.

– Eh bien, il a quatorze ans, il est fantastiquement beau. Il a un sens de l'humour génial et il a l'air vraiment très gentil.

– A l'air ? s'est étonnée Kristy en fronçant les sourcils. Tu n'en es pas sûre ?

– J'en suis sûre. C'est juste que je ne l'ai pas encore rencontré.

– Qui est-ce ? a demandé Jessi. On le connaît ?

– Non, il ne vit pas ici. C'est le cousin de Logan. Il s'appelle Lewis et il va bientôt venir ici.

Elle s'est penchée et m'a regardée dans les yeux.

– Et devine quoi ? Il n'a pas de petite amie.

Mary Anne semblait très contente d'elle. Je ne voulais pas avoir l'air ingrate, mais je n'avais aucune envie de rencontrer ce Lewis. Je me moquais bien de savoir s'il était gentil, libre ou drôle. Je voulais Travis. Pourquoi personne ne pouvait le comprendre ?

– C'est merveilleux, non ? a-t-elle lancé, tout sourire.

Je me suis mouchée et j'ai essayé de paraître intéressée. Je n'avais aucune raison de vexer Mary Anne, et je pourrais toujours trouver une excuse pour éviter Lewis quand il serait là.

– Merveilleux, ai-je répété. C'est merveilleux.

## 12

*Mardi,*

*Aujourd'hui, quand je suis arrivée chez les Hobart, les petits étaient en pleine ébullition.*

*Ils voulaient absolument faire une représentation de la pièce que James a écrite. Plusieurs d'entre vous ont déjà vu « Le Petit Chien perdu », comme il appelle sa pièce, mais, pour moi, c'était une première. Il avait même rassemblé un petit public. La représentation a été un franc succès.*

– S'il te plaît, Mary Anne, ont supplié Chris et Myriam. On veut jouer devant plein de gens, aujourd'hui. C'est vraiment prêt.

– Je pensais qu'on jouerait d'abord aux dames, a-t-elle expliqué, et puis que l'on ferait des gâteaux au chocolat.

– Des gâteaux au chocolat ! On peut en faire n'importe quand, a répliqué Myriam. Mais ça, c'est important, c'est une pièce de théâtre !

– S'il te plaît ! s'est écriée Gabbie d'une voix aiguë. Pas de gâteaux ! Pas de jeu ! Tu ne veux pas que les gens voient *Le Petit Chien perdu* ?

– Mais bien sûr que si.

Mary Anne était au courant pour la pièce, car elle avait lu ce que Kristy et Jessi avaient écrit dans le journal de bord. Elle s'est tournée vers James qui semblait très content de lui.

– Vous êtes vraiment prêts ?

Il a fait oui de la tête.

– Plus que jamais. Tout le monde connaît son texte et, si Shewy reste tranquille, tout ira bien.

Shewy ! Mary Anne a esquissé une grimace. Elle avait oublié qu'il était la vedette de la pièce.

– Où est-il justement ?

– Il est prêt ! l'a informée Gabbie. Il attend dans les coulisses.

La petite fille a ouvert la porte du garage, et le labrador a aussitôt déboulé dans le jardin. On aurait dit qu'il était resté enfermé pendant cinq ans. Il s'est mis aussitôt à décrire des cercles en courant.

– Il est tout excité, a expliqué Myriam.

– Je vois ça. Tu es sûre qu'il se calmera pour la représentation ?

– Mais oui, a-t-elle fait en le caressant. Je vais le remettre dans le garage.

Mary Anne en doutait, mais elle ne voulait pas décourager la fillette.

– Bon. On commence par quoi ?

– Il faut d'abord installer les chaises, et puis faire venir le public a déclaré James en s'affairant.

Il a disposé des chaises pliantes dans le patio et a expliqué en désignant le jardin :

– Ce sera la scène. Face au public, qui se mettra ici.

– D'accord, mais où est le public ?

– Il faut qu'on téléphone aux copains... On voulait envoyer de vraies invitations, a expliqué Myriam, mais, avec les répétitions, on a complètement oublié. (Elle semblait un peu embêtée.) Mais il n'est pas trop tard pour appeler les gens, non ?

– J'imagine que non.

Mary Anne a consulté sa montre. Il était plus de quinze heures trente.

– Mais nous ferions mieux de commencer tout de suite. Et si je téléphonais à Mallory Pike pour savoir si elle peut venir avec ses frères et sœurs ?

– Oh, oui ! a répondu Myriam en battant des mains. Et demande à Jessi d'amener Becca et P'tit Bout.

– Plus il y aura de monde, mieux ce sera, a ajouté James. Les grandes personnes peuvent s'asseoir sur les chaises pliantes, et les petits sur les bancs.

– On invite des adultes ? s'est étonnée Mary Anne.

– Bien sûr ! Sinon ce ne sera pas comme une vraie représentation ! a répliqué James.

– Humm, tu as peut-être raison.

« Où trouver des parents à cette heure-ci ? » s'est demandé Mary Anne.

Elle a pensé à Mme Pike. C'est la seule mère au foyer.

Un rapide coup de fil a réglé la question.

– Bien sûr, je vais venir, Mary Anne, a répondu chaleureusement la mère de Mallory. Lucy a emmené Claire et Margot au terrain de jeux, mais je les prendrai en passant, avec Vanessa et les triplés. Je suis sûre qu'ils vont adorer.

Une demi-heure plus tard, tout était en place. Mal, qui gardait Charlotte Johanssen, est venue avec elle et sa meilleure amie, Rebecca Ramsey. Jessica a amené les enfants Newton. Lucy est arrivée quelques minutes plus tard avec Margot et Claire Pike.

– Salut, Mary Anne, petite-bêbête-gluante ! a crié Claire. (C'est son expression favorite.)

Mary Anne aidait chacun à trouver un siège quand Claudia est arrivée.

– Je viens juste d'être avertie, a-t-elle chuchoté. Je vais m'occuper de les faire asseoir. Va voir James. Je crois qu'il y a un problème.

James courait en effet dans tous les sens, un bloc-notes à la main, en hurlant des consignes à ses acteurs.

– Johnny, je veux que tu te taises jusqu'à ce que ce soit à toi de dire ton texte !

– Petit chien perdu, a chantonné doucement Johnny.

James a posé son doigt sur ses lèvres.

– On ne parle pas, a-t-il répété d'un ton sévère.

– Je ne parlais pas, je chantais, s'est défendu Johnny en faisant une grimace.

James avait l'air furieux. Mary Anne lui a effleuré l'épaule.

– Je vais m'assurer que les petits sont bien à leur place. Pourquoi ne t'occupes-tu pas de Shewy ? Il est en train de tout casser dans le garage, et j'ai peur que quelqu'un le laisse sortir.

– Le laisser sortir ? a répété Myriam. Oh non !

Elle a pris un marqueur et une feuille de papier et elle a demandé à Mary Anne d'écrire LOGE DES ACTEURS, DÉFENSE D'ENTRER ! Mary Anne a souri et s'est exécutée.

Le public s'installait et James s'est approché de Mary Anne.

– Tu crois que je devrais dire quelque chose au public ?

Elle a hoché la tête.

– Tu dois présenter la pièce.

– Je me sens un peu bête.

– Il n'y a aucune raison. Et rappelle-toi de dire que tu es l'auteur de la pièce.

– Tu crois ?

– Bien sûr. Tu peux en être très fier. Il n'y a pas beaucoup d'enfants de ton âge qui seraient capables d'écrire une pièce de théâtre.

James a souri, et Mary Anne a vu qu'il se détendait un peu. Quelques minutes plus tard, il s'est éclairci la gorge et s'est avancé vers le public. Mary Anne s'est assise au premier rang. Le spectacle allait commencer !

Myriam a fait son entrée comme une actrice professionnelle. Elle portait un manteau de sa mère et tenait un grand sac à main.

– Oh, j'adore faire du shopping dans ce centre commercial, a-t-elle déclaré à haute voix.

– Salut, Myriam, petite-bébête-gluante ! a crié Claire dans le public.

Myriam a froncé les sourcils, mais elle est restée concentrée.

– Où vais-je aller en premier ? a-t-elle continué, en s'approchant du public. Il y a tant de boutiques.

Mary Anne savait que Shewy aurait dû se trouver sur scène à ce moment, mais elle ne voyait rien. James s'est retourné et a croisé son regard.

– Il faut aller chercher Shewy, vite ! a-t-il murmuré.

Mary Anne s'est penchée vers Johnny Hobart.

–Fais sortir Shewy du garage.

Il l'a regardée d'un air étonné.

– C'est déjà fait.

– Alors où est-il ?

Johnny a désigné du doigt le jardin des Perkins, où le labrador était en train de creuser un énorme trou dans les plates-bandes.

– Oh, non ! s'est exclamée Mary Anne.

– Je peux le siffler, a suggéré Johnny.

– Oui, vas-y.

Il a porté deux doigts à sa bouche et en a sorti un son à transpercer les tympans. Shewy a traversé la pelouse comme une fusée, s'est cogné contre le magasin de chaussures de Gabbie et a terminé en dérapant aux pieds de Johnny.

Les enfants ont éclaté de rire, ne sachant pas très bien si cela faisait partie de la pièce. Mary Anne a aussitôt attrapé le chien par le collier et l'a poussé sur scène.

– Vas-y, fais comme si tu étais perdu, Shewy, lui a-t-elle dit tout bas.

Quand il est arrivé à ses pieds, Myriam s'est penchée vers lui.

– Oh, pauvre chien. Tu es perdu et tu cherches ton maître.

Shewy s'est immédiatement mis à lui lécher le visage d'un air plutôt joyeux.

– Tu dois être très… triste.

Quelqu'un dans le public a pouffé. Shewy n'avait pas l'air triste du tout.

Myriam a décidé d'improviser :

– Parfois, les chiens ont l'air joyeux, mais, en réalité, ils sont tristes. Et perdus, a-t-elle ajouté au cas où les petits, dans le public, n'auraient pas compris ce détail.

James a fait signe à Myriam de commencer son périple dans la galerie commerciale, et elle s'est dirigée vers Gabbie qui était en train de remettre sa boutique de chaussures en ordre.

– Chaussures à vendre ! Chaussures à vendre ! a entonné Gabbie, en soulevant une vieille basket qui était tombée dans la boue quand Shewy avait renversé l'étalage.

Tout le monde a éclaté de rire, et Gabbie s'est gonflée de joie.

James faisait les yeux ronds. Mary Anne comprenait que la pièce ne se déroulait pas du tout comme il l'avait prévu mais, au moins, se disait-elle, le public s'amusait.

Alors que sur scène l'action se poursuivait, Mary Anne a aperçu Zach. Oh non ! C'était la dernière personne au monde qu'elle avait envie de voir !

Elle s'est levée et s'est dirigée vers lui. Elle lui a désigné un siège au dernier rang et s'est assise à côté de lui.

– C'est une bonne pièce, lui a-t-elle chuchoté. Très drôle.

Zach a haussé les épaules. Il a croisé les bras sur sa

poitrine et n'a pas souri une seule fois pendant les quinze minutes qui ont suivi. Mary Anne se demandait vraiment ce qu'il était venu faire là.

Quand la pièce s'est achevée sous un tonnerre d'applaudissements, Zach est allé voir James.

– Hé, qu'est-ce que tu dirais d'une partie de foot ?

– Je ne sais pas. Je suis un peu occupé pour le moment, a balbutié James.

– Allez, viens ! Laisse tomber ces trucs de bébés et allons taper dans le ballon.

James avait l'air tout gêné.

Zach l'a poussé dans l'allée.

Mary Anne ne comprenait pas pourquoi James se laissait entraîner et pourquoi il ne protestait pas. Beaucoup d'enfants voulaient lui parler de la pièce et il laissait Zach lui gâcher ce grand moment. Ça n'avait aucun sens.

Alors Mary Anne a songé à Carla et Travis et elle a eu une idée. Carla lirait sûrement le journal de bord. Peut-être était-ce l'occasion de lui dire certaines choses.

Mardi (suite),

Bien que la pièce se soit bien déroulée, je ne peux m'empêcher de penser à la manière dont James se laisse contrôler par Zack. Cela me coûte de dire ça, Carla, mais cela m'a fait penser à Travis et toi. Zack ne s'intéresse à James que pour lui faire faire ce qui lui plaît. Est-ce que tu te rends compte que Travis fait la même chose avec toi ? Je ne dis pas cela pour te blesser. J'aimerais juste que tu y réfléchisses. Travis veut faire de toi quelqu'un que tu n'es pas et que tu ne veux pas être. Tu es formidable telle que tu es. S'il te plaît, ne le laisse pas te changer et ne perds plus ton temps à l'attendre. Ce n'est pas ton style.

Kristy, j'espère que tu ne m'en voudras pas d'avoir écrit ça dans le journal de bord. Et que toi, Carla, tu ne l'as pas mal pris. Mais c'est plus facile pour moi de l'écrire que de le dire.

## 13

*Vous vous demandez peut-être pourquoi j'avais encore envie de revoir Travis après la scène du parc. Après tout, je l'avais vu embrasser une autre fille, alors que pouvait-il bien rester entre nous ?*

J'avais tout simplement l'impression que je n'arriverais à faire une croix définitive sur nous que si je lui disais que je savais tout. Et il y avait une seule manière d'y parvenir.

J'ai décidé de l'attendre encore une fois à la sortie du lycée, lui et sa petite amie rousse. Je comptais les suivre à nouveau, mais, cette fois, avec la ferme intention de me confronter à lui.

Qu'est-ce que j'espérais obtenir ? Je ne savais pas trop. Je risquais surtout d'avoir l'air bête. Mais j'avais envie de voir comment il réagirait. On verrait bien s'il restait aussi cool et sûr de lui!

L'occasion s'est présentée le mardi après-midi suivant. Nous avions un contrôle en fin de journée, et notre professeur nous avait dit que nous pourrions partir aussitôt après avoir rendu nos copies. J'ai travaillé à toute vitesse, j'ai vérifié mes réponses (c'était un questionnaire à choix multiples), et j'ai quitté l'école avec quinze minutes d'avance.

Mon cœur battait la chamade. Je m'étais postée sur un banc près de l'escalier d'entrée du lycée. Je portais des lunettes de soleil et gardais la tête baissée. Je voulais être sûre de repérer Travis avant qu'il me reconnaisse!

La sonnerie a retenti, et les élèves sont sortis des salles de classe. J'ai vu en haut des marches Travis et j'ai retenu mon souffle. Il était seul! Peut-être avait-il rompu avec la fille. Peut-être s'était-il rendu compte que j'étais celle dont il avait toujours rêvé. Peut-être que nous pourrions passer un merveilleux après-midi ensemble. Peut-être, peut-être, peut-être...

J'étais là, perdue dans mes pensées, quand Sara (c'est Kristy qui avait découvert comment elle s'appelait) a fait son apparition. Elle s'est élancée vers Travis et s'est blottie contre lui. Bras dessus, bras dessous, ils ont descendu les escaliers et se sont dirigés vers la sortie. Ils n'étaient plus qu'à quelques pas de moi, et j'ai pu constater avec dépit que mes lunettes ne servaient à rien, puisqu'ils n'avaient d'yeux que l'un pour l'autre. Mon estomac s'est noué, mais j'étais plus déterminée que jamais. Il était temps de piéger Travis.

J'ai décidé que le meilleur endroit pour « tomber sur eux

par hasard » serait en ville. Je pourrais toujours dire que je faisais du shopping. Je ne voulais pas qu'il sache que je l'avais attendu à la sortie du lycée.

Travis et Sara marchaient d'un bon pas, et j'étais à une centaine de mètres derrière eux. Je ne me sentais pas du tout nerveuse parce que j'étais absolument sûre que je faisais ce qu'il fallait. Restait à savoir quel serait le meilleur endroit pour les croiser.

J'ai pensé à la bijouterie. C'était une journée magnifique et ensoleillée, et la boutique faisait des soldes. Les clients se pressaient devant la vitrine à la recherche de bonnes affaires. Travis et Sara s'étaient arrêtés devant un présentoir. Si j'attendais quelques secondes, il se tournerait vers moi et ne pourrait pas faire autrement que me voir.

– Je préfère vraiment les anneaux d'argent, disait Sara.

Sur le moment, je me suis dit qu'elle avait une voix haut perchée de petite fille. Travis a hoché la tête et a voulu l'entraîner plus loin… Mais il s'est arrêté net en me trouvant pile devant lui.

Je lui ai adressé un sourire détaché en faisant mine d'être agréablement surprise de le voir là.

– Salut, Carla ! m'a-t-il lancé avec un enthousiasme qui, je dois l'avouer, m'a prise de court.

Il ne semblait pas gêné le moins du monde ! Sa réaction m'a un peu déboussolée, mais je me suis vite ressaisie.

– Bonjour, Travis. Je vois que tu aimes bien regarder les bijoux avec les filles.

Et toc, me suis-je dit. Voyons ce qu'il allait répondre à ça.

Il a souri, sans avoir l'air de saisir l'allusion.

– On dirait, oui.

Sara, qui n'avait pas fait attention à notre conversation, lui a tendu une paire de lourds anneaux en or.

– Qu'en penses-tu, Travis ? a-t-elle demandé en m'ignorant totalement. Tu ne les trouves pas trop grands ?

– Oui, beaucoup trop grands. On dirait des anneaux de rideau de douche, n'ai-je pu m'empêcher de commenter.

Sara a froncé les sourcils et a lancé un regard surpris à Travis comme pour lui demander qui j'étais.

– Sara, je te présente Carla. Elle vient de Californie elle aussi.

– Vraiment ?

Sara m'a adressé un gentil sourire.

– Oh, mais oui, bien sûr ! Carla Schafer… la petite fille dont tu m'as parlé ?

La petite fille ? J'ai bien cru que j'allais m'étrangler. Ça alors ! J'aurais voulu dire quelque chose, mais j'étais trop énervée, vexée ou que sais-je encore, pour trouver les mots justes.

– Je suis sûre que c'est grâce à toi si elle est aussi jolie, a-t-elle ajouté en lui lançant un clin d'œil complice.

Trop, c'était trop.

– J'étais déjà jolie, je n'ai pas eu besoin de lui !

C'était peut-être très prétentieux de ma part, mais ça m'était égal.

Sara et Travis ont échangé un regard amusé. Je ne m'étais jamais sentie aussi embarrassée de toute ma vie, et je savais que j'étais en train de me ridiculiser. La seule chose à faire était de quitter les lieux, et vite.

– Je dois rentrer, ai-je marmonné.

– Ravie de t'avoir rencontrée, a dit Sara en se retenant visiblement de rire.

– À bientôt ! m'a fait Travis avec un grand sourire, comme si tout allait bien entre nous.

J'ai couru jusqu'à la maison. Je me sentais blessée, en colère, contrariée et très bête. Je n'ai pas dit un mot pendant le dîner et j'ai filé dans ma chambre tout de suite après le repas.

– Ça va, Carla ? est venue me demander Mary Anne. Que fais-tu ?

Elle était entrée si doucement que je ne l'avais pas entendue. J'étais allongée sur mon lit, un livre de maths à la main, mais je ne pensais qu'à Travis et Sara.

– Mes devoirs, lui ai-je répondu en détournant les yeux.

Elle s'est assise sur mon bureau.

– Tu as déjà vu *My Fair Lady* ? a-t-elle demandé. Tu sais, le film tiré de la pièce de théâtre *Pygmalion* ?

Où voulait-elle en venir ? Je me suis assise sur le lit en m'adossant contre mon oreiller.

– Je l'ai vu en DVD avec maman, mais c'était il y a longtemps.

– Alors, j'imagine que tu te souviens de l'histoire. Tu sais, le professeur Higgins fait le pari de transformer Eliza Doolittle, la fleuriste, en une dame raffinée.

– Oui, je me souviens. Il change tout en elle, sa manière de marcher, de parler et même de s'habiller. Il veut faire d'elle une vraie « lady ».

– Eh bien… j'ai toujours trouvé ça idiot. Elle était très bien comme elle était au début.

J'ai hoché la tête.

– Je suis d'accord. Eliza aurait dû avoir le droit de rester elle-même.

217

– Exactement.

Nous étions toutes deux silencieuses quand, tout à coup, ça a fait tilt.

– J'ai compris. Tu fais allusion à Travis et moi.

Mary Anne n'a pas répondu, et je me suis mise à y réfléchir davantage.

– Il voulait me changer et me transformer en quelqu'un d'autre. (J'ai hésité.) Mais pourquoi moi?

– Qui sait? Je crois qu'il t'aimait bien au début. Ou peut-être que tu l'intéressais parce que tu viens de Californie.

J'ai soupiré. Tout se mettait en place. Travis ne m'avait jamais aimée autant que je l'avais aimé. J'étais simplement un projet pour lui. Je me sentais un peu mieux d'avoir tiré ça au clair, mais, maintenant, j'avais un autre problème. Qu'est-ce que je devais faire?

– Je crois que tu devrais discuter avec lui, a suggéré doucement Mary Anne, comme si elle avait lu dans mes pensées. Dis-lui ce que tu penses.

– Tu as raison. Ce ne sera pas facile, mais c'est le seul moyen pour moi de tourner la page.

J'ai marqué une pause avant d'ajouter :

– Tu m'as vraiment beaucoup aidée, Mary Anne.

– Je suis contente. (Elle m'a embrassée et s'est dirigée vers la porte.) Oh, Carla, et puis il y a une autre chose que tu dois faire.

– Quoi?

Elle a souri.

– Lire le journal de bord.

## 14

*Pas question cette fois d'aller attendre Travis à la sortie du lycée. J'ai simplement décroché le téléphone en espérant que les mots justes me viendraient naturellement. Parfois, quand on a des choses un peu dures à dire, il vaut mieux ne pas trop préparer son discours avant.*

– Carla, comment vas-tu? s'est-il exclamé quand je me suis présentée à l'autre bout du fil.

Sa voix était chaude et amicale, comme d'habitude. Cela m'a un peu décontenancée, mais je savais que je devais être ferme.

– Je vais bien. En fait, j'ai toujours été bien, mais j'ai mis un certain temps à m'en apercevoir.

– Qu'est-ce que tu racontes?

219

J'ai pris une profonde inspiration.

– Tu ne saisis pas ? Bon, je peux peut-être t'expliquer.

– Je t'écoute.

Il avait l'air sur ses gardes. J'ai pris mon courage à deux mains et je me suis lancée :

– Tu m'as vraiment fait du mal, Travis.

– Du mal ?

Il semblait sincèrement surpris.

– Oui. Tu m'as dit comment m'habiller, me coiffer, me comporter. Tu as essayé de me transformer en quelqu'un que je ne suis pas.

Il y a eu un long silence.

– C'est vrai, a-t-il fini par convenir. Mais je ne comprends pas. Comment cela a-t-il pu te faire du mal ? Tu es très jolie, Carla. Je pensais seulement que quelques suggestions d'habillement et de coiffure te seraient utiles.

– C'étaient plus que quelques suggestions, mais peu importe, ce n'est pas le problème. J'ai pris à cœur tout ce que tu m'as dit.

J'ai marqué une pause avant de reprendre :

– Peut-être que tu ne peux pas comprendre, Travis, mais j'aurais fait n'importe quoi pour te plaire. J'ai essayé désespérément d'être tout ce que tu voulais que je sois.

C'est bizarre, mais, en disant ces mots, j'ai su que je n'aurais jamais pu être ce que voulait Travis (et que je ne voulais pas être).

Il a eu un petit rire.

– Carla, je crois réellement que tu prends tout ça trop au sérieux. Tu sais, si on pouvait se voir pour en parler, je crois que tu serais d'accord avec moi.

– Je ne pense pas, ai-je répondu calmement.

– Tu me reproches de t'avoir suggéré de mettre des peignes dans les cheveux ? Je n'arrive pas y croire.

– C'est beaucoup plus que cela, Travis. Écoute, je vais te donner un exemple. Tu te souviens quand tu voulais que je me fasse percer un troisième trou dans l'oreille ? Je me suis sentie coupable parce que je ne l'ai pas fait. Eh bien, je suis contente d'avoir eu suffisamment de cervelle pour ne pas t'écouter.

– Carla, tu fais toute une histoire pour rien, a-t-il bredouillé. (Maintenant, il avait l'air vraiment mal à l'aise.)

– Depuis le premier jour où on s'est rencontrés, tu as voulu changer des choses en moi. Je ne m'en suis pas rendu compte au début, c'est tout.

– Carla, c'est complètement fou.

– Pas du tout, ai-je rétorqué sans hausser le ton. J'ai eu le temps d'y penser et j'en ai parlé avec Mary Anne. Tu ne m'as jamais appréciée pour moi-même, seulement pour ce que tu voulais faire de moi.

– Écoute, je n'ai jamais voulu te faire de mal, Carla...

– Peut-être pas, mais c'est ce qui est arrivé. En plus de tout ça, tu m'as raconté n'importe quoi. Tu m'as laissée croire que je te plaisais, mais tu sortais avec Sara en même temps. De toute façon, je pense qu'il vaut mieux qu'on se dise adieu maintenant.

– Se dire adieu ? Tu es sérieuse ?

– Très sérieuse, ai-je répété avec un calme qui me surprend encore maintenant. C'est pour ça que je t'ai appelé ce soir, Travis. Pour te dire adieu, en espérant que tu trouveras la fille parfaite. Elle existe sûrement quelque part, mais ce n'est pas moi. Peut-être Sara.

Travis a voulu répondre, mais je ne lui en ai pas laissé le temps. J'ai raccroché en douceur. Je suis restée quelques instants pensive, les yeux perdus dans le vague.

C'était fini. Et je savais que j'avais fait ce qu'il fallait.


À la réunion suivante du Club, la réaction des filles a été exactement celle que j'avais espérée.

– Carla ! Je ne peux pas croire que tu l'aies fait. Je suis tellement fière de toi ! s'est exclamée Claudia, très impressionnée. Il a eu ce qu'il méritait.

– Travis devait être furieux, a gloussé Lucy. J'aurais voulu être là.

– Je suis vraiment heureuse que tu t'en sois débarrassée, a ajouté Mary Anne. Tu as enfin ouvert les yeux.

– Grâce à l'aide de mes amies, ai-je répondu. Pendant un moment, j'ai pensé que c'était moi qui n'allais pas bien.

– Ah ! c'est probablement ce qu'il voulait que tu penses, a affirmé Kristy. Je n'imaginais pas que Travis était comme ça. Quand il est avec mes frères, il a l'air tout à fait sympa.

Mary Anne a levé les yeux du journal de bord.

– Avec les garçons, c'est différent, il ne cherche pas à les changer.

Kristy a hoché la tête en signe d'assentiment.

– Je pense que tu as raison. Le plus important c'est qu'il soit sorti de la vie de Carla pour de bon… (Je me suis mise à rire, et Kristy s'est arrêtée au milieu de sa phrase.) Qu'est-ce qu'il y a de si drôle ?

– Je pensais juste à un truc. J'aurais dû lui dire de se faire couper les cheveux et de se débarrasser de ses jeans délavés. Quelques petits conseils de mode ne lui feraient pas de mal non plus !

– Cela n'aurait servi à rien, a déclaré Lucy, en examinant ses ongles vernis. Il doit être persuadé d'être parfait.


Ce soir-là, j'étais en train de me battre avec un problème de maths quand Mary Anne est entrée dans ma chambre. Elle avait l'air un peu gênée, et je me suis demandé pourquoi.

– Pas trop durs, les devoirs ? s'est-elle enquise en s'asseyant sur mon lit.

Je voyais bien qu'elle n'était pas venue me parler des maths.

– Ça va, ai-je dit en fermant le livre et en pivotant sur mon siège. Mais je peux faire une pause si tu as quelque chose à me dire.

– Euh… D'accord. Je… voulais seulement te redire que je suis vraiment fière de la manière dont tu as traité Travis.

Je lui ai souri.

– C'est gentil de me dire ça, mais je parie que ce n'est pas pour ça que tu es venue.

Mary Anne a rougi. Elle a tiré une enveloppe de sa poche.

– Eh bien, je… OK, je vais être honnête avec toi. J'ai quelque chose pour toi.

Elle m'a tendu l'enveloppe, mais a refusé de me la donner quand j'ai voulu la prendre.

– Attends ! Avant que tu la lises, je veux t'expliquer…

D'après son expression, j'ai compris que c'était important.

Et connaissant Mary Anne, mieux valait ne pas la bousculer. Il fallait lui laisser le temps.

– Tu te souviens de la fois où je t'ai parlé de Lewis ?

– Lewis ?

Je ne voyais pas du tout qui cela pouvait être, puis je m'en suis souvenu.

– Ah oui, le cousin de Logan.

– Il vient bientôt à Stonebrook.

– Ah oui ?

Je savais qu'elle s'attendait à ce que je saute de joie, mais je ne voyais pas en quoi la venue d'un garçon que je ne connaissais pas pouvait me faire plaisir. J'ai repris mon livre de maths. J'avais un million d'exercices à faire.

–Lewis veut te rencontrer, a-t-elle repris après un long silence.

– C'est idiot, ai-je répondu en levant la tête. Il ne me connaît même pas.

Mary Anne s'est éclairci la gorge.

– Ce n'est pas tout à fait vrai. Il, hum… il te connaît un petit peu.

– Je me demande comment il pourrait me connaître.

J'étais en train de me replonger dans l'intitulé du problème de maths quand je me suis figée.

– Mary Anne, qu'est-ce que tu as fait ?

Elle a rougi jusqu'aux oreilles.

– Écoute, Carla, ne te mets pas en colère, mais Logan et moi, nous lui avons un peu parlé de toi. Et je lui ai envoyé une photo de toi.

– Quoi ?

– Je t'en prie, ne t'énerve pas ! Si tu réfléchis un peu, tu te rendras compte que c'est une idée géniale. Logan dit que Lewis est vraiment super, et je pense qu'il est exactement celui qu'il te faut en ce moment.

Elle m'a tendu l'enveloppe blanche.

– Cette lettre m'est adressée, me suis-je étonnée. Mary Anne, tu peux m'expliquer ?

– C'est de la part de Lewis. Tu ne trouves pas ça super ? Il a dû aimer ta photo et ce que Logan et moi lui avons dit, alors il a décidé de t'écrire.

J'ai poussé un gros soupir et j'ai ouvert l'enveloppe. Je n'aimais pas du tout la tournure que prenaient les choses.

Après avoir parcouru les premières lignes, je me suis un peu détendue. Lewis écrivait qu'il avait beaucoup entendu parler de moi et qu'il voulait me rencontrer. Il disait aussi que j'étais très mignonne et que nous avions beaucoup de choses en commun. Cela ne semblait pas trop mal, mais je n'avais vraiment pas envie de rencontrer un garçon après ce qui m'était arrivé avec Travis. Pourquoi Mary Anne n'arrivait-elle pas à comprendre ça ?

– Alors… ? m'a-t-elle pressée.

Elle se tenait près de moi, essayant de lire par-dessus mon épaule.

– Qu'est-ce que tu en penses ?

J'ai haussé les épaules.

– Il a l'air gentil.

La photo d'un garçon aux cheveux bruns et au joli sourire a glissé de l'enveloppe. Je l'ai ramassée.

– Et il est plutôt mignon.

– Il est aussi très drôle, s'est empressée de préciser Mary Anne. Voilà pourquoi Logan et moi, on veut que ça marche.

(Elle m'a regardée très sérieusement.) Tu voudras bien faire sa connaissance quand il viendra ? S'il te plaît, Carla !

J'ai à nouveau regardé la photo. Lewis était mignon, certes, mais je ne ressentais rien de particulier. Aucune magie. Rien.

– Alors ? s'est impatientée Mary Anne. Tu veux bien le rencontrer, oui ou non ?

J'ai soupiré.

– Je ne sais pas.

– Carla !

– D'accord, d'accord. Si Lewis veut m'inviter à sortir, quand il sera à Stonebrook, j'accepterai.

– Super ! a fait Mary Anne. C'est tout ce que je voulais entendre.

*Un peu plus tard ce soir-là, j'ai relu la lettre de Lewis (OK, je vais vous dire la vérité : je l'ai relue trois fois de suite). Je ne savais pas trop ce que je cherchais, mais je me demandais si ce n'était pas trop beau pour être vrai. Lewis avait l'air drôle, intelligent, pas prétentieux du tout, et très mignon. Voici sa lettre ; il commençait par se décrire (j'ai fait ça un jour pour une rédaction, et c'est très dur).*

Chère Carla,

Je sais que Logan va me faire passer pour une sorte de star de cinéma, alors j'ai pensé t'envoyer ma photo. Ainsi, tu pourras te faire ta propre opinion. Je mesure 1m75, j'ai les yeux marron et les cheveux châtains. Ne crois pas Logan s'il te dit que toutes les filles sont à mes pieds. Ce n'est pas vrai. Enfin, c'est arrivé une fois. Une fille s'est évanouie littéralement à mes pieds ! Elle s'appelait Jenny O'Connor et nous jouions une scène d'une pièce de théâtre intitulée « La Ménagerie de verre ». Jenny avait le trac et, quand le rideau s'est levé, elle s'est évanouie.

J'ai pensé que le théâtre t'intéressait peut-être puisque tu viens de la côte ouest. Chaque fois que je pense à la Californie, je pense aux stars de cinéma et à une hygiène de vie irréprochable. Mais je me trompe peut-être. Quand je dis aux gens que je viens de Louisville, ils sont persuadés que j'aime le poulet et que j'ai un chien de chasse (ce qui n'est pas le cas... pour le chien ! J'aime bien le poulet).

Bon, je ferais mieux d'arrêter là. J'espère avoir de tes nouvelles.

Alors, vous pensez que j'ai répondu ou pas ? Oui. Mais j'ai pris mon temps, et j'ai décidé d'être très détachée.

Cher Lewis,

Ta lettre était vraiment très sympa. Je n'arrive pas à croire que Mary Anne et Logan t'aient envoyé ma photo. Mais tu sais quoi ? C'était une bonne idée, parce que maintenant nous avons fait connaissance (enfin, d'une certaine façon). J'ai pensé te parler d'abord un peu de moi. J'adore la Californie, mais pas du tout à cause des stars de cinéma, bien qu'il y en ait qui vivent juste à côté de chez mon père. Tu as fait allusion à une alimentation saine. Eh bien, j'en raffole. Ma mère et moi adorons découvrir de nouvelles recettes de légumes (ne ris pas, le pâté d'épinard, c'est délicieux).

*Est-ce que je fais du théâtre ? Pas du tout. Les gens m'ont toujours dit que je devrais être mannequin ou actrice, mais je sais que j'aurais bien trop le trac, comme ton amie Jenny.*

*J'aimerais te parler un peu de Stonebrook, mais je dois réviser un contrôle de maths (l'horreur !), alors je vais te laisser.*

*Salut, à bientôt,*
*Carla*

J'ai relu ma lettre deux fois avant de fermer l'enveloppe. Je me suis demandé si je pouvais la rendre plus intéressante, je me suis dit que non et, finalement, je l'ai postée. Imaginez ma surprise quand j'ai reçu une réponse quatre jours plus tard ! Lewis avait dû écrire sa lettre aussitôt après avoir reçu la mienne.

*Chère Carla,*

*Je serai bref, parce que j'ai un contrôle de maths, moi aussi. D'autant que les maths ne sont pas ma matière forte (c'est l'anglais). J'ai fait tous les exercices du livre trois fois de suite, donc, sauf si je perds complètement les pédales pendant le contrôle, ça devrait aller.*

*Ta lettre m'a fait plaisir. J'avais parié que tu aimais la nourriture saine et j'ai eu raison. Je pensais également que tu voulais être actrice, mais là, je me suis trompé ! Cela me fait une bonne réponse sur deux. Espérons que je ferai mieux au contrôle demain.*

*Je me demande ce que nous pourrions faire à Stonebrook. Aller voir un film ? Assister à un concert ? Faire une balade au parc ?*

*Gardons le contact,*

*Amitiés,*
*Lewis*

Lewis semblait avoir prévu de passer beaucoup de temps avec moi quand il serait chez Logan. Est-ce qu'on serait rien que tous les deux ou avec Logan et Mary Anne ? En fait, j'avais décidé que je préférais ne pas le voir seule. Sinon, ça aurait fait un peu trop « rendez-vous d'amoureux ». Mais, s'il voulait que nous soyons amis, alors d'accord.

Cher Lewis,
J'ai trouvé ce qu'on pourrait faire quand tu viendras voir Logan. Un petit tour dans Stonebrook. Ce sera l'occasion pour toi de visiter une petite ville de Nouvelle-Angleterre. Comme distractions, nous avons des cinémas et un centre commercial, mais il faut y aller en voiture. Et, bien sûr, nous avons des tas de pizzérias. Il y en a même une qui fait des pizzas végétariennes, avec de la purée de pois et des brocolis ! C'est délicieux !
Amitiés, Carla

En retour, Lewis m'a envoyé une carte postale de Louisville, dans le Kentucky. Elle représentait un beau bateau appelé la *Belle de Louisville*, et voici ce qu'il a écrit :

Hello Carla,
Tu me fais marcher avec tes pizzas aux brocolis, n'est-ce pas ? (S'il te plaît, dis oui !) J'aime bien essayer des choses nouvelles, mais là, c'est un peu trop pour moi. Enfin, si tu me jures que c'est bon, je te crois.
À bientôt à Stonebrook,
Salut, Lewis

Il était impatient de venir à Stonebrook, il était impatient de me rencontrer. J'ai lu la carte postale au moins une demi-douzaine de fois.

Mary Anne m'a taquinée ce soir-là quand je l'ai glissée dans le cadre de mon miroir, au-dessus de ma coiffeuse.

– Alors, tu es en train de changer d'avis sur Lewis ?

– Il a l'air… intéressant, ai-je répondu avec un sourire.

– Juste intéressant ?

– OK, il a l'air génial… Mais je ne veux pas trop espérer. Tu te souviens, j'étais complètement folle de Travis, et puis..

– Lewis est différent, a affirmé Mary Anne avec assurance. Ça ne se sent pas dans ses lettres ?

J'ai haussé les épaules.

– Il a l'air différent… et gentil. Et je ne crois pas qu'il veuille me changer. On s'entendra sûrement bien. Mais comme des amis, ai-je ajouté très vite.

– C'est ce que j'espère.

Mary Anne s'est affalée sur mon lit en soupirant.

– Je veux que Lewis et toi vous deveniez de grands amis. Et qui sait… peut-être un peu plus, a-t-elle ajouté avec une étincelle dans les yeux.

– Juste des amis, ce sera très bien.

Elle s'est mise à rire.

– On verra bien !

# Reviens, LOGAN !

*Pour Joe, Monica et les « garçons ».*

# ① 

*Logan me manquait.*

*Plus le temps passait, plus c'était dur. Logan et moi avions été si proches que nous ne faisions presque qu'un. Il m'arrivait de lire dans ses pensées; nous n'avions même pas besoin de parler.*

Je m'appelle Mary Anne Cook, et Logan Rinaldi est mon petit ami. Ou plutôt, il l'était. Il y a quelque temps de cela, je lui ai dit que j'avais besoin de prendre un peu de distance, et, avant même que je comprenne ce qui m'arrivait, nous avons rompu.

Bref, c'était un jeudi après-midi, morne, froid et humide. Il pleuvait depuis la veille, et le ciel était couvert depuis deux jours. J'étais assise près de la fenêtre à broyer du noir.

Deux choses me préoccupaient : Logan et un dossier important que tous les élèves de quatrième du collège de Stonebrook avaient à faire.

Je suis assez douée pour la déprime, surtout quand je suis seule.

Et, cet après-midi-là, j'étais seule. Mon père et ma belle-mère étaient au travail, et Carla, ma demi-sœur, gardait des enfants. Il se trouve que Carla est aussi l'une de mes deux meilleures amies, et qu'elle est avec moi en quatrième au collège de Stonebrook, dans le Connecticut.

Je devais également aller faire un baby-sitting. Un peu plus tard dans l'après-midi, les Korman devaient venir me chercher pour que je garde leurs trois enfants – Bill, Melody et Skylar – jusqu'à environ vingt et une heures trente. Mes amies et moi, nous faisons beaucoup de baby-sitting, tellement que nous avons monté une sorte d'agence : le Club des Baby-Sitters. Les Korman habitent à l'autre bout de la ville, dans le quartier de Kristy. En général, c'est elle qui se charge des baby-sittings chez eux, mais là elle n'était pas disponible.

C'est bizarre, il m'arrive de me sentir plus seule avec des gens autour de moi que lorsqu'il n'y a personne. Je ne sais pas si c'est une explication, mais j'ai vécu très longtemps seule avec mon père. Ma mère est morte quand j'étais toute petite, je ne me souviens pas d'elle. J'ai connu de longues périodes de solitude, surtout parce que je n'avais ni frère ni sœur, mais aussi parce que mon père était très sévère. Je pense qu'il voulait prouver à tout le monde qu'il pouvait élever correctement sa fille, sans l'aide de personne. Mais il a inventé de ces règles ! Il me disait comment m'habiller, comment me coiffer, et comment décorer ma chambre. Il ne voulait pas me laisser faire du vélo en ville ni téléphoner après dîner à moins que ce soit à propos des devoirs. Et je devais aller au lit incroyablement tôt. Pas étonnant que je n'aie presque pas eu d'amis, à part Kristy. (Avant, nous étions voisines. C'est mon autre meilleure amie.)

Heureusement, les choses ont fini par changer. D'abord, j'ai réussi à convaincre mon père que j'étais une ado, plus un bébé, et que j'étais sérieuse et digne de confiance. Il a commencé par me laisser me coiffer comme je le voulais (avant j'avais toujours deux nattes comme une petite fille modèle) et choisir moi-même mes vêtements. Mais je n'ai pas encore le droit de me faire percer les oreilles, papa me laisse seulement porter des clips. Il est aussi devenu plus cool avec le téléphone et les horaires de sortie le soir.

En fait tout a changé quand mon père a rencontré (ou plutôt re-rencontré) son amour de lycée, Sharon Schafer, qui, entre-temps, s'était mariée, avait eu deux enfants – Carla et David – et avait divorcé ! Carla et moi, nous nous sommes arrangées pour qu'ils se revoient... et finalement ils se sont mariés ! Après le mariage, papa, moi et mon chat Tigrou nous avons emménagé chez Carla parce que c'était plus grand. C'est donc là que je vis avec ma nouvelle famille. Oh, à l'exception de David. Le petit frère de Carla ne s'est jamais habitué au Connecticut, alors il est retourné vivre avec son père en Californie.

C'est à cette époque que j'ai rencontré Logan, que nous sommes devenus amis et que nous avons commencé à sortir ensemble. Personne ne s'y attendait parce que je suis vraiment timide et, pourtant, j'ai été la première de toutes mes amies à avoir un petit ami « sérieux » !

Logan et moi, nous étions si proches que nous partagions nos secrets. Nous nous entendions parfaitement tous les deux. Du moins, je le croyais. Mais j'ai commencé à me sentir un peu à l'étroit dans notre relation. Comme je suis timide et réservée, il s'était mis à tout prendre en main. Il voulait que je sois tout le temps disponible pour sortir avec lui. C'était lui qui choisissait le film quand nous allions au cinéma, et parfois même il choisissait pour moi au restaurant, sans me demander mon avis. J'avais l'impression de ne pas pouvoir être moi-même. Alors, après mûre réflexion (et croyez-moi, il m'en a fallu, du courage), je lui ai finalement dit que je voulais qu'on se voie un peu moins. J'avais besoin de temps pour faire le point. Seulement, j'ai dû attendre un peu trop, ou bien peut-être qu'il l'a mal pris. Toujours est-il qu'on ne se voit plus du tout !

Et maintenant, il me manque...

Voilà pourquoi, cet après-midi-là, j'avais le cafard. Je me suis sentie tellement seule ! Il fallait que je parle à quelqu'un. À Carla ou à papa ou à Kristy, ou à mes autres copines du Club : Lucy, Jessica, Claudia ou Mallory.

Ou Logan.

Je me suis rendu compte qu'en fait c'était à lui que j'avais envie de parler. Papa et Sharon (ma belle-mère) sont de bon conseil, et mes amies sont formidables. Mais Logan... est Logan.

S'il avait été là, il aurait pu me prendre dans ses bras, m'embrasser, et m'expliquer comment m'y prendre pour ce dossier de littérature.

Je me suis rappelé le cours de cet après-midi : une horreur !

– Pas vrai, Tigrou ? C'était un cauchemar.

Mon chat avait sauté sur mes genoux et ronronnait furieusement.

– Oh, mon petit Tigrou tout doux, ai-je murmuré.

Je lui grattouillais le cou. J'espérais qu'il allait s'installer sur mes genoux pour faire un petit somme, mais il s'est mis à courir comme un fou dans le salon. Il a sauté sur le canapé et les fauteuils, et s'est mis à pourchasser un petit bout de papier, puis il est sorti de la pièce en courant après.

J'ai soupiré en repensant au dossier. Voilà ce que nous avait dit notre prof : nous allions être répartis au hasard en groupes de quatre, et chacun aurait un auteur à étudier. Moi, je n'aime pas beaucoup travailler en groupe. Je préfère le faire seule, ou alors avec des gens que j'aime bien. Le problème c'est que, là, on pouvait tomber avec n'importe qui. Je risquais donc de me retrouver avec Cokie Mason, mon ennemie jurée. Ou avec quelqu'un que je ne connaissais pas bien. Moi qui suis très timide et qui ne parle pas beaucoup ! J'allais passer pour une idiote. D'autant qu'il fallait beaucoup travailler en dehors des cours et donc se retrouver chez les uns et les autres après les cours ou le week-end. Je m'imaginais mal aller chez des inconnus...

Je savais qu'il n'y avait aucun moyen d'y échapper. Le prof avait dit que le dossier était destiné à approfondir l'étude d'un auteur, ainsi qu'à nous apprendre à travailler en équipe. Alors, impossible de demander de le faire seule.

Oh, j'aurais tant voulu pouvoir parler à quelqu'un, à Logan ou à une de mes amies.

*La première personne que j'aurais aimé
pouvoir joindre, c'était Carla, ma demi-sœur.
Elle est géniale. Elle est compréhensive, elle
écoute bien, sans donner de leçons de morale.*
Elle ne se laisse pas influencer par les opinions des
autres, leurs comportements, leurs manières de s'habiller,
de parler, etc. Elle s'habille à sa façon, ample, confortable,
classe. Et vous savez quoi ? Elle a deux trous à chaque
oreille, et elle est capable de porter une énorme créole à
une oreille et deux toutes petites boucles à l'autre. De toute
façon, elle pourrait s'habiller avec un sac-poubelle tellement elle est belle. Elle a une longue chevelure qui lui
tombe jusqu'aux reins, et des yeux bleus lumineux. Elle est
mince et se nourrit de façon diététique. Elle flaire l'odeur

de la viande à moins d'un kilomètre, ne prend jamais de sucre et adore des trucs comme le riz complet et le tofu. Ce n'est pas vraiment l'idée que je me fais de la grande cuisine.

Vivre sous le même toit que Carla a du bon et du moins bon. Le bon côté, c'est bien sûr d'avoir une demi-sœur qui était déjà une amie. C'est super de la savoir dans la chambre voisine quand je me réveille en sursaut dans la nuit, paniquée par un contrôle... ou à cause de Logan.

D'un autre côté, Carla et sa mère sont très différentes de papa et de moi. D'abord mon père et moi, nous aimons la nourriture normale – viande, gâteaux et chocolat. Ensuite, Sharon est tête en l'air, alors que papa est un monstre d'ordre et de propreté. Sharon n'est pas une fan des chats (pauvre Tigrou), et Carla aime travailler en musique, alors qu'il me faut le silence absolu.

Mais pour rien au monde je n'échangerais ces petits ennuis contre mon ancienne vie. J'aime trop ma nouvelle famille. Carla et Sharon aussi. Quand David est retourné en Californie, Carla a souffert de la séparation. Heureusement, elle le voit à toutes les vacances scolaires. Ils se retrouvent soit chez leur père, en Californie, soit ici, à Stonebrook.

Quand je sortais encore avec Logan, je pouvais toujours l'appeler si Carla n'était pas disponible. Je le connais depuis moins longtemps que la plupart de mes amies, mais nous étions vraiment très proches. Il savait ce qui m'angoissait ou me mettait mal à l'aise et pourquoi. Et il n'essayait pas de me changer. Si ça me gênait de danser à une fête de l'école, ça ne le dérangeait pas de rester assis avec moi. Il ne croit pas que la meilleure façon de surmonter ses peurs est de les affronter. Peut-être que ça marche pour d'autres, mais pas pour moi.

Logan est également très patient. Je pense que c'est parce qu'il a une petite sœur et un petit frère qu'il garde très souvent. Cissy a dix ans et Hunter, cinq. Ils sont vraiment mignons. Le pauvre Hunter a d'épouvantables allergies, et il a souvent le nez bouché, si bien qu'il parle comme ça : « Ponchour, che m'appelle Hudter Ridaldi. » Qu'il faut traduire par : « Bonjour, je m'appelle Hunter Rinaldi. »

Les Rinaldi viennent de Louisville, dans le Kentucky, et ils ont un merveilleux accent. J'adore écouter Logan parler. Il n'est pas mal à regarder non plus. En fait, je trouve qu'il ressemble à Zach Efron, une de mes stars favorites. Il est grand et a des cheveux châtain clair. Et un sens de l'humour irrésistible qui me manque autant que le reste.

J'aurais pu téléphoner à Kristy. C'est ma plus vieille amie, mais ce n'est pas vraiment la personne que j'irais voir pour une histoire de cœur. Elle comprend plutôt bien les choses mais manque parfois de délicatesse. Ses paroles dépassent sa pensée et elle dit des choses qui peuvent blesser ou mal tomber. Mais c'est comme une sœur pour moi, et nous avons connu les mêmes bouleversements familiaux ces derniers temps avec le remariage de nos parents, alors nous nous comprenons bien.

En fait, nous avons grandi dans des maisons voisines, juste en face de chez Claudia Koshi. Kristy a trois frères – deux plus âgés qu'elle, Samuel et Charlie, qui vont au lycée de Stonebrook, et un plus jeune, David Michael, qui est en primaire. Elle a une mère et aussi un père, sauf qu'elle ne le voit jamais. M. Parker est parti quand Kristy allait avoir six ans. Maintenant, il vit quelque part en Californie. Après son départ, Mme Parker a élevé ses enfants toute seule.

Elle a trouvé du travail dans une société de Stamford, et maintenant c'est quelqu'un d'important avec beaucoup de responsabilités. En plus, quand nous sommes entrées en cinquième, elle a rencontré Jim Lelland, un millionnaire. Ils se sont mariés pendant l'été. Et la vie de Kristy a complètement changé. Ils ont tous emménagé dans l'immense villa de Jim. Il y a beaucoup de monde qui vit dans cette maison. En plus de Kristy, de sa famille et de Jim, il y a Karen et Andrew Lelland, Emily Michelle et Mamie. Karen et Andrew sont les enfants du premier mariage de Jim. Karen vient juste d'avoir sept ans, et Andrew en a presque cinq. Bien qu'ils vivent avec leur mère et leur beau-père la majeure partie du temps (pas très loin, dans un autre quartier de Stonebrook), ils viennent un week-end sur deux et deux semaines en été chez Jim. Kristy les aime beaucoup ainsi qu'Emily Michelle, sa sœur adoptive. Emily vient du Vietnam. Elle va avoir deux ans et demi et elle est adorable. Mamie, la grand-mère de Kristy (la mère de sa mère), est venue en renfort quand Emily a été adoptée. Elle s'en occupe quand les Lelland sont au travail et que les grands sont à l'école. C'est une grand-mère merveilleuse pour les sept enfants. (Elle est très drôle. Elle a une voiture antique qu'on appelle le Tacot rose !) Oh, il ne faut pas oublier Louisa, la petite chienne, Boo-Boo le chat, et les deux poissons rouges, Arc-en-Ciel et Soleil-Levant.

Encore une petite chose, Kristy et moi, nous nous ressemblons beaucoup. Nous sommes toutes les deux petites pour notre âge, et nous avons les yeux marron et les cheveux châtains. Nous avons longtemps été habillées comme des petites filles, mais pour des raisons différentes.

Moi, c'était parce que mon père choisissait mes vêtements. Kristy parce qu'elle s'en moquait. Maintenant, papa me laisse m'habiller comme je veux. Kristy, elle, n'a pas changé. Elle porte toujours un jean, des baskets, un col roulé ou un T-shirt et parfois une casquette de base-ball et un sweat. Je crois qu'elle est allergique aux robes.

Il n'y a pas plus différentes de Kristy que Lucy MacDouglas et Claudia Koshi, les deux filles les plus sophistiquées du Club des Baby-Sitters. Elles adorent la mode et les accessoires et portent toujours des tenues incroyablement originales, bien que dans un style très différent. Si Lucy est toujours très chic, Claudia, avec son tempérament d'artiste, est plus audacieuse.

Jessica Ramsey et Mallory Pike, les deux membres juniors du Club sont plus discrètes. Mallory, parce que ses parents ne la laissent pas faire ce qu'elle veut (elle n'a que onze ans !) et Jessica parce qu'elle est d'un naturel plus classique (elle veut devenir ballerine).

J'ai poussé un long soupir. Avec tant d'amies, comment pouvais-je me sentir seule ou même déprimée ? Ce n'était pas garanti, mais j'espérais que le baby-sitting chez les Korman allait me changer les idées.

# ③

– *À table, les enfants !*
– *C'est des hot dogs ? a demandé Bill depuis la salle de jeux.*

– Oui. Comment tu le sais ?

– C'est toujours ce qu'on mange avec une baby-sitter. Et puis, je reconnais l'odeur.

J'ai éclaté de rire.

– Allez, descendez tous les deux. C'est prêt.

Il était dix-huit heures trente. J'étais chez les Korman et je venais de préparer le repas. Bill, qui a neuf ans, et Melody, qui en a sept, avaient joué seuls. J'avais installé Skylar, qui a seulement un an et demi, dans sa chaise de bébé. Elle s'était amusée avec ses anneaux en plastique pendant que je préparais les hot dogs. Elle les mordille un

245

par un, avec application. Délicatement, elle en prend un, le porte lentement à sa bouche et le mastique pendant environ dix minutes. Puis elle recommence avec le suivant. Tout cela semble lui demander une grande concentration.

Je posais la dernière assiette sur la table quand Melody et Bill ont fait irruption dans la cuisine.

– Je meurs de faim ! a annoncé la fillette.

– Moi aussi, a dit son frère. Je n'aime pas notre nouvelle école. La cantine n'est pas aussi bonne que dans l'ancienne.

– Et tu sais quoi ? a ajouté sa sœur en chuchotant. Ma maîtresse me fait peur. Je crois que, en vrai, c'est un sanglier, mais un monstre lui a jeté un sort et l'a changé en dame.

Les Korman ont emménagé à Stonebrook il y a peu de temps. Ils n'habitaient pas très loin auparavant, mais les enfants ont dû changer d'école. Comme beaucoup d'enfants du nouveau quartier de Kristy, ils vont dans une école privée. Les Korman ont emménagé dans l'ancienne villa des Delaney. Au Club, nous avions l'habitude de garder Amanda et Max Delaney, qui étaient mignons mais beaucoup trop gâtés, surtout Amanda. La villa est immense avec une piscine et un court de tennis. Dans le hall d'entrée, il y a même une fontaine en forme de poisson qui crache de l'eau. Mais, comme elle fait très peur à Skylar, elle n'est pas en marche. J'aime beaucoup Bill, Melody et Skylar, bien que je ne les aie pas souvent gardés.

– À quoi ressemble ton nouveau maître, Bill ?

Tout en faisant la conversation, j'ai coupé une moitié de hot dog pour Skylar. J'ai posé son assiette sur le plateau de sa chaise et je lui ai tendu des couverts pour bébé.

– Je l'aime bien. Il est drôle. Il connaît de bonnes blagues.

À ce moment, nous avons entendu un bruit bizarre et avons tous sursauté, sauf Skylar qui était occupée à essayer d'attraper un morceau de hot dog avec sa fourchette.

Bill et Melody semblaient terrifiés.

– C'est le sèche-linge, les ai-je rassurés. Vos parents ont dû le lancer avant de partir.

– Tu es sûre ? s'est inquiétée Melody.

– Je ne l'ai jamais entendu faire ce bruit avant, a ajouté Bill.

– Je vous assure que c'est le sèche-linge. Je connais bien la maison. Vous avez oublié que je venais souvent garder les enfants qui vivaient ici ?

– Ça fait vraiment peur…

Melody avait parlé tout doucement, elle mangeait son hot dog du bout des lèvres, en grignotant le petit pain. Je me demandais si elle allait manger la saucisse après.

– Vous avez peur dans cette maison ?

Bill et Melody se sont regardés puis se sont tournés à nouveau vers moi.

– Oui.

– Pourquoi ?

J'ai pris une bouchée de mon hot dog pour leur montrer que ce n'était pas une raison pour arrêter de manger.

– Elle est beaucoup plus grande que notre ancienne maison, a dit Bill.

– Pleine de placards, de recoins et d'endroits sombres, a renchéri Melody d'une toute petite voix. Maman nous a proposé d'avoir un petit chat, mais on a dit non. On a peur qu'il se perde dans cette grande maison.

– Vous croyez que le monstre-chat le capturerait ?

J'avais dit ça en prenant une grosse voix, certaine de les faire rire, ils se sont tournés vers Skylar, qui a fondu en larmes.

– Pas tat ! a-t-elle crié. Pas tat, pas tat.

– Que se passe-t-il ? ai-je demandé en me précipitant vers elle.

– Elle a peur des C-H-A-T-S, m'a informée Melody.

– C'est aussi pour ça que nous ne voulons pas avoir de ce-que-tu-sais. Sinon elle pleurerait tout le temps.

– Pourquoi a-t-elle aussi peur des, hum, C-H-A-T-S ?

J'ai soulevé Skylar de sa chaise pour lui faire un câlin. Elle a aussitôt enfoui son visage dans mon cou.

– Aucune idée, a fait Bill en haussant les épaules. Elle aime bien les regarder de loin, mais, quand ils s'approchent d'elle, elle se met à hurler.

– Pas tat ! pleurnichait Skylar.

– Ne t'en fais pas, l'ai-je consolée en la berçant doucement. Il n'y a aucun tat ici.

Melody s'est mise à glousser.

– Qu'y a-t-il ?

– Le monstre-tat !

Melody et Bill ont été pris d'un fou rire, ils étaient tout excités. J'ai calmé Skylar et je l'ai réinstallée dans sa chaise. Melody a poussé un cri.

– Regardez ! Le monstre du four !

Bill a désigné la fenêtre.

– Le monstre de la piscine !

Je me suis mise à rire aussi, mais je leur ai demandé de ne pas trop s'énerver.

Ils ont fini par se calmer et ont terminé leur dîner.

Melody avait laissé un morceau de pain couvert de ketchup. Elle l'a porté à son nez en riant et s'est exclamée :

– Regardez, tout le monde. Je suis le monstre hot dog !

Les enfants ont débarrassé la table, pendant que je nettoyais le plateau de la chaise haute, et que j'essuyais le visage et les mains de Skylar.

– Vous avez des devoirs à faire, tous les deux ?

– Oui, a soupiré Bill.

– Pas moi ! s'est écriée Melody.

Alors elle m'a aidée à coucher sa petite sœur, pendant que son frère s'installait à son bureau, son livre de vocabulaire ouvert devant lui. Je changeais la couche de Skylar quand Melody a déclaré très sérieusement :

– Je ne sais pas comment Bill peut faire.

– Faire quoi ?

– Rester tout seul dans sa chambre.

– Que veux-tu qu'il lui arrive ?

Ils avaient beau faire les fous, ils ne semblaient pas du tout à l'aise dans leur nouvelle maison.

Elle a haussé les épaules en détournant les yeux.

J'ai posé Skylar dans son petit lit puis je me suis tournée vers Melody.

– Tu crois que Bill va être attaqué par le monstre des chatouilles ?

Je l'ai attrapée et l'ai chatouillée sous les bras.

– Non ! Arrête, Mary Anne ! a-t-elle gloussé.

– Viens. Soyons des monstres silencieux et allons dans la chambre de ton frère le surprendre.

Le visage radieux, Mélody s'est mise à marcher sur la pointe des pieds en m'enjoignant de la suivre. J'ai jeté un

249

dernier coup d'œil à Skylar, qui dormait déjà à poings fermés et lui ai emboîté le pas.

Comme nous approchions de la porte de Bill, il a bondi dans le couloir en hurlant :

– BOUH !

– Ahhh ! s'est écriée Melody en se réfugiant contre moi.

– Pas si fort ! ai-je lancé. Vous allez réveiller Skylar.

– Tu sais quoi ? a chuchoté Bill. Melody et moi, nous ne sommes même pas encore montés seuls au grenier. Il est immense et...

Crac !

– Qu'est-ce que c'est ? s'est inquiétée la fillette en se serrant d'autant plus contre moi.

– C'est seulement la charpente de la maison qui se tasse, ai-je répondu.

– Oh, c'est ce que papa dit toujours, a dit Bill. Mais cette maison est ancienne. Elle a eu tout le temps de se tasser.

– C'est vrai, alors peut-être qu'elle craque comme une vieille chaise.

– Peut-être, ont répété les enfants, pas tout à fait convaincus.

Pour faire diversion, je leur ai proposé de leur lire quelques pages de *James et la grosse pêche*. Nous nous sommes installés sur le canapé du salon. Au bout de quelques minutes, Melody s'est frotté les yeux et Bill a réprimé un bâillement.

– Il est l'heure de se mettre au lit, les enfants.

Bill est retourné dans sa chambre et Melody dans la sienne, ils se sont mis en pyjama et se sont retrouvés dans le couloir.

– C'est moi qui prends d'abord la salle de bains !

Bill a réussi à prendre sa sœur de vitesse et s'est empressé de fermer la porte derrière lui. J'ai entraîné Melody dans sa chambre pour la faire patienter.

Cinq minutes après, Bill est venu nous chercher.

– Il y a quelque chose de bizarre dans les toilettes. Ça fait de drôles de bruits. Comme un grognement.

– C'est peut-être le monstre des toilettes, a fait Melody.

Ils se sont mis à rire.

Une fois les enfants couchés, je suis allée vérifier dans les toilettes. Il y avait effectivement un bruit étrange. Mais la chasse d'eau fonctionnait normalement, sans déborder ni quoi que ce soit, alors je me suis dit que ce n'était pas grave. Il fallait seulement que je le signale aux parents quand ils rentreraient.

Je m'apprêtais à descendre l'escalier pour aller faire mes exercices de maths quand Melody m'a appelée.

Je me suis approchée de la porte de sa chambre.

– Ça va ?

– J'entends les toilettes grogner.

– Je sais. Il faut que j'en parle à tes parents.

– Tu crois qu'il y a un monstre dans les toilettes ?

– Melody, voyons ! C'est toi qui l'as inventé !

– Oui, mais peut-être qu'en l'inventant je l'ai rendu réel.

– Je ne crois pas. Ce n'est rien du tout. Fais dodo, maintenant.

Mais cela ne l'a pas rassurée. J'ai dû rester avec elle un long moment avant qu'elle ne s'endorme.

*Je me suis dit qu'il fallait absolument que je raconte cette histoire de monstre des toilettes aux filles à la prochaine réunion du Club. En plus de l'écrire dans le journal de bord, bien sûr. D'abord parce que c'était drôle, et aussi parce que, si Melody avait eu peur, mes amies devaient être au courant.*

C'est le genre d'informations que nous sommes tenues de partager. Kristy tient beaucoup à ce que chacune de nous fasse un rapport écrit de chaque garde d'enfant. Nous devons ensuite lire le journal de bord une fois par semaine pour être au courant de ce qui s'est passé. C'est un peu long et contraignant, mais j'avoue que c'est bien pratique. Cela nous permet de mieux connaître les enfants que nous gardons et de voir comment les autres ont géré telle ou telle situation délicate.

En pensant au Club, je me suis mise à penser à Logan. Et j'ai poussé un gros soupir. Oh, je n'avais aucune chance de le voir à la prochaine réunion, il n'y participe pas. En tant que membre intérimaire, il ne vient pas aux réunions. Nous ne l'appelons que si aucune de nous sept (à savoir Kristy, Claudia, Lucy, Carla, Jessica, Mallory et moi) n'est disponible pour faire un baby-sitting. Louisa Kilbourne est également membre intérimaire. Il faut dire que les affaires marchent tellement bien que nous n'avons dû cesser d'agrandir notre Club ! Et ce n'est pas Kristy qui va s'en plaindre. C'est elle qui a eu l'idée géniale de créer le Club. De quatre membres fondateurs, nous sommes passées à sept membres permanents et deux membres intérimaires. Pas mal, n'est-ce pas ?

Le plus compliqué, c'est de jongler avec les emplois du temps de chacune. Et ça, c'est mon rôle, en tant que secrétaire du Club. Je tiens à jour l'agenda, avec les noms, adresses, téléphones et âges des enfants de nos clients. Je note aussi les rendez-vous de chacune de nous, comme les cours de danse de Jessica, les rendez-vous chez l'orthodontiste de Mallory, etc. Je suis très organisée et j'ai une écriture très lisible. Je crois que c'est pour ça que cette tâche m'a été confiée. Il faut dire que personne d'autre n'en voulait ! Mais cela ne me dérange pas. Bien au contraire, j'aime avoir cette responsabilité.

Nous avons toutes un rôle important pour le bon fonctionnement de notre Club. Kristy est présidente. Claudia est vice-présidente, parce que les réunions se tiennent dans sa chambre et que nous utilisons sa ligne de téléphone (elle a de la chance d'avoir sa propre ligne !). Lucy est trésorière, Carla, suppléante. Étant membres juniors, Mallory et Jessica, qui ont deux ans de moins que nous et qui n'ont pas le droit de faire des baby-sittings le soir, n'ont pas de poste officiel.

– Excusez-moi. S'il vous plaît. Hé...

C'était Kristy qui essayait de commencer la réunion, mais tout le monde bavardait en même temps.

– Dis-moi, Carla, a lancé Jessi, qu'est-ce qui est plus lourd, un kilo de plume ou un kilo de plomb ?

– Un kilo de quoi ? Mais je n'en sais rien, moi.

Jessica a pouffé. Elle adore les blagues idiotes.

– Tu donnes ta langue au chat ? Un kilo c'est un kilo. Tu as compris ?

Mallory lui a tiré la langue.

Près de moi, sur le lit, Lucy s'est penchée vers Claudia, qui était perdue dans ses pensées.

– Claudia ? Tu dors ?

– Non, je rêve...

Tout le monde riait.

Sauf Kristy. Qui a fini par s'énerver.

– J'aimerais avoir un peu de silence, s'il vous plaît !

Elle se tenait toute raide dans le fauteuil de Claudia, avec sa visière de présidente et un crayon fiché derrière une oreille. Elle montrait du doigt le radio-réveil de Claudia, qui est notre référence.

– Il est dix-sept heures trente-deux, a-t-elle martelé comme si nous étions en train de commettre un crime.

Nous avons aussitôt cessé de bavarder, et le téléphone s'est mis à sonner. Pendant le quart d'heure suivant, nous avons répondu aux gens et organisé quelques rendez-vous. Profitant d'un moment de calme, j'ai raconté à mes amies ma soirée chez les Korman.

– Bill et Melody ont peur de plein de trucs. Je crois que c'est à cause du déménagement. Une nouvelle école et une nouvelle maison, ça fait beaucoup.

– Tu es sûre qu'ils ne te mènent pas en bateau avec leurs histoires de monstres ? a demandé Lucy.

– Parfois, ils plaisantent. Mais d'autres fois non. Ou alors, ils en font juste un peu trop.

La sonnerie du téléphone m'a interrompue. Jessi a répondu.

– Club des Baby-Sitters, bonjour.

C'était Mme Korman. Il lui fallait quelqu'un pour un soir de la semaine suivante. J'ai inscrit Carla, qui était la seule disponible.

– Ah ! je vais faire la connaissance des Korman et de leurs monstres !

## 5

*J'aimerais bien savoir qui a inventé l'école. Et qui a décidé que tous les enfants devaient obligatoirement y aller. Ne lui est-il jamais venu à l'esprit qu'on puisse ne pas aimer ça? Pour être parfaitement honnête, j'aime bien l'école.*

Et même beaucoup... La plupart du temps. Mais il y a des jours où je souhaiterais qu'elle n'existe pas. Comme le jour où nous devions connaître la composition des groupes de travail pour le devoir d'anglais.

J'avais les nerfs à vif.

« S'il vous plaît, s'il vous plaît, s'il vous plaît, ai-je prié secrètement. Faites que je sois avec Carla, Claudia, Lucy et Kristy. » Notre professeur avait dit qu'il y aurait des petits groupes de quatre ou cinq personnes. Mais j'avais autant de chance de faire équipe avec mes amies que de gagner à la loterie.

Cela dit, nous avions déjà gagné une fois à la loterie, et nous avions même eu assez d'argent pour nous payer le voyage jusqu'en Californie pour aller voir le père et le frère de Carla !

Du calme, me suis-je dit. Quelle est la probabilité pour que ça arrive deux fois à la même personne ? Pratiquement nulle (et tout à fait contraire au dicton selon lequel la foudre ne tombe jamais deux fois au même endroit).

Il était tôt ce matin-là. Carla et moi étions déjà arrivées au collège. J'étais devant mon casier, en train d'ouvrir le cadenas et de ruminer mon angoisse.

– Que va-t-il se passer si je me retrouve avec Cokie, la fille la plus méchante du monde, ou Alan Gray, le plus grand abruti de l'univers ?

– Tu te tracasses pour rien, tu sais, m'a dit Carla. Ils n'afficheront pas les groupes avant cet après-midi. Pourquoi es-tu si inquiète ?

– Tu ne te rends pas compte !

– Mais pourquoi en faire tout un drame ? Il faudra bien faire avec !

– Toi, tu t'adaptes à tout.

Carla a souri.

– Peut-être que ce sera l'occasion pour toi de le faire !

– Oui, maman, c'est ça.


À l'heure du déjeuner, Carla, Kristy, Lucy, Claudia et moi, nous nous sommes précipitées sur notre table habituelle (nous ne déjeunons pas avec Mal et Jessi parce que les sixièmes ont des horaires différents). Certaines d'entre nous apportent leur repas, d'autres l'achètent à l'école. Kristy apporte toujours son déjeuner – et elle fait systématiquement des remarques désobligeantes sur le plat du jour.

– Regardez, regardez cette chose marron. (Elle montrait l'assiette de Claudia.) Qu'est-ce que c'est que ce truc ?

– C'est du bœuf bourguignon, a déclaré Claudia.

– On dirait plutôt des restes noyés dans de la sauce, s'est moquée Carla.

– Qu'est-ce que tu en sais ? Tu ne manges jamais de viande, s'est énervée Claudia.

– Cette chose marron, l'a interrompue Kristy, c'est peut-être…

– Sonya Hardy.

Je l'avais coupée dans son élan.

– Hein ?

– Sonya Hardy.

– Mary Anne pense encore aux gens avec qui elle peut se retrouver en anglais, a expliqué Carla.

– Vous savez ce que je me demande, moi ? a enchaîné Kristy. Quel auteur je vais devoir étudier. Ce serait formidable de tomber sur Lois Lowry, non ?

– Ou Megan Rinehart ou Judy Blume ? ai-je ajouté sur sa lancée. Si je tombe sur Judy Blume, je meurs. De bonheur, je veux dire. Ou Louise Rennison !

– Et que penses-tu de Danielle Steel ou Stephen King ? (C'était Claudia.)

– Je ne pense pas que nous aurons à étudier des auteurs pour adultes. Plutôt des gens qui écrivent pour les ados.

Soudain, Kristy s'est mise à rire. Elle riait si fort qu'elle est devenue toute rouge et a commencé à tousser. Elle avait les larmes aux yeux, j'ai cru qu'elle allait s'étouffer.

– Qui a une formation de premiers secours ? ai-je demandé à tout hasard. Je crois qu'on va devoir réanimer Kristy.

Mon intervention n'a fait que la rendre plus hilare. Nous l'avons regardée de plus en plus intriguées.

– Excusez-moi, a-t-elle fini par bredouiller entre deux gloussements. Je pensais juste à quelque chose.

– À quoi, bon sang ? a demandé Carla.

– À Alan Gray… Je l'imaginais en train d'étudier Judy Blume. Vous le voyez lire *Dieu, tu es là ? C'est moi, Margaret*, surtout s'il y a une fille dans son groupe ? Vous savez, il y a une histoire de soutien-gorge dans ce livre.

Nous nous sommes mises à ricaner.

– Et s'il doit étudier Megan Rinehart ? ai-je ajouté. (Nouveaux rires.)

– Ou celle qui a écrit *Les Quatre Filles du docteur March* ? a lancé Claudia.

– Louisa May Alcott ? Mais elle est morte depuis des dizaines d'années. Nous allons étudier des auteurs vivants.

– Oh ! je ne savais pas, a avoué Claudia en rougissant.

– C'est pas grave, est intervenue Lucy. Mary Anne, au lieu de t'inquiéter de savoir avec qui tu vas travailler, demande-toi plutôt sur quel auteur tu pourrais tomber.

Du coup, j'ai passé l'après-midi à rêvasser sur tous les auteurs que j'aurais aimé approfondir. Je lis beaucoup. Il y avait de fortes chances pour que je tombe sur un auteur que je connaissais. Les filles avaient raison. Cela m'a remonté le

259

moral. Et puis, je saurais bien assez tôt avec qui je devrais travailler !

Comme si notre professeur de littérature avait lu dans mes pensées, sa voix a résonné dans le haut-parleur :

– Message pour tous les élèves de quatrième. Votre travail sur les auteurs commence aujourd'hui. La liste des groupes et des auteurs est affichée à l'extérieur de la salle des professeurs au premier étage. Merci de la consulter avant de quitter le collège.

Mon cœur s'est mis à battre la chamade.

La sonnerie a retenti. Fin des cours.

Mes camarades de classe et moi nous sommes dépêchés de rassembler nos livres. La plupart des élèves se dirigeaient vers leurs casiers. Mais j'ai directement filé à la salle des professeurs. Nous n'étions pas encore très nombreux, mais il était déjà difficile d'apercevoir le panneau d'affichage.

Il m'a fallu une minute ou deux pour découvrir mon groupe. C'était le numéro 42.

Les élèves du groupe 42 devaient étudier… Megan Rinehart ! J'étais ravie. J'adore les livres de cet auteur. Quelle chance. Ce serait beaucoup plus amusant pour moi.

J'ai jeté un nouveau coup d'œil à la liste pour découvrir qui était dans mon groupe.

Et j'ai failli m'évanouir. Ce n'était pas possible, je devais rêver !

Il y avait Miranda Millaber, Peter Black (ils étaient sympas) et… Logan.

Logan Rinaldi.

Je n'avais même pas envisagé ce cas de figure. Travailler avec Logan ? Nous ne nous parlions même plus. C'était déjà gênant d'être dans le même collège, mais se retrouver dans le même groupe, quelle horreur ! Il devait y avoir un moyen d'y échapper, Mais comment ? Il n'était pas prévu que les élèves puissent changer de groupe. Les larmes me sont montées aux yeux. J'avais la gorge nouée. Je suis allée à mon casier comme une somnambule.

Quand Carla est arrivée, je pleurais pour de bon. En plein milieu du hall ! (Bon, c'est vrai que je pleure plutôt facilement.)

– Mary Anne ! Qu'est-ce qui se passe ?

J'ai refermé brutalement mon casier.

– Je suis allée voir la liste.

– Et tu dois étudier qui ?

– Megan Rinehart...

– Mais c'est un de tes auteurs préférés...

– Je sais, mais devine qui est dans mon groupe ?

Carla se retenait de rire.

– Alan ?

J'ai secoué la tête.

– Logan.

Le sourire de Carla s'est évanoui.

– Oh, Mary Anne ! (Bien entendu, je m'étais remise à pleurer.)

– Je ne sais pas quoi faire.

Elle a passé son bras autour de mes épaules.

– Ça va aller, tu verras.

« Ça m'étonnerait », ai-je pensé.

**6**

*Mardi,*

*Ce soir, je suis allée à la chasse aux monstres avec les petits Korman. Qu'est-ce qui t'a pris, Mary Anne, de leur avoir mis cette histoire de monstres dans la tête ? J'ai l'impression que cela les obsède. J'ai du mal à savoir s'ils ont vraiment peur ou s'ils nous font marcher. Peut-être un peu des deux... En tout cas, méfiez-vous des histoires de monstres, les filles. La situation peut vite nous échapper. Quant à toi, Mary Anne, ne t'amuse plus à dire aux enfants qu'un monstre vit dans leurs toilettes !*

– Au revoir, m'man ! Au revoir, p'pa ! ont fait Bill et Melody tandis que Skylar tendait les bras vers sa mère en pleurant.

– Ne t'inquiète pas, avait dit Mme Korman. Elle ne pleure jamais très longtemps !

Carla espérait que c'était vrai. À cet instant, Skylar avait l'air tout à fait désespéré. Il était un peu plus de dix-neuf heures, ce mardi soir. Carla devait garder les enfants jusqu'à vingt-deux heures environ, car leurs parents assistaient à une réunion de parents d'élèves.

Melody a pris sa petite sœur dans ses bras.

– Attention ! Je suis le monstre des chatouilles !

Elle s'est mise à la chatouiller.

Skylar est vite passée des larmes au rire. Carla est montée à l'étage préparer le bébé pour la nuit.

Bill et Melody s'amusaient à se faire des chapeaux avec ses couches.

– Vous avez des devoirs ? leur a demandé Carla.

– Non, non, non ! a chantonné Melody.

– Et moi, je les ai déjà faits ! a claironné Bill.

– Dans ce cas, vous pourriez aller chercher un livre ou un jeu pour qu'on joue tous les trois dès que Skylar sera endormie.

Les enfants ont quitté la chambre avec chacun une couche sur la tête.

Carla a enfilé une grenouillère rose au bébé.

– On dirait un petit lutin. Prête à aller au lit ? Viens, mon petit chat.

– Pas tat ! s'est écriée Skylar en fronçant les sourcils.

Carla l'a installée dans son lit, a remonté sa boîte à musique, puis elle a éteint la lumière et est sortie sur la pointe des pieds, en laissant la porte entrouverte.

Bill et Melody faisaient les fous dans le couloir, avec leurs « chapeaux » sur la tête.

– Alerte au monstre ! criait Bill.

– Chut. Skylar est presque endormie. Je croyais que vous étiez allés chercher quelque chose pour jouer.

– C'est ce qu'on a fait, a expliqué la fillette, mais on a failli être attaqués par le monstre du placard. J'ai essayé d'attraper un jeu sur une étagère, mais le monstre me l'a pris.

– Melody ne raconte pas n'importe quoi !

Carla a éloigné les enfants de la chambre du bébé.

– Mais c'est vrai !

Carla a regardé Bill.

– Je n'ai rien vu, mais j'ai entendu des bruits de monstre. Tu ne voudrais pas aller voir, s'il te plaît ?

– D'accord. Dans quel placard ?

C'était simple. Il suffirait d'ouvrir la porte pour qu'ils voient qu'il n'y avait pas de monstre.

– Celui-là. (Bill a conduit Carla vers la salle de jeux.) C'est celui où on range les jeux.

– Peut-être que ce n'est pas le monstre du placard, mais le monstre des jeux alors, a-t-elle suggéré.

Mais les enfants n'avaient plus envie de rire. En soupirant, elle a ouvert la porte.

Badaboum !

La boîte de jeux de société est tombée par terre. Il y avait des jetons partout !

– Aahhh ! a crié Bill. Le monstre du placard !

Carla s'est dégagée de l'étreinte de Melody qui se cramponnait à ses jambes.

– Ce n'est pas un monstre, voyons. La boîte devait être tout au bord de l'étagère. En essayant de l'attraper tout à

l'heure, Melody a dû la faire à moitié glisser. Regardez.
Vous voyez un monstre ici ?

Ils ont jeté un coup d'œil craintif dans le placard.

– Non.

Bill avait l'air de réfléchir.

– Carla, je crois qu'on ferait bien d'organiser une chasse
au monstre avant d'aller au lit.

– Une chasse au monstre ?

– Ouais, tu sais, pour chasser le monstre du placard, le
monstre des jeux, le monstre des coins sombres, et tout ça.

– Oui, parce que je ne pourrai pas dormir tant que je ne
serai pas sûre qu'ils sont partis, a renchéri Melody.

– Bon, si nous organisons une chasse au monstre, autant
le faire correctement. D'abord, il nous faut des chapeaux.
Vous, vous en avez déjà, mais pas moi.

Bill est allé dans sa chambre et il est revenu avec une
casquette de base-ball pour Carla.

– Ensuite, nous avons besoin de lunettes protectrices.

Melody a trouvé trois paires de lunettes de soleil pour
enfant. (Celles qu'elle a tendues à Carla étaient en forme de
cœurs !)

– Maintenant, il nous faut une lampe torche anti-monstre.

– C'est quoi ? s'est étonné Bill.

– N'importe laquelle du moment qu'il y a un peu de
rouge dessus. Les monstres n'aiment pas cette couleur.

– C'est vrai ? s'est exclamée Melody.

– Oui, ils ont horreur du rouge, je t'assure.

Bill a emmené les deux filles dans la cuisine où il a déniché
une torche munie d'un interrupteur rouge. Il l'a tendue à
Carla. Puis, armés de la lampe et affublés de leurs chapeaux

et lunettes, ils sont montés au premier étage sur la pointe des pieds.

Dans chaque pièce, Carla devait balayer les lieux avec la lampe torche et chanter : « Monstre, monstre, où que tu sois, sors de là ! » Bill et Melody devaient ajouter : « Ouais, va-t'en, monstre du miroir ! » ou « monstre de la fenêtre », ou « monstre du placard ».

À chaque fois Melody sursautait et poussait un cri perçant, comme si elle avait aperçu une main avec de longs doigts griffus, ou une mâchoire avec des crocs luisants. Elle s'écriait alors : « OK, ce monstre est parti, parti pour de bon ! »

La dernière pièce à sécuriser était la salle de bains. Carla a dû diriger le faisceau de la lampe dans tous les coins, même derrière le rideau de douche.

– Monstre, monstre, où que tu sois, sors de là !

– Ouais, va-t'en, monstre des toilettes ! a renchéri Bill.

Ils attendaient que Melody sursaute, crie et dise : « OK, le monstre des toilettes est parti, parti pour de bon ! » Mais cette dernière semblait perplexe. Elle a tendu l'oreille, puis elle a chuchoté :

– J'entends encore grogner.

Carla et Bill ont fait le silence pour écouter à leur tour. Aucun doute, les toilettes « grognaient ». Apparemment, elles n'avaient pas encore été réparées.

– Aahhh ! a couiné Melody en se collant à Carla.

– Aahhh ! a fait son frère.

Carla a failli crier elle aussi, mais elle a réussi à se retenir. Mais elle s'est retrouvée en train de courir avec les enfants qui fuyaient le monstre des toilettes.

Bill a foncé dans sa chambre et s'est jeté sous son lit. Melody s'est précipitée dans la sienne et s'est glissée sous sa couette.

– Mais que faites-vous ?

Carla était dans le couloir.

– Vous savez bien qu'il n'y a pas de monstre des toilettes, pas vrai ? Vous l'avez inventé. C'est une farce. Il n'existe pas. Même chose pour les autres.

– Alors, pourquoi on a fait une chasse au monstre ? a demandé une petite voix qui sortait de sous un lit.

Carla a enlevé sa casquette de base-ball et les lunettes de soleil en forme de cœurs.

– C'était un jeu, d'accord ? Juste un jeu.

Il lui a fallu une bonne dizaine de minutes pour convaincre les enfants de sortir de leur cachette. Pour les aider à penser à autre chose, elle leur a lu une histoire tendre où il n'était pas du tout question de monstre ou de quoi que ce soit d'effrayant. Puis elle les a couchés l'un après l'autre.

– Bonne nuit !

Elle est allée voir Skylar, qui dormait paisiblement dans son lit sans se méfier du monstre des toilettes. Puis elle est descendue sur la pointe des pieds.

Une demi-heure plus tard, elle est remontée sans bruit à l'étage. D'abord, elle a jeté un coup d'œil dans la chambre du bébé, qui dormait toujours tranquillement.

Puis elle a regardé dans la chambre de Melody. Comme elle ne voyait pas très bien, elle a allumé dans le couloir. Le lit était vide.

Carla a pris peur.

Elle a couru dans la chambre de Bill et s'est arrêtée net.

Melody s'était réfugiée dans le lit de son frère. Elle les a contemplés un petit moment en se demandant si elle devait ramener Melody dans sa chambre et comment elle le ferait sans la réveiller. Elle y réfléchissait encore quand elle a entendu une porte s'ouvrir et se refermer au rez-de-chaussée, puis des voix.

M. et Mme Korman étaient de retour.

Du coup, elle a laissé Melody où elle était et est descendue pour leur parler du monstre des toilettes.

– Qu'est-ce qu'ils ont dit ? ai-je demandé à Carla après qu'elle m'a tout raconté en rentrant.

– Pas grand-chose. D'abord, ils ont ri. Puis ils ont dit que les gamins avaient vraiment une imagination incroyable. Enfin, ils m'ont payée, et Mme Korman m'a ramenée en voiture. Et toi ? Ça n'a pas l'air d'aller.

– Je ne peux pas m'empêcher de penser à cette stupide répartition en groupes. On doit se réunir pour la première fois demain.

– Tu verras donc Logan.

– Exact. Pour travailler sur Megan Rinehart, tu te rends compte !

– Mais tu aimes bien cet auteur, non ?

– Oui, c'est bien ça, le problème. Logan et moi, on adore ses livres. Et je pense qu'il les a presque tous lus. Donc on pourrait faire un très bon dossier. Mais comme on s'évite, tu imagines un peu... Ça risque d'être vraiment gênant.

Nous avons soupiré en chœur. La vie, c'est vraiment compliqué parfois !

*Je me suis rongé les ongles toute la matinée. J'essayais de me préparer mentalement à affronter Logan, mais j'étais très nerveuse. Nous devions nous retrouver à la cafétéria, sous le regard attentif de nos professeurs qui voulaient s'assurer que chaque groupe travaille bien ensemble et sans drame. Ensuite, nous serions livrés à nous-mêmes. Et nous devrions nous retrouver après les cours.*

Comment l'administration du collège avait-elle pu me faire ça ? Que se passerait-il si le groupe se réunissait chez Logan, plusieurs fois de suite ? Je ne tiendrais jamais le coup, j'avais trop de souvenirs dans cette maison. Et, en plus, Cissy et Hunter seraient capables de nous poser des questions du style : « Hé, Logan, Mary Anne est redevenue ta petite amie ? » Plutôt gênant.

J'aurais aimé pouvoir changer de tête et me cacher sous un faux nom.

Mais, à l'heure dite, je me suis docilement dirigée vers la cafétéria. Une vraie maison de fous ! Je ne sais pas quelle est la taille du réfectoire de votre collège, mais le nôtre fait à peu près celle du Canada. Je ne plaisante pas. C'est une mer de tables et de chaises. Avec tous ces quatrièmes grouillant autour de moi, j'avais l'impression d'être à un concert, sauf qu'il n'y avait pas de groupe sur scène, ni l'ambiance, ni les sandwichs. Bon, rien à voir avec un concert. C'était seulement une masse d'élèves bruyants.

Comment retrouver mon groupe dans cet océan d'élèves ?

Tout à coup, j'ai aperçu Logan. Il était en train de courir vers Miranda Millaber. Alors, comme une folle, je me suis précipitée vers lui, mais sans l'appeler. Quand il a rattrapé Miranda, j'étais juste derrière eux. Miranda a tourné la tête et m'a aperçue.

– Salut, Mary Anne. Bon, maintenant on n'a plus qu'à trouver Peter.

Logan s'est également retourné.

– Salut. (Il avait l'air mal à l'aise.)

– Salut.

J'étais nerveuse, bien sûr, mais ce n'était pas tout. C'était… bizarre. Je n'ai pas compris tout de suite. J'étais là, à regarder Logan, jusqu'à ce que, finalement, je me rende compte que j'étais contente de le voir.

Après tout, ces derniers temps, il m'avait manqué.

Mais je n'avais aucune idée de ce qu'il ressentait à mon égard.

– Vous voilà ! Hé, vous trois, je croyais que je ne vous trouverais jamais ! (C'était Peter Black.) Qu'est-ce qu'on fait maintenant ?

– On cherche une table et on s'assoit, a répondu Miranda d'une voix sèche.

(Elle n'aime pas Peter. En cinquième, il l'embêtait tout le temps. Une fois, il a attrapé l'arrière de son soutien-gorge et l'élastique a craqué. Elle a dû aller aux toilettes pour l'enlever, et elle l'a trimballé dans son sac toute la journée.)

– Je vois une table, juste là, a fait Logan. On ferait bien de la prendre tout de suite.

Nous avons traversé la foule des élèves. Nous sommes restés debout devant la table, à nous demander comment nous asseoir. Devais-je me mettre en face de Logan, ou à côté de lui ? Je voyais bien que Miranda, elle, voulait se trouver aussi loin que possible de Peter. À l'autre bout du monde, même. Enfin, Peter s'est assis, Logan s'est installé à côté de lui, et Miranda à côté de Logan, de sorte que je me suis retrouvée en face de lui. La première fois que j'ai levé la tête, j'ai croisé son regard. J'ai esquissé un sourire timide, mais il a aussitôt baissé les yeux au sol.

Au fur et à mesure que les groupes s'organisaient, le brou-haha s'estompait.

Peter, Miranda, Logan et moi, nous étions assis droits comme des statues. Nous connaissions les consignes. Notre professeur nous en avait parlé la veille. Nous devions travailler ensemble, en présence de nos professeurs qui circulaient entre les tables, prêts à nous aider.

271

Mais personne ne disait mot. J'ai croisé les doigts pour qu'il se passe quelque chose. N'importe quoi, mais qui mette fin à ce silence embarrassant. Je ne sais pas si j'ai bien fait, parce que Cokie s'est approchée de notre table, avec son professeur de littérature.

– Est-ce le groupe qui étudie Megan Rinehart? a demandé M. Lehrer.

– Oui, ont répondu Logan et Miranda.

Le professeur a hoché la tête.

– Bien. Je sais qu'on vous a dit que vous ne pouviez pas changer de groupe, mais j'aimerais faire une exception. Cokie est une grande lectrice de Megan Rinehart et aimerait pouvoir travailler sur son auteur préféré.

Moi, je savais bien pourquoi M. Lehrer faisait une exception pour Cokie : ce n'est vraiment pas une bonne élève. Il devait être abasourdi qu'elle s'intéresse enfin à quelque chose. Mais je savais aussi qu'elle n'avait rien à faire de Megan Rinehart. Ce qui l'intéressait, c'était… Logan.

Quelle peste !

La chance n'était décidément pas de mon côté : Miranda détestait Peter, je ne pouvais pas souffrir Cokie; Logan et moi, nous ne nous adressions pas la parole. Et il fallait que nous travaillions ensemble !

– Cokie devait faire partie du groupe qui étudie Natalie Babbitt, a repris le professeur. Qui aimerait changer de place avec Cokie et étudier les merveilleux ouvrages de Mme Babbitt ?

Miranda a sauté sur l'occasion.

– Moi! s'est-elle exclamée en fusillant Peter du regard.

Oh non! Miranda, la seule avec qui j'aurais pu m'entendre

dans le groupe, allait m'abandonner et me laisser avec Cokie et Logan ? J'ai pensé à la méchante Sorcière de l'ouest dans le film *Le Magicien d'Oz*. « Oh, quel monde, quel monde », murmure-t-elle, avant de mourir. J'ai compris ce qu'elle ressentait.

Miranda s'est levée et a suivi M. Lehrer. Cokie s'est installée sur la chaise vide.

– Alors, a-t-elle dit avec un large sourire, qu'est-ce que j'ai manqué ? Tiens, Mary Anne ! a-t-elle fait mine de s'étonner, comme si elle n'avait pas vu que j'étais là depuis le début. Quelle surprise de te trouver dans ce groupe... avec Logan !

Logan a souri et a enchaîné :

– Qu'est-ce qu'on attend ? Allez, au travail !

– Dur, dur, a commenté Peter.

Mais Logan l'a ignoré.

– Combien de livres de Megan Rinehart avez-vous lus ? Moi, je les connais presque tous. Et je sais que Mary Anne les a tous lus.

J'ai esquissé un sourire.

Il avait l'air détendu. Impossible de dire s'il m'a rendu mon sourire ou non. Mais j'avais senti beaucoup de douceur dans sa voix.

C'est là que j'ai compris. Je me suis rendu compte que je l'aimais encore beaucoup. Que je l'aimais tout court. Comment avais-je pu lui dire que j'avais besoin de prendre un peu de distance ?

– Je n'ai lu aucun de ses livres, a avoué Peter. C'est pour les filles.

– Peter ! Mais, moi, je les ai lus ! s'est exclamé Logan.

– Tu as lu celui qui parle d'une fête en robes roses dans le titre ?

– Je ne les ai pas tous lus.

– Combien de livres a-t-elle écrit, Marie Rinehard, Logan ? a demandé Cokie pour faire son intéressante.

– Quatorze, c'est ça, Mary Anne ?... Et elle s'appelle Megan Rinehart.

J'ai hoché la tête. Et soudain, je me suis sentie aussi muette et maladroite que la première fois où il m'avait adressé la parole.

– Quatorze ? a répété Peter. Vous voulez dire qu'on doit lire quatorze livres pour le dossier ? Je ne pourrai jamais.

– Oh, on n'est pas obligés de tous les lire, a affirmé Cokie.

– Je crois que ça vaudrait mieux, ai-je insisté.

– Évidemment, toi, tu dis ça parce que tu les as déjà lus.

Cokie me répondait, mais elle continuait à dévisager Logan, comme si elle voulait l'hypnotiser (je m'attendais presque à voir ses yeux se mettre à tourner en spirale comme dans les dessins animés).

– J'ai l'intention de les relire, ai-je répliqué tranquillement.

– Une seconde, est intervenu Peter. Il faut aussi étudier la vie de l'auteur, non ? Qu'est-ce qu'on va bien pouvoir dire d'elle dans ce dossier ? Et d'ailleurs, à quoi doit ressembler ce dossier ?

– Oh, on finira bien par trouver... a soupiré Cokie avec un sourire idiot sur les lèvres. Ce ne doit pas être bien compliqué.

– Comment ça ? me suis-je exclamée. Il faut qu'on trouve

un angle d'étude original. Pas question de rendre un dossier médiocre. Megan Rinehart est…

– Megan Rinehart ? a-t-elle répété. Je croyais que c'était Marie Rinehart.

– Cokie ! Logan vient juste de…

– Logan, comment tu disais qu'elle s'appelait ? m'a coupée Cokie d'une voix mielleuse.

– Megan Rinehart.

– Tu es tellement intelligent ! Imaginez un peu ce qui serait arrivé si nous avions fait un dossier en nous trompant sur le nom de l'auteur. Merci, Logan. Sans toi, on serait passés pour des imbéciles.

– Tu es en train de passer pour une imbécile, de toute façon, a murmuré Peter d'un air excédé.

Tout occupée à dévorer Logan des yeux, Cokie n'a même pas relevé.

Et voilà pour cette réunion. Nous avons décidé de nous voir chez Cokie la prochaine fois. (En fait, c'était son idée à elle. Les garçons ne s'y sont pas opposés, alors je me suis rangée à l'avis de tout le monde.)

Peter m'a demandé ce que je pensais de la réunion, mais je me suis contentée de hausser les épaules.

Ce soir-là, j'ai eu du mal à me concentrer sur mes devoirs. Pourtant, la maison était on ne peut plus silencieuse. Papa et Sharon étaient sortis et Carla faisait ses devoirs sans musique pour une fois. Je n'arrêtais pas de regarder les livres de Megan Rinehart, alignés sur une étagère à l'autre bout de ma chambre.

– Hé, Mary Anne ? Ça te dirait une petite pause ?

275

Elle n'a pas eu besoin de me le demander deux fois. Nous sommes descendues dans la cuisine. Nous préparions du thé quand elle m'a demandé d'un ton détaché :

– Tu sais ce que Grace a dit aujourd'hui ?

– Grace Blum ? (C'est la meilleure amie de Cokie.)

– Ouais. Son groupe était juste à côté du mien aujourd'hui.

Carla a coupé le gaz sous la bouilloire qui commençait à siffler.

– Elle a dit que, en fait, Cokie ne s'intéressait pas du tout à Megan Rinehart.

– Je m'en suis doutée.

– Ah oui ? Oh. (Carla a versé l'eau chaude dans deux tasses.) Alors, j'imagine que tu es au courant à propos de Logan. Pas étonnant que tu sois complètement abattue.

– Je...

– C'est incroyable que M. Lehrer se soit laissé avoir par le manège de Cokie. Il doit être la seule personne de Stonebrook à ne pas savoir... Bon, enfin c'est ce que dit Grace. Cokie ne veut qu'une chose, sortir avec Logan maintenant qu'il est disponible.

Disponible ? Logan était disponible ? Qui avait décrété ça ? Le dieu des rencontres ?

Il n'était pas disponible. Il était à moi. Enfin, il l'avait été.

Et il me manquait tellement que je voulais qu'il revienne.

*C'était incroyable. Impensable. Irréel.*
*Je suis allée chez Cokie.*
*Vous vous demandez sans doute pourquoi nous ne nous aimons pas Cokie et moi. Le problème c'est qu'elle s'intéresse à Logan depuis qu'il est arrivé à Stonebrook.*

Elle a même essayé de nous séparer. Cette tentative perfide et mesquine a déclenché la guerre entre Cokie, Grace et leurs copines et mes amies. Cokie a essayé de me faire passer pour une folle aux yeux de Logan en m'envoyant des messages terrifiants. Seulement, je me suis rendu compte de ce qu'elle faisait, et mes amies et moi l'avons piégée : nous lui avons fait la peur de sa vie dans un cimetière, une nuit d'Halloween.

Évidemment, il fallait qu'elle se venge, alors elle s'en est prise à Kristy, puisqu'elle est présidente du Club, et tout ça sous les yeux de Logan.

Maintenant que Logan et moi n'étions plus ensemble (tout le collège avait l'air d'être au courant), Cokie avait repris espoir, et voilà qu'on se retrouvait dans le même groupe. Quelle embrouille! Je me demandais si Cokie aurait suivi Logan si lui et moi n'avions pas été dans le même groupe.

Bon, cela ne sert à rien de réfléchir à ce qu'il se serait passé « si » telle ou telle chose avait été différente. Comme dirait mon père, les cartes étaient distribuées. Maintenant, il fallait jouer.

Cokie avait décidé qu'on allait travailler chez elle. Et personne n'avait protesté. Même pas moi. Je m'en veux parfois d'être aussi timide!

Il faisait très beau ce jeudi après-midi, je n'avais aucune envie de perdre mon temps dans la cuisine de Cokie Mason.

Quelle calamité, ce dossier! J'aurais préféré changer de groupe pour ne pas voir Cokie et Logan ensemble. D'un autre côté, je voulais rester en contact avec Logan. J'étais contente d'avoir un prétexte pour le voir. En plus, j'avais vraiment envie d'étudier Megan Rinehart.

Enfin bref, j'y suis quand même allée, la mort dans l'âme. En arrivant, j'ai attaché mon vélo à la boîte aux lettres des Mason. Puis j'ai traversé la pelouse en direction de la porte d'entrée en fredonnant la *Marche funèbre* dans ma tête.

J'ai sonné. « S'il vous plaît, ai-je supplié silencieusement, faites que Cokie soit tellement tête en l'air qu'elle ait oublié que la réunion devait avoir lieu chez elle. Faites qu'elle soit sortie... »

La porte s'est ouverte en grand. Cokie se tenait sur le perron, un sourire radieux sur les lèvres. Quand elle m'a vue, son visage s'est aussitôt assombri.

– Oh. C'est toi. Entre.

«Fuis! Cours loin d'ici, le plus vite possible!» ai-je songé, mais je l'ai suivie dans la cuisine.

C'était la première fois que j'allais chez elle. Je ne savais pas à quoi m'attendre. Ce devait être atroce, comme Cokie. Mais la maison était plutôt accueillante. La table de la cuisine était recouverte d'une toile cirée avec des fruits et des légumes colorés. Le plan de travail était plein de magazines, de paquets de gâteaux et de pots de confiture. Je me suis demandé ce que Cokie avec son style petite peste faisait dans un endroit aussi agréable.

Elle m'a désigné une chaise.

– Assieds-toi.

La sonnerie de la porte a de nouveau retenti. Nous avons fait toutes les deux un bond de trente centimètres et elle a filé comme une flèche vers la porte.

J'ai tendu l'oreille. Quand j'ai entendu Cokie souffler : «Oh, c'est toi», j'ai compris que c'était Peter. Il l'a suivie dans la cuisine en regardant autour de lui avec curiosité.

– Salut, Mary Anne.

– Salut.

Peter était en nage. Lui aussi était venu à vélo.

– Assieds-toi, lui a dit Cokie en lui montrant une chaise à côté de la mienne.

Peter s'est assis et a demandé :

– Il y a quelque chose à b... ?

Il n'a pas eu le temps de finir sa phrase. Un nouveau coup

de sonnette a retenti. Une fois de plus, mon cœur a fait un bond dans ma poitrine tandis que Cokie piquait un sprint vers l'entrée.

– Salut, Logan ! Je suis contente que tu sois là.

« Ben voyons… » ai-je pesté en moi-même.

Un instant plus tard, elle a fait son entrée dans la cuisine bras dessus bras dessous avec Logan.

– Tiens, assieds-toi à côté de Peter. Qu'est-ce que tu veux boire ?

– Oh, juste de l'eau.

– Un soda, a répondu Peter à qui on n'avait rien offert.

Cokie semblait contrariée. Elle s'est tournée vers moi.

– Mary Anne ?

– De l'eau, également, s'il te plaît. (Je voulais tout ce que voulait Logan.)

Elle a posé quatre verres sur la table puis elle a rempli celui de Logan.

– Merci, a-t-il dit en souriant.

Après avoir rempli son propre verre, elle a poussé le soda vers Peter, et l'eau vers moi.

– Servez-vous.

– Comme c'est aimable de ta part, a lancé Peter d'un air sarcastique.

Je n'ai rien dit. Et je ne me suis pas servie. J'avais peur que mes mains tremblent. Devinez quoi ? Logan avait dû s'en apercevoir, parce qu'il a rempli mon verre à ma place. Je lui ai souri pour le remercier.

Cokie a froncé les sourcils. Puis elle a rapproché sa chaise si près de Logan qu'elle était pratiquement assise sur ses genoux.

– Bon, au travail. On commence par quoi, Logan ?

– Justement, j'ai réfléchi... Megan Rinehart a écrit quatorze livres...

Peter a grogné :

– On sait, on sait.

– Mais, a-t-il continué comme s'il n'avait rien entendu, qui a dit qu'il fallait parler de tout ce qu'elle avait écrit ?

– Évidemment ! me suis-je exclamée. (Mon enthousiasme pour Megan Rinehart avait balayé ma timidité.) Nous pourrions choisir trois ou quatre livres qui soient représentatifs...

– Ou peut-être très différents les uns des autres, a ajouté Logan.

– ... et juste étudier ceux-là. Les comparer et les opposer, ai-je conclu.

Je savais que je parlais comme une prof, mais je ne pouvais pas m'en empêcher.

– Quatre livres... C'est toujours mieux que quatorze à lire. Je pense que c'est faisable pour moi, a dit Peter lentement.

– Une fois, j'ai lu quatre livres, a déclaré Cokie. *Pierre Lapin*, *Noisette l'écureuil*, *Jeannot Lapin* et *Sophie Canétang*. J'avais dix ans. Ça m'a pris une semaine.

Elle plaisantait ou quoi ? Ça ressemblait à un truc qu'aurait pu dire Kristy d'un air tout à fait sérieux jusqu'à ce que tout le monde éclate de rire.

Je me suis tournée vers Logan, mais il ne m'a pas regardée.

– Bon, en tout cas, a-t-il repris, chacun devra avoir un exemplaire des livres que nous choisirons. Mais ça ne devrait pas être très difficile. Mary Anne les a déjà pour la plupart, et puis il y a la bibliothèque de l'école et la bibliothèque municipale.

– Alors, comment va-t-on choisir les quatre livres ? me suis-je demandé à voix haute.

Encore une fois, Cokie a fait une belle démonstration de sa bêtise en demandant très sérieusement :

– Pourquoi chacun devrait-il avoir ses propres exemplaires ? Pourquoi ne pas partager ? Nous pourrions nous les lire à haute voix, a-t-elle ajouté en fixant Logan des yeux.

– Ouais, j'en ai toujours rêvé, a ricané Peter. Faire la lecture à Logan !

Cokie, qui s'était penchée de telle sorte que ses cheveux balayaient le bras de Logan, s'est redressée. Elle a jeté un regard furieux à Peter.

– Pffff !

Logan avait l'air gêné.

– Je crois, a-t-il repris d'une voix enrouée, que nous devrions peut-être choisir un ouvrage humoristique de Megan Rinehart, un livre sérieux, un de ses romans policiers, et un de ses recueils de nouvelles.

– Elle n'a écrit aucun album ? a gémi Cokie.

– Cokie ! Nous devons étudier des livres pour ados, l'ai-je informée. Pas des *Babar*.

– C'est elle qui écrit les *Babar* ? s'est-elle exclamée.

Ouh là ! Nous étions mal partis. Si nous voulions arriver à quelque chose, tout dépendait de Logan et de moi, qui étions les seuls à connaître l'auteur.

Aussi incroyable que cela puisse paraître, nous avons fini par arrêter notre sélection de quatre ouvrages.

– Le mieux serait que nous les ayons tous lus d'ici à deux semaines, ai-je dit tandis que nous nous levions de table.

– D'accord, a acquiescé Logan.

– Deux semaines ! a hoqueté Peter.

– C'est quoi déjà les titres ? a demandé Cokie, qui bien évidemment n'avait pris aucune note.

Je n'en revenais pas.

Peter a filé en premier, sans demander son reste.

« Parfait, ai-je pensé. Je vais pouvoir partir avec Logan. »

Je suis restée près de la porte. Logan et Cokie étaient encore dans la cuisine. Il lui dictait les titres des livres. Ensuite, j'ai entendu cette peste dire de sa voix doucereuse :

– Logan ? Ça te dirait d'aller au ciné un de ces jours ?

Je n'ai pas attendu la réponse.

J'ai poussé la porte et j'ai vite enfourché ma bicyclette.

Vendredi

Si je ne n'étais pas au courrant, j'aurai penser qu'il y avait vraiment un monstre dans les toilettes. Vous auriez du voir Bill et
Melody ce soir ! Je crois que je sais pourquoi ils pansent qu'il y a un
monstre. Les toilettes font un drôle de bruit, une sorte de grognement. Mais maintenant, les petits ne se contentent pas seulement de
chasser le monstre. Ils croivent qu'ils doivent fuir chaque fois qu'ils
tire la chasse d'eau. Au début, c'était rigolo, mais ensuite, c'est
devenu vraiment pénibble !

Le monstre des toilettes faisait désormais partie de notre
quotidien de baby-sitters. Mes amies et moi, nous en
parlions régulièrement aux réunions.

Chaque fois que l'une d'entre nous faisait un baby-sitting chez les Korman, le monstre des toilettes revenait sur le tapis. Et l'histoire que Melody et Bill bâtissaient autour de lui ne cessait de s'enrichir.

Claudia est allée chez les Korman un vendredi soir, le lendemain de mon affreux après-midi chez Cokie. Je ne savais pas si Logan avait accepté de sortir avec Cokie. Nous avions décidé de lire les livres avant de nous revoir.

Toujours est-il que Claudia est arrivée à temps pour faire manger les enfants et se préparer un petit repas.

– On mange des hot dogs ? a demandé Bill dès que la porte s'est refermée derrière ses parents.

– Comment l'as-tu deviné ?

– Voyance extralucide.

Claudia a pouffé de rire et est retournée dans la cuisine.

Les enfants étaient assis par terre avec Skylar.

– Bon, maintenant, on va jouer à la pâte à modeler.

– Tat ! a crié Skylar, en regardant partout. Où tat ?

– Pas de tat, a rectifié Bill. Melody a dit « pâte », pas tat. Pâte.

– Où tat ? a répété le bébé, affolé.

– Hé, tu veux te débarrasser des tats pour toujours ? a demandé Melody. Des tats qui pourraient se cacher dans la maison ? Attends, je vais faire un truc...

Mais Skylar était passée à autre chose. Elle avait trouvé une cuillère en bois et un pot et s'amusait à jouer du tambourin. (Nous en avions fait l'expérience, inutile de dépenser beaucoup d'argent en jouets pour les bébés. Ils s'amusent très bien avec un gobelet en plastique ou une boîte en carton. La preuve.)

– Le dîner est prêt, a annoncé Claudia quelques minutes plus tard.

– Et voilà, a commenté Bill. Hot dog et ketchup. C'est dans le règlement du Club des Baby-Sitters, les hot dogs pour le dîner ?

– Oui, a-t-elle répondu très sérieusement. Règle numéro 116 du *Manuel des baby-sitters*. Dans la section « Les lois du hot dog ».

Bill s'est mis à rire, mais Melody a froncé les sourcils.

– Vraiment ?

– Mais non, andouille !

– Ma non, douille ! a répété Skylar en faisant rire tout le monde.

– Voyons ce qu'on peut encore lui faire dire. (Tout en parlant, Bill avait avalé une bonne partie de son hot dog. Il n'en restait presque plus.) Skylar ? Skylar, dis : « chien ».

– Cien, a-t-elle répété docilement.

– Surtout ne lui parlez pas de C-H-A-T, a averti Claudia.

– Oh, non, ne t'inquiète pas, a assuré Melody. Skylar, dis : « Viens ici. »

– Ti ti.

Les yeux de Bill brillaient.

– Dis : « Caouabanga didi ! »

– Tatacaca titi !

Skylar était d'autant plus contente qu'elle faisait rire son petit auditoire.

– Hé, Skylar, tu peux dire : « monstre des toilettes » ? a lancé Melody.

– Non, a répliqué la petite.

Ils ont tous éclaté de rire.

– Qui veut jouer au téléphone avec Skylar ? a demandé Bill, qui avait fini de manger.

– Pas moi, a répondu Melody. C'est plus drôlant avec plus de gens.

– Plus drôlant ? Hé, tu as entendu, Claudia ? Elle a dit « drôlant ».

Melody a rougi.

– Je me suis trompée.

– Ben oui, idiote, c'est...

– Je ne suis pas idiote !

Claudia a préféré intervenir :

– Bon, vous deux, ça suffit.

Les enfants se sont levés de table et ont porté leur assiette dans l'évier. Skylar, qui mangeait plus lentement, se battait avec un morceau de hot dog. Elle avait réussi à planter sa fourchette de bébé dans un bout de saucisse, mais, au moment de l'enfourner dans sa bouche, le morceau est tombé par terre. Elle s'est penchée et a crié :

– Tatacaca titi !

Melody et Bill ont éclaté de rire. Claudia les a envoyés à l'étage se débarbouiller pendant qu'elle rangeait la cuisine et que le bébé finissait de dîner. Elle a cru entendre la chasse d'eau des toilettes plusieurs fois, mais elle n'en était pas sûre, à cause du ronronnement du lave-vaisselle et des petits cris de Skylar.

La cuisine était propre. Claudia a sorti le bébé de sa chaise, lui a essuyé le visage et les mains et est montée avec elle. En chemin, elle a de nouveau entendu la chasse d'eau. Une pensée affreuse lui a traversé l'esprit. Que faire si Bill et Melody étaient malades ? Si ce bruit de chasse d'eau voulait dire qu'ils avaient une indigestion ou quelque chose de ce genre ?

Elle a monté les dernières marches en courant et a presque bousculé Melody qui surgissait de la salle de bains en riant sous cape.

– Qu'est-ce qui se passe ? J'ai entendu plusieurs fois la chasse d'eau.

Bill a émergé de sa chambre, avec un air supérieur.

– Bill ?

– Dis-lui, Melody.

– D'accord. Hum… Bill dit que le monstre des toilettes ne nous attrapera pas si on arrive à courir jusqu'à notre chambre et à sauter dans notre lit avant que la chasse d'eau s'arrête… Aaah ! elle s'est arrêtée et je ne suis pas encore dans ma chambre.

– Le monstre des toilettes va t'attraper. (Bill a recourbé ses doigts comme des griffes.) Grrr ! Tu l'entends grogner ? Il est en colère…

– Pas monstre ! s'est écriée Skylar.

– Tu as raison. Il n'y a aucun monstre, a confirmé Claudia.

Melody hésitait.

– Hé, Bill. Si je courais dans ma chambre et si je me couchais maintenant, ce serait trop tard ?

– Beaucoup trop tard, a-t-il affirmé. Tu ne sais pas ce qui t'attend. Tu vas voir. Ce soir, quand tu dormiras, il va se glisser dans ta chambre ! Grrr !

– Ne l'écoute pas, Melody, a dit Claudia. C'est pour te taquiner.

– Je m'en doutais, a-t-elle marmonné sans pour autant avoir l'air rassuré.

– Dites-moi, vous avez des devoirs ?

– Le week-end ? Jamais.

– Skylar en a. Elle doit apprendre à dire des tas de mots difficiles comme Leonardo et cafétéria et... le mot le plus long : anticonstitutionnellement. Pas vrai, Skylar ?

– Je suis sérieuse, Bill. Alors, vous avez des devoirs ?

– Où est Skylar ? a-t-il insisté.

Claudia a eu un moment de panique.

– Aahhh ! se sont mis à hurler les deux enfants.

La chasse d'eau !

Pendant que les deux plus grands filaient vers leurs lits, Claudia a jeté un œil dans la salle de bains. Skylar était en train de vider une boîte de mouchoirs en papier dans les toilettes.

– Tatacaca titi !

Elle s'apprêtait à actionner de nouveau la chasse d'eau.

Claudia l'en a vite empêchée.

– Mais, ma puce, tu vas faire déborder les toilettes, et que vont dire ton frère et ta sœur ?

La chasse d'eau s'est arrêtée, et Claudia a entendu crier : « Gagné ! » depuis la chambre de Bill et celle de Melody.

– Encore sauvés !

– Claudia ? Tu crois que le monstre des toilettes fait fonctionner lui-même la chasse d'eau, maintenant ? Il va falloir que Bill et moi, on aille sans arrêt dans nos chambres. Et qu'est-ce qui se passe si on est en bas ?

Claudia s'apprêtait à lui répondre, mais elle a entendu à nouveau le « Tatacaca titi ! » et la chasse d'eau.

– Cette fois, au moins, on est déjà dans nos lits, a dit Melody.

Claudia a récupéré Skylar dans la salle de bains et l'a couchée dans son berceau. Puis elle est retournée dans la salle de bains, elle a mis la boîte de mouchoirs hors d'atteinte et est revenue dans la chambre de la petite.

– Maintenant, écoute, Skylar, les toilettes ne sont pas un jouet... On ne doit rien jeter dedans, d'accord ?

Elle s'est tue, se demandant si elle devait clarifier les choses en précisant qu'on pouvait y jeter du papier toilette. Mais non. Elle a dit simplement « Plus de chasse d'eau » en espérant que M. et Mme Korman prendraient le relais de son éducation.

Ensuite, elle a changé la couche de la petite, lui a mis un pyjama, lui a chanté une berceuse, a éteint la lumière et est sortie sur la pointe des pieds. Elle est restée quelques minutes dans le couloir en tendant l'oreille. Pas un bruit. Elle a jeté un œil dans la chambre de Bill. Il était dans son lit. Elle a fait de même dans celle de Melody. Elle était couchée aussi.

– Bill, Melody ?

– Oui ?

– Combien de temps devez-vous rester au lit une fois que la chasse d'eau s'est arrêtée ?

– Je ne sais pas. (C'était Melody.)

– Bonne question. (Bill.)

– Eh bien je crois que vous êtes en sécurité, maintenant. Vous pouvez sortir de vos chambres. La chasse d'eau s'est arrêtée il y a un quart d'heure environ. En plus, il sera bientôt l'heure de dormir. Vous ne voulez quand même pas gâcher le peu de temps qu'il reste au lit ?

– Non !

Claudia et les enfants ont joué à un jeu de société, et Bill a gagné. À la fin de la partie, il était temps d'aller se coucher.

– Lequel d'entre vous est assez courageux pour aller en premier à la salle de bains ? a demandé Claudia.

– Moi ! s'est écriée Melody.

Elle s'est mise en pyjama et s'est rendue dans la salle de bains d'un pas décidé. Quelques minutes plus tard, Carla l'a entendue activer la chasse d'eau. La porte s'est ouverte brusquement, et la fillette a bondi dans le couloir. Elle a trébuché, est tombée, s'est arrêtée pour se frictionner la cheville et, alors qu'elle était sur le point de grimper dans son lit... la chasse d'eau s'est tue.

– Oh non ! ! Le monstre !

Visiblement morte de peur, elle a bondi dans son lit et s'est cachée sous les couvertures.

– Il va venir m'attraper, Claudia !

– Mais non, il n'y a pas de monstre.

– Tu peux vérifier, s'il te plaît ? S'il te plaît, s'il te plaît !

Claudia a dû vérifier partout, y compris dans le réservoir de la chasse d'eau.

– Rien. Sous le lit... rien. Derrière les rideaux... rien. Rien dans la commode non plus.

Melody a finalement accepté de sortir de sous sa couette.

– Je pense que je suis en sécurité.

Pendant ce temps, Bill avait trouvé le courage d'utiliser à son tour la salle de bains. Au grand soulagement de Claudia, il a atterri dans son lit quelques secondes avant l'arrêt de la chasse d'eau.

– Bonne nuit, les enfants !

Claudia est descendue, a ouvert son livre de maths à contrecœur et a commencé ses devoirs du week-end.

Une demi-heure plus tard, elle est remontée voir les enfants. Ils semblaient dormir paisiblement. Parfait. Mais, moins de dix minutes plus tard, un cri a retenti à l'étage. C'était Melody.

Claudia a grimpé les escaliers deux à deux pour aller voir ce qui se passait.

– Tu as fait un cauchemar, ma puce ?

– Le monstre des toilettes va venir m'attraper, a hoqueté la petite fille.

– Mais non, voyons. Tout va bien. C'était un mauvais rêve.

– Non, j'ai entendu des bruits.

– Comme une chasse d'eau ?

– Oui.

– Melody, tu crois aux sorcières ?

Claudia parlait tout doucement.

– Les sorcières ? Non ! (Elle riait presque.)

– Tu crois à Casper le gentil fantôme ?

– Non !

– Et le monstre des toilettes, alors ?

– Il est dans la salle de bains… il m'attend.

Claudia a secoué la tête en soupirant.

*Et voilà !*
*Logan est bien sorti avec Cokie. Et pas seule-*
*ment une fois, plusieurs fois. Et je ne sais*
*peut-être pas tout !*

D'ailleurs, comment l'ai-je su ? Rien de plus facile. Cette fille ne sait pas tenir sa langue. Elle n'a pas pu s'empêcher de le dire à tout le collège. Elle a été particulièrement explicite lors de notre deuxième réunion de travail en groupe.

Quinze jours avaient passé. Peter, Cokie, Logan et moi étions censés avoir lu (ou relu) les quatre livres que nous avions choisis. Je savais que Logan l'avait fait (ou presque) parce que je l'avais croisé à la bibliothèque du collège au moment où il rapportait le roman policier.

– Salut, Mary Anne ! !

– Salut. Tu as fini tes lectures ?

– Sauf le recueil de nouvelles. Mais je l'ai chez moi et je vais m'y mettre.

– Formidable !

– Ouais. Et toi ?

– J'avais seulement à les relire. J'ai fini hier soir.

Il a hoché la tête.

Il y a eu un silence gêné.

– Bon... à plus, a-t-il fini par lancer.

– À plus.

Notre deuxième séance de travail a eu lieu dans la salle de jeux du sous-sol, chez Peter. Cokie et moi étions arrivées presque en même temps. Il ne manquait plus que Logan.

– Je viens de voir un film formidable, s'est mise à raconter Cokie. C'était drôle et ça s'appelait *Top Hat*. Il y avait plein de danse... je l'ai vu hier soir. Avec Logan.

Elle a fait glisser son regard de Peter à moi.

– Et ça parlait de quoi ? a demandé Peter.

– Oh, tu sais, je ne m'en souviens plus très bien. On ne faisait pas très attention. On mangeait du pop-corn. Et Logan n'arrêtait pas de dire qu'il devait rentrer pour lire les livres, mais je n'avais pas envie qu'il parte.

– À propos des livres, vous les avez lus ? ai-je demandé.

Le visage de Peter s'est illuminé.

– Ouais ! Tous les quatre. Et vous savez quoi ? J'ai aimé. Surtout le livre d'humour.

– Oh, moi aussi, s'est empressée de renchérir Cokie. Ce livre drôle était si... drôle.

– C'est vrai, ai-je confirmé, je crois que je pourrais relire *Abracadabric* des dizaines de fois sans me lasser.

– Moi aussi, a soupiré Cokie.

Peter était écroulé de rire. Et j'avoue que j'avais du mal à me retenir.

– Le livre ne s'appelle pas *Abracadabric*, a gloussé Peter. C'est...

La sonnerie de la porte d'entrée a retenti au même moment. C'était Logan.

Très bien. Maintenant je savais que Cokie n'avait pas lu ce bouquin. Elle n'avait sûrement pas lu les autres non plus.

Elle a bondi dans l'escalier pour accueillir Logan, bien qu'elle soit chez Peter.

– Mary Anne, c'est quoi cet *Abracadabric* ? m'a-t-il demandé. Tu fais marcher Cokie ou est-ce vraiment un livre de Megan Rinehart ?

– Je voulais seulement tester Cokie. Je parie qu'elle n'a rien lu du tout.

Il a froncé les sourcils. Il était sur le point de dire quelque chose, mais Cokie est revenue avec Logan. Ils se tenaient par la main. Et en descendant les marches, elle lui a murmuré quelque chose à l'oreille. Les voir aussi près l'un de l'autre m'a fait un pincement au cœur. D'autant qu'ils ont souri d'un air complice.

Ils se sont laissés tomber sur un vieux divan en cuir usé. Logan nous a dit bonjour.

J'avais envie de pleurer, mais, bien entendu, je me suis retenue. Il m'est arrivé souvent de pleurer dans certaines situations difficiles, mais devant Logan et Cokie, il n'en était pas question. Il y avait pourtant de quoi pleurer toutes les larmes de mon corps. Je me suis rappelé quand je m'asseyais à côté de lui, en posant ma tête sur son épaule. Je me souvenais également de toutes les fois où nous étions allés aux fêtes de l'école. Ou quand nous étions restés à la maison parce que j'avais peur d'affronter la foule. Logan n'aurait jamais ce problème avec Cokie. Elle adore danser, faire la fête et sortir. Elle n'est pas timide, elle.

– Que la vie est belle, a-t-elle déclaré comme ça, d'un coup. On fait tellement de choses, Logan et moi.

– J'imagine que c'est pour ça que tu n'as pas pu lire les livres de Megan Rinehart, a fait remarquer Peter d'un ton acerbe.

Cokie a continué de monologuer comme si de rien n'était.

– Alors… un soir, nous sommes allés à un concert à Stamford. (Un concert ? Logan et moi, nous ne sommes jamais allés à un concert ensemble. Une fois, nous avons failli, mais c'était une veille de classe et j'avais un contrôle le lendemain, alors j'avais dit que je préférais réviser à la maison.) Et puis, nous sommes allés voir deux – non, trois – films. Et tous les matchs à l'école. Nos équipes sont drôlement fortes.

Logan devait adorer avoir une petite amie qui aille aux matchs avec lui. Le sport, ce n'est pas trop mon truc. Les matchs encore moins. Il y avait tellement de monde !

Ça alors ! Je tenais pour certain que Cokie était la petite amie de Logan. Mais ce n'était pas possible, ils devaient juste être amis… pas vrai ?

Il fallait que j'en aie le cœur net. Mais, pour l'heure, je ne supportais plus de l'entendre minauder et étaler son bonheur. J'ai bien cru que j'allais devenir folle.

– Quelqu'un a eu du mal à trouver les livres de Megan Rinehart ? ai-je demandé pour changer de sujet.

– Pas du tout, a répondu Peter.

Logan a confirmé.

Cokie n'osait pas me regarder. Je parie qu'elle pensait à sa gaffe à propos d'*Abracadabric…* et elle était rouge comme une tomate.

– Donc, nous les avons tous lus ?

– Affirmatif, a dit Peter.

Logan et Cokie restaient silencieux. J'ai éprouvé une drôle de sensation. Mais j'ai enchaîné :

– On va donc pouvoir passer à la rédaction.

– Est-ce qu'on doit parler de Megan Rinehart, ou de ses livres ? a demandé Peter.

– Hum, je ne sais pas vraiment.

– Tu ne sais pas ? s'est étonné Logan d'un air préoccupé.

– Non. Et toi ? C'est vrai qu'on doit présenter l'auteur, mais pour l'instant nous avons travaillé sur son œuvre, pas sur sa vie.

– Peut-être que nous devrions nous renseigner sur sa vie et voir s'il y a un rapport avec ce qu'elle écrit, a suggéré Peter.

– Excellente idée ! ai-je lancé.

– Super, a fait Cokie en bâillant.

– Pour simplifier les choses, on pourrait se répartir le travail. Chacun étudiera les rapports entre la vie de l'auteur et une œuvre en particulier. Qu'en pensez-vous ?

– Je…

Mais Cokie n'a pas laissé Logan parler.

– Est-ce qu'on va voir le match ce soir ? Celui contre Brick Township ?

Je ne savais pas de quel sport elle parlait, ni même où se trouvait Brick Township. Et je m'en fichais parce que cela n'avait aucun rapport avec ce que nous disions. Mais je me demandais si Logan allait accepter son invitation.

– Bien sûr.

Bien sûr ? Une veille de classe ? Avec tout ce travail à faire ? Où donc avait-il la tête ? Mais oui, comment avais-je pu être aussi bête ? Cokie l'avait hypnotisé.

– Attendez, est intervenu Peter.

J'étais contente de l'avoir de mon côté. D'abord, il était assez honnête pour admettre que les livres de Megan Rinehart lui plaisaient, et ensuite il prenait ce devoir très au sérieux. À la différence de certains !

– Quoiqu'il arrive, a continué Peter, nous devons tous faire une recherche sur Megan Rinehart. On pourrait consacrer la prochaine séance de travail à comparer nos notes pour avoir un maximum d'infos.

– Bonne idée, ai-je répondu en lui souriant.

– J'ai une question, a fait Cokie qui a paru soudain intéressée par ce qui se passait. Nous sommes tous les quatre sur le même dossier, exact ? Il y aura un seul texte rédigé ?

– Exact, a répondu Logan.

– Simple vérification.

J'ai cru que j'allais étouffer de rage. Je voyais bien où elle voulait en venir. Cokie n'était pas une simple peste. C'était une vipère. Elle pensait qu'elle pourrait échapper au travail en le laissant tout simplement faire par les autres. Elle savait que nous voulions obtenir une bonne note.

– Bon, il ne nous reste plus que deux semaines pour boucler le dossier, ai-je fait remarquer. Ce qui ne nous laisse pas beaucoup de temps. Choisissons chacun un livre à étudier et commençons sans tarder nos recherches.

La réunion s'est achevée quelques minutes plus tard. Cokie a glissé son bras autour de la taille de Logan et ils sont partis en direction, je suppose, de Brick Township.

J'étais dégoûtée. Non seulement Logan perdait son temps avec cette peste, mais je me rendais compte que c'est Peter et moi qui allions faire tout le travail.

*Nous devions rendre notre dossier un vendredi. Le mercredi juste avant, j'étais déjà morte de fatigue. Peter également. Je ne pense pas avoir jamais travaillé aussi dur pour un devoir.*

Comme je le craignais, Peter et moi, nous avions dû boucler le dossier tout seuls. Et c'était vraiment difficile. En cours, nous avions déjà étudié des poèmes, des histoires courtes et des nouvelles, mais nous n'avions jamais analysé un texte en relation avec la vie de son auteur. Cela dit, c'était un travail très intéressant.

Mais, franchement, on avait vraiment envie de tuer Cokie et Logan. (Vous comprenez ce que je veux dire.) Après la réunion de travail chez Peter, nous avions immédiatement commencé nos recherches sur la vie de l'auteur. Nous avions rassemblé plus d'infos que nous ne l'espérions. Nous avions trouvé deux ouvrages sur les auteurs et illustrateurs à la bibliothèque publique. Puis, au centre de documentation du collège, nous avions déniché un recueil de critiques. Finalement, Peter avait eu l'idée de chercher s'il existait des articles sur Megan Rinehart dans les journaux. En fait, il y avait six articles. Armé de tous ces renseignements, chacun de nous s'était mis à étudier le livre qu'il avait choisi. (J'avais pris le livre sérieux, Peter, celui qui était plutôt comique, Logan devait s'occuper du roman policier, et Cokie du recueil de nouvelles – je suis sûre qu'elle se disait que ce serait plus court, parce qu'elle ne l'avait pas encore lu.)

Peter et moi avions commencé à rédiger un plan au brouillon. Nous avions organisé une autre réunion pour faire le point. Or, il se trouvait que Logan n'avait pas encore fini ses recherches et Cokie n'avait pas commencé.

– Qu'allons-nous faire ? ai-je demandé à Peter, après le départ des deux autres qui allaient acheter des CD ou quelque chose comme ça.

– J'ai bien peur qu'on soit obligés de faire le travail à leur place. Ils nous ont promis de finir leurs parties dans les temps, mais tu les crois, toi ?

– Je ne crois certainement pas Cokie. Je ne sais pas quoi penser à propos de Logan. Au moins, il a lu les livres... La plupart en tout cas.

– Mais on ne peut pas rendre un dossier à moitié fini.

– Je sais. Bon, écoute. Tu as lu tous les livres (Peter a acquiescé.) Et moi aussi. Je pense qu'il faut travailler sur le roman policier et les nouvelles, et finir le dossier nous-mêmes. Ce n'est pas juste, mais, s'ils n'ont rien fait, cela

301

nous retombera dessus et on aura travaillé pour rien. Je n'ai pas envie d'avoir une mauvaise note, surtout pas après tout le travail qu'on a déjà abattu.

– D'accord… Mais tu sais quoi ? Si on fait le dossier tout seuls, je pense qu'il faut arrêter les réunions avec Cokie et Logan. Ils ne méritent pas d'être tenus au courant.

– Eh bien…

Je ne cessais de penser à Logan. Il s'était montré toujours si responsable. Cokie pouvait-elle le changer à ce point ?

– Je sais que Logan a été ton petit ami, a repris Peter en voyant mon hésitation. Mais oublie ça. Regarde comme il se comporte. Ce n'est pas sérieux. Il se fiche des conséquences que cela peut avoir sur nous.

– Tu as raison. À partir de maintenant, c'est juste toi et moi.


C'était avant que M. Kingbridge, le principal adjoint, lance sa bombe.

Deux jours avant la remise des dossiers, voilà ce qu'on a entendu dans les haut-parleurs :

– Tous les élèves de quatrième doivent se rendre dans la grande salle de réunion durant la récréation. M. Kingbridge veut vous parler au sujet du dossier littéraire. Votre présence est obligatoire.

Si j'avais su ce qui m'attendait, je n'y serais peut-être pas allée avec autant de hâte !

À la récré, j'ai couru avec Kristy et Carla en direction de la salle.

– Qu'est-ce qu'il va nous dire ? s'est inquiétée Kristy.

Carla et moi avons secoué la tête. Aucune idée.

Kristy a trouvé trois chaises côte à côte et s'en est emparée rapidement.

– Venez, les filles. Peut-être que les profs ont décidé de nous donner un peu plus de temps pour travailler sur nos dossiers. Ou peut-être qu'on n'aura pas à les rendre ! Peut-être que Kingbridge a décidé que ce devoir était trop dur pour des élèves de treize ans.

– Tu rêves ! a répliqué Carla.

– Ouais, ai-je soupiré. En tout cas, après tout le travail que Peter et moi avons fait, je veux rendre ce dossier. Nous méritons une récompense.

Kristy a fait les yeux ronds, moi, je commençais à avoir les mains moites.

Cinq minutes plus tard, M. Kingbridge s'avançait vers le micro placé au centre de l'estrade.

– J'ai l'honneur de vous annoncer de très bonnes nouvelles qui, je l'espère, vous feront plaisir et surprendront chacun d'entre vous.

– Suspense, suspense..., a chuchoté Kristy.

– Pendant que vous faisiez des recherches sur les auteurs et leurs ouvrages, a continué le principal adjoint, l'équipe pédagogique s'est chargée de contacter certains auteurs. Et vendredi, quand vous remettrez vos dossiers, trois d'entre eux seront ici, en personne, au collège de Stonebrook. Pour cette raison, je déclare ce vendredi « Journée des auteurs ». Et je suis heureux d'annoncer qu'ils ont également accepté de participer à une assemblée extraordinaire au cours de laquelle les élèves qui ont étudié leur œuvre auront l'honneur de présenter leur exposé oralement, devant tous les élèves de quatrième et devant les auteurs eux-mêmes. Nous aurons le plaisir d'accueillir... Roger L. Willis, T. J. Langston, et Megan Rinehart!

Mes amies se sont tournées vers moi; elles n'en revenaient pas.

– Megan Rinehart va venir? s'est enthousiasmée Carla d'une voix étranglée.

– Je me demande si nous pourrons lui serrer la main, a fait Kristy, impressionnée.

– Je vais devoir parler de Megan Rinehart devant Megan Rinehart? Et devant tous les élèves de quatrième? Et probablement tous les professeurs?

J'avais l'impression que le sol venait de s'ouvrir sous mes pieds.

– Je parie que les journaux vont couvrir l'événement, a déclaré Kristy.

Carla lui a donné un coup de coude.

– Tu es folle de parler des journalistes à Mary Anne! Elle est bien assez angoissée comme ça!

– Je vais mourir. Mourir!

À la fin des cours, cela allait mieux. Mais j'étais toujours aussi terrorisée à l'idée de parler devant les quatrièmes, et surtout de parler de l'auteur devant elle. Et si je disais quelque chose qu'elle trouvait complètement idiot?

Bon, il fallait que je me calme. Il n'y avait aucun moyen d'échapper à ce cauchemar. Megan Rinehart viendrait de New York et tout était organisé. Je devrais donc monter sur l'estrade et parler devant plein de monde...

Nous nous sommes retrouvés chez Peter l'après-midi même pour une réunion de travail. Contrairement à moi, il était tout excité à l'idée de rencontrer quelqu'un de célèbre.

– Ce qu'il faut, c'est que chacun lise la partie qu'il a rédigée.

– Cela semble équitable, ai-je souligné.

Cokie et Logan sont devenus blêmes. Je dois préciser que, à ce moment-là, ni l'un ni l'autre ne nous avaient remis de texte.

– Vous êtes prêts, vous deux ? leur a demandé Peter.

– Presque, a répondu Logan.

– Eh bien…

Cokie a laissé sa phrase en suspens.

– Formidable ! s'est exclamé Peter. Tout doit être terminé pour vendredi. La réunion est close.

Il m'a fait penser à Kristy lors des réunions du Club avec son air sûr de lui, mais je n'ai rien dit. Je ne pense pas qu'il aurait apprécié.

Une fois que les deux autres ont été partis, je lui ai demandé :

– Peter, qu'est-ce qu'on va faire ? Tu sais bien que Cokie n'a pas fini son texte. Je me demande même si elle l'a commencé. Et je ne sais pas où en est Logan. Je ne veux pas présenter le travail de Cokie à sa place. Je me sens à peine capable de présenter le mien. Je déteste parler devant des gens.

Il a souri.

– Pas de problème. Toi et moi, nous allons rendre un dossier complet et nous aurons une bonne note. Mais toi, tu présenteras ta partie, et moi la mienne. Tout le monde attendra que Logan et Cokie fassent de même. Nos professeurs seront ainsi en mesure de dire qui a travaillé et qui n'a rien fait.

– Oh ! ai-je fait en souriant.

Je me représentais Cokie sur l'estrade en face de M. Kingbridge, de nos professeurs, de ses amies et de Megan Rinehart. Tout le monde attendrait qu'elle parle. Et elle n'aurait rien à dire. Une présentation en public ne semblait finalement pas une aussi mauvaise idée.

Puis j'ai imaginé Logan dans la même situation. Mon sourire s'est évanoui. Même après tout ce qui s'était passé, les disputes, Cokie, je n'avais aucune envie de le voir en mauvaise posture. Je ne pourrais pas le supporter.

Je l'aimais trop. (Enfin, je crois.)

## 12

*– Oh, Tigrou, Tigrou, Tigrou, Tigrou.*
*J'étais étendue sur mon lit avec mon chat. Il*
*était roulé en boule au creux de mon bras et*
*ronronnait bruyamment. J'aurais voulu être*
*aussi heureuse que lui. Mais ce n'était pas le*
*cas. Ces derniers temps, ma vie était devenue*
*un enfer. J'exagère à peine.*

Je ne pouvais penser qu'à deux choses : Logan et la
fameuse journée des auteurs.

Tout était affreusement embrouillé dans ma tête. D'un
côté, Logan me manquait. De l'autre, je lui en voulais de
sortir avec Cokie. Et je m'en voulais de le prendre aussi
mal. D'un autre côté, j'étais embêtée pour lui. Je ne souhai-
tais pas qu'il se retrouve dans une situation embarrassante.

Mais pourquoi me souciais-je autant d'une personne contre qui j'étais aussi en colère ?

J'ai regardé ma montre. Presque seize heures. Il fallait que je sois prête dans une heure exactement pour la réunion du Club. J'espérais être en état de suivre la réunion. Kristy déteste qu'on soit distrait. Mais cela allait être difficile, car je n'arrivais vraiment pas à chasser Logan de mon esprit.

Le téléphone a sonné.

– Je prends ! ai-je crié, avant de me souvenir que j'étais seule à la maison.

J'ai couru décrocher.

– Allô ?

– Allô... Mary Anne ?

– Oui ?

– C'est Logan.

J'étais tellement surprise de l'avoir au bout de la ligne que je n'avais même pas reconnu sa voix !

– Logan ! Hum... salut.

– Salut. Je me demandais... Je veux dire... Écoute, je ne sais pas vraiment comment te demander ça, mais... Bon. Je crois que je vais avoir besoin de ton aide pour le dossier.

– Pour être prêt pour le jour J ?

– Oui.

Ça alors ! Il avait passé son temps libre avec Cokie et maintenant il m'appelait à l'aide ? Et moi qui m'en faisais pour lui ! Quel irresponsable !

– Logan, je ne ferai pas ton travail à ta place.

– Ce n'est pas ce que je te demande de faire. J'ai rédigé ma partie, mais...

– Tu veux dire que tu as fait tes recherches et que tu as travaillé ?

– Bien sûr. C'est pour dans deux jours. Évidemment, j'ai travaillé.

– Oh.

– Qu'est-ce qu'il y a, Mary Anne ?

– J'ai cru que tu n'avais pas travaillé parce que tu étais trop occupé avec Cokie.

Je l'ai entendu soupirer. Puis il a dit :

– Bon, j'ai été occupé avec Cokie, mais j'ai quand même fait mon travail. Seulement… (Il s'est tu.) Elle, elle ne l'a pas fait.

– Je m'en doutais.

Logan a gardé le silence, alors j'ai repris :

– Si tu as fini, alors pourquoi as-tu besoin d'aide ?

– Tu ne crois pas qu'il faudrait que je sois au courant de ce que vous avez fait, toi et Peter ?

– Tu sais bien sur quoi nous avons travaillé.

– Oui, mais on devrait peut-être faire le point ensemble, ou quelque chose de ce genre ? Peter et toi, vous avez travaillé de votre côté…

– Parce que Cokie et toi, vous étiez trop occupés à aller au cinéma et aux matchs de l'école.

– Mary Anne, ce n'est pas le moment de se disputer. Nous sommes censés travailler en groupe et, avant que tu ajoutes autre chose, je sais parfaitement que Cokie n'a pas joué le jeu, mais oublions ça, d'accord ?

– D'accord.

– Je veux que nous soyons prêts le jour J. Et surtout qu'on fasse bonne impression devant Megan Rinehart. Alors, on peut se voir ?

– Toi, Peter et moi ?

– Oh, même seulement toi et moi. J'aimerais voir ce que vous avez écrit pour être sûr qu'on est bien d'accord.

Logan me demandait… bon, pas exactement de l'aider. Mais seulement de travailler avec moi. De coordonner le tout avec moi. Bien entendu, j'ai dit oui.

– Formidable. Merci. Quand est-ce que je peux venir ?

– Voyons… J'ai une réunion du Club dans un petit moment. Mais je n'ai pas beaucoup de devoirs ce soir. Tu pourrais venir après dîner. Et après les cours demain, si tu veux.

– Super. Je peux venir vers dix-neuf heures ce soir ?

– Ce serait parfait.

– OK. À tout à l'heure.

– À tout à l'heure.

J'ai reposé le combiné.

Puis, en me levant, je me suis aperçue que je tremblais.

Dans seulement quelques heures, Logan et moi serions à nouveau ensemble. Seuls.


– Tu veux dire que toi et Peter, vous avez rédigé ma partie à ma place ?

Logan n'en revenait pas.

J'ai acquiescé en rougissant et j'ai ajouté :

– Celle de Cokie aussi.

Cela faisait à peine cinq minutes qu'il était arrivé chez moi. Allions-nous encore nous disputer ? J'espérais que non. Je savais que je lui devais une explication, mais je ne voulais pas que toute la famille l'entende. Aussi, j'ai fermé la porte de la salle à manger où nous nous étions installés avec nos livres et nos documents.

– Peter et moi, nous avons pensé que nous devions rédiger vos parties, ai-je expliqué tranquillement, parce que vous ne sembliez pas travailler du tout. Et Cokie a laissé entendre qu'elle n'en avait pas l'intention. Nous ne voulions pas rendre un dossier incomplet, alors nous l'avons fini nous-mêmes, par simple précaution.

Logan a baissé les yeux.

– Je pense que je n'ai pas été très sérieux. Je me suis un peu laissé entraîner par Cokie...

– Ce que je n'arrive pas à comprendre, c'est pourquoi ?

– Eh bien, ça peut paraître bizarre, mais tu me manquais.

– Je te manquais, ou c'était d'avoir une petite amie qui te manquait ?

– Toi, tu me manquais ! Mais je ne savais pas comment faire. Et il y avait Cokie. À l'évidence, je lui plaisais. Et elle voulait toujours sortir et faire plein de choses.

– Contrairement à moi, n'ai-je pu m'empêcher d'ajouter.

– Contrairement à toi, a répété Logan, à ma grande surprise. Mais on aurait mieux fait de faire attention. À vouloir sortir tous les jours, mes notes ont commencé à baisser. J'ai tout juste eu le temps de finir ma partie du dossier. J'allais vous le remettre demain. Puis M. Kingbridge a parlé de la journée des auteurs. J'ai annulé un rendez-vous avec Cokie pour te voir.

Il a dit alors autre chose que je n'ai pas bien entendu. Du style : « Ce n'est pas important », mais je n'en suis pas sûre.

– ... Quoi qu'il en soit, je comprends que vous ayez pensé que je ne travaillais pas. Je n'ai jamais eu le temps de vous en parler, ou peut-être ne l'ai-je jamais pris. Je ne sais pas.

Il avait l'air si triste que je me suis radoucie.

– Bon, ce n'est pas très grave. Nous n'avons qu'à travailler ensemble maintenant. Et nous remplacerons la partie du dossier que Peter et moi avons écrite à ta place par la tienne. Regarde, voilà ce que nous avons fait. Tu n'as qu'à la lire, pendant que je lirai ton travail, d'accord ?

Logan s'est détendu. Il respirait.

– OK, merci, Mary Anne.

Il a fait glisser une liasse de papiers vers moi, tandis que je faisais la même chose de mon côté. Au milieu de la table, ses doigts ont effleuré légèrement les miens.

J'avais oublié combien son contact était doux. Non. Ce n'est pas vrai. Jamais je n'aurais pu l'oublier. C'était juste qu'il me manquait tant que j'avais préféré l'oublier. Je me suis demandé quand la main de Logan reviendrait dans la mienne.

Nous avons travaillé presque jusqu'à vingt-deux heures ce soir-là. Il avait raison. Nous devions coordonner nos interventions. Il avait trouvé des informations qui contredisaient un peu celles que Peter et moi avions notées. Nous avons téléphoné à Peter, confronté nos sources et essayé de tirer les choses au clair. Puis nous avons réorganisé son travail pour qu'il suive le même cheminement de pensée que celui de Peter et moi. Cela a pris presque trois heures.

Le jeudi, Peter, Logan et moi, nous nous sommes retrouvés à l'heure du déjeuner. Et après les cours, Logan et moi sommes retournés travailler chez moi. Nous commencions à être fatigués. Mais, chaque fois que l'un de nous deux se mettait à bâiller, l'autre le remotivait :

– Souviens-toi que nous allons voir Megan Rinehart demain. Cela vaut bien encore un petit effort.

Quand nous avons mis le point final au dossier, il était

l'heure du dîner. Logan est parti, satisfait du travail que nous avions accompli ensemble.

– J'espère seulement que Megan Rinehart aimera, ai-je soupiré.

– Ne t'en fais pas, m'a répondu Logan.

Nous avons ri. C'était une de ses phrases préférées. Il me la répétait toujours.

Comme il s'éloignait dans l'allée, je lui ai lancé :

– Croise les doigts pour demain.

Il a brandi ses doigts croisés. Puis il est monté sur son vélo et il est rentré chez lui.

J'ai refermé la porte derrière moi et j'y suis restée un long moment adossée. Ouf ! Logan était au point pour l'exposé.

Mais qu'allait-il se passer avec Cokie ? Savait-elle ce que faisait Logan ? Savait-elle qu'elle serait la seule du groupe à n'avoir rien préparé ? S'en souciait-elle ? Pensait-elle que Logan la couvrirait ? Le ferait-il ? Je n'avais aucune réponse à ces questions. Il fallait attendre le lendemain pour les découvrir. Mon cœur a fait un bond. Le lendemain, j'allais rencontrer Megan Rinehart. J'allais aussi me retrouver devant un million de personnes et..

Mieux valait ne pas y penser.

## 13

**Jeudi**

Hum... Je crois que j'ai résolu le problème du monstre des toilettes. C'était la première fois que j'allais chez les Korman depuis qu'une certaine personne que je ne nommerai pas a inventé cette histoire. J'ai réglé la question. Cela n'a demandé qu'un peu de réflexion et beaucoup de discussions. Encore faut-il pouvoir comprendre les enfants, ce qui est mon cas. Je pensais devenir enseignante, mais je crois que j'ai changé d'avis. Je serai psychologue pour enfants.

D'accord, je m'éloigne du sujet et je suis en train de me vanter. Donc, voici ce qui est arrivé ce soir avec Bill et Melody...

Alors que je ne pensais plus qu'à la journée des auteurs, Kristy s'inquiétait des proportions que prenait cette histoire de monstre des toilettes. C'était surtout Bill et Melody qui l'inquiétaient. Elle voulait trouver un moyen de les calmer.

M. et Mme Korman étaient sortis peu après dix-huit heures trente jeudi soir. Melody, Bill et Skylar finissaient leur repas.

Melody a avalé sa dernière bouchée de hot dog en faisant de grands gestes théâtraux.

– Miam miam, a-t-elle dit, en essuyant une tache de ketchup avec son doigt.

– Tatacaca titi ! s'est exclamée Skylar sans raison spéciale, peut-être qu'elle était contente.

Son sourire radieux laissait voir ses huit petites quenottes.

– Eh bien, ce soir c'est le grand soir, a annoncé Bill d'un ton grave.

– Que va-t-il se passer ce soir ?

– Ce soir, le monstre des toilettes... va apparaître, a-t-il déclaré d'une voix sinistre.

– Oh ! j'avais oublié ! s'est exclamée sa sœur.

– Nous ferions bien d'organiser une grande chasse au monstre.

– Dites donc, vous deux, vous savez bien que, en réalité, le monstre des toilettes n'existe pas, pas vrai ? s'est inquiétée Kristy.

– S'il n'y a pas de monstre, alors qu'est-ce qui grogne ?

– Je... je n'en sais trop rien. Peut-être qu'il y a un problème avec le réservoir de la chasse d'eau.

– Le problème, c'est que le monstre des toilettes vit dedans, a affirmé Bill.

Skylar s'est mise à tambouriner sur le plateau de sa chaise, signe qu'elle s'ennuyait à table. Kristy l'a soulevée, l'a assise près de l'évier (en la soutenant, bien sûr) et lui a lavé un peu la figure. Nettoyer Skylar après un repas relève de la prouesse, car elle mange avec ses doigts. Elle s'en met partout, sur les joues, dans les cheveux, sur les vêtements. Normal à dix-huit mois, non ?

Kristy était tellement absorbée qu'elle ne s'est pas rendu compte que Bill et Melody s'étaient éclipsés. Elle a posé Skylar à terre et, en se retournant, s'est aperçue que la cuisine était vide.

– Je me demande où ton frère et ta sœur sont passés.

– Tatacaca titi.

– Bon, on va aller voir.

Kristy est montée avec la petite à l'étage qui semblait un peu trop calme.

– Melody ? Bill ? Il est temps de vous mettre en pyjama.

– C'est obligé ? a demandé Melody depuis sa chambre.

– Je crois bien que oui.

Kristy s'est approchée pour voir ce qu'elle faisait, mais elle ne l'a vue nulle part.

– Melody ? Où es-tu ?

– Ici.

– Où ?

– Ici.

– Où ?

– Derrière ma chaise.

Kristy est entrée et a cherché derrière le fauteuil. Melody était recroquevillée par terre, roulée en boule.

– Qu'est-ce que tu fais là ?

– Je me cache pour que le monstre des toilettes ne me trouve pas.

Kristy a soupiré.

– Et où est Bill ? Tu le sais ?

– Il se cache aussi. Je crois qu'il est dans sa penderie.

– Écoute-moi, je vais aller mettre Skylar au lit. Quand j'aurai fini, je veux que toi et Bill sortiez de votre cachette. Il faut que je vous parle.

Elle a changé la couche du bébé, lui a enfilé un pyjama propre et lui a chanté une berceuse pour l'endormir.

Puis elle a convoqué Bill et Melody dans la salle de jeux. Ça n'a pas été facile, car ils devaient passer devant la salle de bains.

Melody l'a fait en courant, doigts croisés et en criant :

– Restez où vous êtes, monsieur le monstre des toilettes !

Et en ajoutant à l'intention de Kristy :

– Il vaut mieux être poli avec le monstre des toilettes. C'est pour ça que je l'appelle monsieur.

Bill est passé à toute vitesse en hurlant :

– Monstre des toilettes, va-t'en !

Finalement, Kristy et les enfants se sont blottis sur le canapé de la salle de jeux.

– Maintenant, j'ai quelque chose à vous dire.

– On sait ce que c'est, a répliqué Bill.

Et il s'est mis à répéter comme un perroquet :

– Le monstre des toilettes n'existe pas et bla bla bla.. C'est ça ? C'est ce que tu voulais nous dire ?

– Non. Je voulais juste vous expliquer que beaucoup de gens ont peur le soir. Surtout au moment d'aller se coucher. J'ai une cousine qui a peur de s'endormir.

– Pourquoi ?

– Parce qu'elle croit qu'il y a quelque chose sous son lit.

– Ooh, a fait Melody d'une voix tremblante, et qu'est-ce qu'il y a ?

– Un gant rouge qui ronfle.

Les enfants ont éclaté de rire.

– Un gant ronflant ! s'est esclaffé Bill.

– C'est bête, vous ne trouvez pas ? Et j'ai une amie qui ne pouvait entrer dans son lit et en sortir qu'en sautant. Elle ne voulait pas que ses pieds touchent le sol près du lit. Elle avait peur qu'ils soient dévorés par...

– Par quoi ? a demandé Melody, les yeux écarquillés.

– Par M. et Mme Renard.

– Des renards ?

– Oui. Ils vivaient sous le lit. Ils étaient mariés, je crois. Et le but, l'unique but de leur existence, était de mordre les pieds des gens. Évidemment, personne ne les a jamais vus, et aucun pied n'a jamais été dévoré. Vous savez pourquoi ?

– Parce qu'ils n'existent pas, a fait Bill d'un air convenu.

– Ils sont inventés, a ajouté Melody.

– Exactement, a confirmé Kristy. Et devinez de quoi ma mère avait peur au moment d'aller au lit...

– De quoi ?

– De la Chose à plumes (les enfants étaient interloqués). Ma mère ne savait même pas très bien ce que c'était, juste une chose avec des plumes.

– Quel âge avait ta mère ? a demandé Bill dubitatif.

– Quand elle croyait à la Chose à plumes ? Oh, environ trente-cinq ans, a répondu Kristy. (Les petits la regardaient, ébahis.) Je plaisante ! Elle devait avoir dans les sept ans.

– Mon âge, a dit Melody. Qu'est-ce qu'elle croyait que la Chose à plumes voulait faire ?

– Sortir de dessous le lit et lui chatouiller les pieds.

Les enfants se sont mis à rire comme des fous. Melody est arrivée à se calmer un peu, elle s'est glissée sous une petite table, puis elle est ressortie en poussant un cri terrible.

– Aahhh ! devinez ce que je suis.

– La Chose à plumes ! a hurlé Bill.

– Ouh là, calmez-vous un peu, les enfants. Skylar dort, enfin je l'espère.

– Mais la Chose à plumes, c'est tellement rigolo, a gloussé Melody.

– Aussi rigolo que le monstre des toilettes ? a demandé Kristy.

Fin des rires. Bill et Melody sont revenus s'installer sur le canapé. Bon ça se passait plutôt bien, se disait Kristy.

En effet, quand elle a annoncé qu'il était temps d'aller au lit, les enfants sont sortis docilement dans le couloir. Ils sont passés devant la salle de bains sans croiser les doigts, ni crier. Ensuite, Bill y est retourné tout seul et a fermé la porte. Kristy a entendu l'eau du robinet couler, puis la porte s'est ouverte et le petit garçon est allé dans sa chambre.

– Bill, tu as tiré la chasse d'eau ? a demandé Melody.

Silence, puis :

– Non… Je crois que j'ai oublié.

– Ah, les.garçons, a-t-elle ronchonné en se dirigeant elle-même vers la salle de bains.

Quelques minutes plus tard, dents brossées et figure lavée, Melody retournait dans sa chambre.

– Chasse d'eau, a rappelé Kristy du couloir.

Elle s'attendait à des discussions, mais non, Melody l'a tirée, puis elle a couru et a sauté dans son lit.

– Est-ce que la chasse d'eau coule encore ? a-t-elle demandé à Kristy.

– Oui.

– Alors, j'ai réussi.

– Réussi quoi ?

Kristy était perplexe.

Melody riait nerveusement.

– J'ai échappé au monstre des toilettes.

Elle a regardé Kristy en coin puis lui a lancé :

– Je plaisante.

Je n'ai rien dit à Kristy quand elle m'a raconté qu'elle avait réglé le problème du monstre des toilettes, mais j'étais pratiquement certaine que nous allions encore en entendre parler !

– Pas de chasse au monstre, m'a-t-elle déclaré fièrement le soir même au téléphone. Personne ne m'a demandé de regarder dans un placard ou sous un lit, et Melody est restée dans sa chambre. Quand je suis montée voir les enfants, chacun dormait tranquillement dans son lit.

– Ah, génial… C'est vraiment super.

Kristy semblait si contente d'elle que j'ai fait un effort pour paraître enthousiaste. En vérité, je ne pensais qu'à la journée des auteurs.

– Bon, a-t-elle poursuivi, les Korman ne reviennent que dans une heure, et je voudrais te parler de la journée des auteurs. (Vraiment ?) Mais pas trop longtemps, tu sais.

Je comprenais. Au Club nous mettons un point d'honneur à ne pas rester trop longtemps au téléphone quand nous gardons des enfants. D'abord parce que les parents peuvent chercher à nous joindre ; ça peut être important et il faut que la ligne soit libre. Et s'ils tombent sur une ligne occupée, ils vont penser que la baby-sitter passe son temps au téléphone au lieu de s'occuper des enfants et qu'elle n'est pas sérieuse.

– Que voulais-tu me dire ?

– Je me demandais juste comment tu allais t'y prendre.

– J'angoisse un peu.

– Pas étonnant.

Rires.

– Mais je suis aussi prête que possible.

– Bien… et Peter ?

– Lui aussi. Et il est ravi. Il adore parler en public. Pour lui, c'est comme faire du théâtre. Il veut impressionner Megan Rinehart. À vrai dire, moi aussi. (Je m'attendais à ce que Kristy me dise quelque chose, mais non.) Et puis, Logan s'est bien préparé.

– Et Cokie ?

– C'est le grand mystère. Elle n'a pas travaillé, mais personne ne sait ce qu'elle va faire demain.

– Même pas Logan ?

J'ai haussé les épaules, ce qui était idiot puisque Kristy ne pouvait pas me voir.

– Peut-être qu'il le sait maintenant. Peut-être qu'il lui a parlé ce soir.

– Hum. Bon, essaie de bien dormir cette nuit, d'accord ? Il faut que tu sois en forme pour rencontrer Megan Rinehart.

– Oui, maman, l'ai-je taquinée.

– Bonne nuit, Mary Anne.

– Bonne nuit, Kristy.

*Journée des auteurs.*

*Sur l'estrade se tenaient Megan Rinehart, Roger L. Willis et T. J. Langston, les auteurs, et, devant le micro, au centre, M. Kingbridge. Il a parcouru l'assistance d'un regard satisfait. Parmi les élèves et les professeurs se trouvaient aussi les parents et des journalistes.*

– Le dernier groupe est composé de Logan Rinaldi, Cokie Mason, Mary Anne Cook et Peter Black. Ils vont nous parler de Megan Rinehart et de son œuvre.

Logan, Peter, Cokie et moi étions assis au premier rang. Nous nous sommes levés et nous avons grimpé sur l'estrade. J'ai manqué la dernière marche, ma jupe s'est retroussée, et tout le monde, y compris mon père et Megan Rinehart, a éclaté de rire.

Évidemment, rien de tout cela n'est arrivé, c'est le scénario que j'étais en train d'imaginer, étendue dans mon lit à quatre heures et demie du matin. Je m'étais réveillée en sursaut une demi-heure plus tôt et je n'arrivais pas à me rendormir.

La veille au soir, Carla m'avait dit :

– Pour surmonter ta peur, tu dois visualiser la situation et t'imaginer que c'est un succès.

Je ne comprends jamais ce qu'elle veut dire quand elle emploie ce genre d'expressions, « visualisation » ou « canalisation d'énergie » !

– Quoi ?

– Imagine-toi là-bas. Représente-toi l'événement comme tu voudrais qu'il se produise. Cela te mettra en confiance.

Mais j'étais tellement angoissée que je ne croyais pas que la visualisation marcherait, puis je me suis retrouvée au milieu de la nuit en train d'imaginer le pire. Et impossible ensuite d'effacer ces images de ma tête. Puis je me suis demandé si mon imagination avait le pouvoir de faire arriver ces choses horribles.

Mais je ne croyais pas à ces histoires de visualisation, pas vrai ?

En arrivant au collège, j'avais retrouvé mes esprits, mais j'étais épuisée. Et j'avais les nerfs à vif. Papa et Sharon s'étaient libérés au dernier moment pour la matinée, afin de venir. Papa avait apporté son appareil photo (j'étais contente que nous n'ayons pas de caméra vidéo. Mais je redoutais les flashes).

Cependant, une petite partie de moi se réjouissait. Trois auteurs majeurs étaient venus dans mon collège ! Et tout le monde voulait fêter cet événement. Dans l'entrée, une banderole en couleurs annonçait :

BIENVENUE À LA JOURNÉE DES AUTEURS !

Les couloirs étaient décorés de couvertures des livres de Megan Rinehart, Roger L. Willis et T. J. Langston, de posters des auteurs, badges, signets et autres. Les élèves des classes d'informatique avaient travaillé sur les titres et inventé des illustrations. Et M. Kingbridge portait un costume trois-pièces.

Ça devait commencer à dix heures et durer deux heures. Tout d'abord, le principal adjoint présenterait le projet, puis nous ferions nos exposés. Ensuite chacun des écrivains prendrait la parole pendant quelques minutes. Puis l'assistance pourrait leur poser des questions. Et, finalement, M. Kingbridge adresserait des remerciements et offrirait des cadeaux aux auteurs.

OK. En réalité, voilà comment cela s'est passé.

À dix heures, M. Lehrer nous a réunis derrière l'estrade, Peter, Logan, moi et une Cokie en détresse.

« Bien, me suis-je dit. C'est bon signe. » Nous n'étions pas assis au premier rang comme je l'avais imaginé.

– Votre groupe, a commencé le professeur, sera le premier à présenter son dossier. Vous pourrez disposer du micro. Quand vous aurez fini, s'il vous plaît, allez vous asseoir sur les chaises libres derrière les auteurs et restez sur l'estrade jusqu'à la fin des présentations. Des questions ?

« Oui, ai-je pensé. Où sont les toilettes ? J'ai l'estomac tout retourné. »

Mais je me suis tournée vers Logan qui m'a souri. J'ai adressé un sourire à Peter. Cokie, elle, triturait nerveusement un mouchoir en papier.

Et puis j'ai entendu M. Kingbridge qui commençait à s'adresser à l'assistance. Nous avons sursauté. Instinctivement, Logan et moi, nous nous sommes pris la main. Je devais être en état de choc, car je n'ai même pas eu conscience de lui tenir la main. J'étais juste là à écouter M. Kingbridge dire combien nous étions honorés d'accueillir dans notre école trois auteurs aussi remarquables que ceux qui se trouvaient sur cette estrade. (Ou quelque chose comme ça. Dans certaines situations, le principal devient carrément bavard.)

Il a donc fait ses commentaires, puis a appelé notre groupe sur l'estrade. Les genoux tremblants, je suis sortie de derrière le rideau. Je n'étais jamais montée sur l'estrade du collège auparavant. Pas en la présence des élèves, des parents et des professeurs, en tout cas.

Les flashes ont crépité. Les parents ont applaudi. Quelques élèves nous ont acclamés. Kristy a même sifflé. Enfin, Peter a pris la parole. Il a résumé le livre qu'il avait lu, puis il a exposé comment il reliait la vie de Megan Rinehart à ce texte. Comme je l'ai dit, il adore parler en public. Il était donc parfaitement à l'aise. Mais il n'en a pas rajouté. Son intervention était bien structurée, nette, précise. Il n'hésitait pas à regarder l'assistance pendant qu'il parlait. Il a même regardé deux fois en direction de Megan Rinehart. À la fin, tout le monde a applaudi et l'auteur a souri.

J'étais la suivante.

Peter m'a poussée gentiment vers le micro. La voix tremblante, j'ai lu entièrement mon exposé. Je n'ai pas levé une
seule fois les yeux de mes notes. Mais quand je me suis tue,
le public m'a applaudie très fort. Je pense qu'ils ont apprécié ce que j'ai dit, même s'il y avait des maladresses.

Puis ça a été le tour de Logan. Il était intimidé, mais il
s'est vite détendu. J'observais M. Kingbridge pendant qu'il
parlait, et je l'ai vu hocher la tête. Le temps que nous avions
passé en plus, Logan et moi, portait ses fruits. Je me suis
sentie soulagée... jusqu'à ce que Cokie s'avance vers le
micro.

Elle nous a jeté un regard affolé, comme si elle demandait :
« Comment avez-vous pu faire ça ? » Puis elle a regardé
l'unique feuille de papier qu'elle tenait à la main.

– Eh bien, j'ai lu ce vraiment très bon livre de Megan
Rinehart..., a-t-elle commencé.

Puis elle a exposé le contenu du recueil de nouvelles. Le
récit me semblait familier. Après quelques minutes, j'ai
reconnu le résumé de la couverture du livre. Cokie l'avait
recopié mot pour mot !

Logan s'en est aperçu aussi. Il s'est mis à répéter à voix
basse en même temps que Cokie :

– ... puissant, histoires racontées dans un style dépouillé,
peuplées de personnages singuliers qu'on trouve plus
souvent dans...

J'ai eu du mal à me retenir de rire. Puis j'ai poussé Logan
du coude. Il s'est tu. Mais ensuite, ni lui, ni Peter, ni moi ne
pouvions nous regarder.

Cokie a fini de réciter la quatrième de couverture, a

remercié Megan Rinehart d'être « son auteur la plus favorite du monde », et s'est assise près de Peter. Elle essayait
d'avoir l'air satisfait d'elle-même, mais, quand elle a vu nos
têtes, et quand elle a entendu les maigres applaudissements
de l'assistance, elle a rougi et son sourire a disparu.

C'était au tour des groupes suivants. Ouf ! J'étais bien
soulagée d'être passée. J'ai même trouvé le courage de
regarder le public pendant que les deux autres groupes
présentaient leur dossier. Kristy et Carla étaient assises côte
à côte au quatrième rang. Pour une fois, Mallory n'était pas
avec Jessi, mais avec papa et Sharon. Il y avait aussi Grace
Blum. J'ai souri à mes amies, papa et Sharon. Mais j'ai évité
le regard de Grace.


Midi est arrivé beaucoup plus vite que je ne m'y attendais. Avais-je réellement été assise sur une estrade en face
de centaines de personnes pendant deux heures ? Je me
sentais comme dans un rêve. Mais tous les dossiers avaient
été présentés, les auteurs étaient intervenus (Megan Rinehart avait été fascinante ; je pense que son allocution était la
meilleure), et le public a posé des questions. Mais les gens
posaient toujours la même question. À croire qu'ils n'écou-
taient pas les autres. Par exemple, quelqu'un a demandé à
Megan Rinehart d'où elle tirait ses idées de livres puis,
environ deux minutes plus tard, Cokie a posé la même
question. Des rires étouffés ont fusé, mais Mme Rinehart
s'est montrée patiente, et elle a simplement répété la
réponse qu'elle avait déjà faite. Peter a donné un coup de
coude à Cokie et murmuré assez fort :

— Elle vient juste de répondre à cette question, idiote.

Cokie a rougi à nouveau, et j'ai presque eu de la peine pour elle.

Une fois passé le temps des questions-réponses, M. Kingbridge a offert un cadeau à chaque auteur, avec un T-shirt et une tasse aux couleurs du collège, accompagnés d'une lettre de remerciements. C'était fini. Le rideau est tombé.

Alors, devinez ce qui s'est passé ? Megan Rinehart s'est levée et s'est dirigée vers moi.

– Félicitations. C'était une très bonne intervention.

J'ai essayé de sourire, mais les muscles de mon visage se sont crispés nerveusement.

– Je ne suis pas l'aise devant un public, ai-je balbutié. Mais j'adore vos livres. Je les lis depuis plusieurs années. Je crois que j'ai lu tout ce que vous avez écrit.

– Quel joli compliment.

Elle m'a souri. Puis elle s'est tournée vers Logan et Peter. Elle a cherché Cokie du regard, mais celle-ci avait déserté l'estrade à la seconde où le rideau était tombé. Et du coup, elle a manqué un exemplaire dédicacé du tout dernier livre de Megan Rinehart. Elle en avait apporté un pour chacun de nous.

Un ouvrage dédicacé. Je ne m'en séparerai jamais.

J'aurais voulu discuter avec elle pendant des heures, mais elle devait partir.

Logan et moi avons quitté l'estrade ensemble.

– On l'a fait ! a-t-il dit.

– Ouais, ça y est. Et ce n'était pas si mal. Et nous avons rencontré un auteur célèbre.

– Mary Anne ? Tu voudrais aller dîner quelque part

demain soir ? Je veux dire si cela t'est possible. Ce sera pour moi une manière de te remercier pour ton aide.

Je savais que nous avions plus que des remerciements à échanger. Aussi lui ai-je dit que j'adorerais dîner avec lui.

– Formidable ! Je t'appelle demain.

*Je savais que Logan m'appellerait. L'ancienne Mary Anne en aurait douté – la Mary Anne qui était incapable de dire ce qu'elle voulait ou ressentait vraiment; celle qui n'aurait pas survécu à un travail de groupe avec Logan et Cokie; qui n'aurait pas réussi à parler devant des centaines de personnes et souri sous leurs applaudissements.*

La nouvelle Mary Anne, celle qui avait rencontré un auteur et reçu ses félicitations, et qui avait aussi tenu le coup plusieurs mois sans Logan, la nouvelle Mary Anne était certaine qu'il téléphonerait. Et il l'a fait.

Cela ne veut pas dire que mon cœur n'a pas chaviré quand Carla m'a dit qui était au téléphone. Il battait même très fort. J'étais si heureuse. J'allais revoir Logan, ce soir précisément.

– Salut. Qu'est-ce que tu veux faire ce soir ?

– Je pensais que tu voulais aller dîner.

– Oui, mais seulement si cela te convient.

– Cela me va tout à fait. Allons dans un endroit tranquille.

– Que penses-tu du nouveau restaurant végétarien ?

– Logan, je vis avec Carla !

Il s'est mis à rire.

– D'accord. Une pizzéria, alors ?

– Parfait.

Nous avons décidé de nous retrouver à dix-neuf heures.

– Vivement que l'on soit assez grandes pour apprendre à conduire, ai-je dit à Carla qui m'aidait à choisir une tenue pour le dîner. Plus besoin de demander à nos parents de nous conduire chaque fois que l'on doit aller quelque part. Logan aurait peut-être une belle voiture de sport rouge, et il passerait me prendre quand nous sortirions.

– Qui sait si ce n'est pas toi qui aurais la belle voiture de sport rouge ? Et c'est toi qui passerais le prendre chez lui.

– C'est vrai…

Je me suis laissée aller à imaginer la scène…

– Qu'est-ce que je raconte ? me suis-je reprise en secouant la tête. Je parle comme si Logan et moi étions à nouveau ensemble.

– He bien, vous serez « ensemble », puisque vous allez dîner au même endroit et à la même table ! m'a taquinée Carla.

Je n'avais pas envie de rire.

– Je suis très sérieuse, Carla. Logan n'a pas dit qu'on

pourrait à nouveau sortir ensemble. Mais je pense que c'est ce qui va arriver.

– Tu es prête à redevenir sa petite amie ? Souviens-toi comme tu te sentais piégée avant. Tu avais l'impression qu'il gérait ton existence.

– Mais, maintenant, il me manque. Et de toute façon, je ne crois pas que je vais laisser Logan ou qui que ce soit organiser ma vie. Je peux le faire moi-même... Que penses-tu de cette tenue ?

J'ai sorti une robe bleue.

– Je pense que ton père ne te laissera pas sortir comme ça.

– Mais si. Quand je l'ai achetée, il m'a dit : « Mary Anne, c'est beaucoup trop court ! » À quoi j'ai répondu : « Pas autant qu'un short de gym ! » Si les garçons du collège ont le droit de me voir en short, il n'y a aucune raison que Logan ne puisse pas me voir dans cette robe.

Carla a ri.

– Bonne chance pour ce soir.

– Merci.

Mais je ne pensais pas en avoir besoin. Je me sentais capable de prendre les choses en main.

Logan et moi, nous sommes arrivés à la pizzéria en même temps, et nous sommes entrés ensemble. Il m'a pris le bras. Était-ce seulement par politesse ou bien est-ce que cela signifiait plus ?

J'ai décidé de me détendre et de ne pas tout analyser.

Un serveur nous a désigné une table vide. Une fois installés, nous avons ôté nos vestes.

– Elle te va super bien, cette robe ! s'est exclamé Logan.

– Merci, ai-je répondu, en ajoutant très vite : mon père est d'accord pour que je la porte.

– Comment savais-tu que j'allais te le demander ?

– Parce que je suis Mary Anne et que tu es Logan.

– Très juste.

Nous avons commandé des sodas et ouvert les menus. Le serveur a pris les commandes et Logan a dit simplement :

– Il faut qu'on parle.

– Je sais.

– Tu veux commencer ?

J'hésitais. Puis j'ai dit :

– D'accord.

Et prenant ma respiration, j'ai ajouté :

– Tu me manques.

– Tu me manques aussi.

Il m'a pris la main, il l'a caressée doucement et j'ai continué à parler :

– Je me rappelle à peine pourquoi nous avons cessé de nous parler.

– Pareil pour moi.

– Mais… et Cokie ?

Logan m'a regardée avec des yeux ronds.

– Euh, quoi, Cokie ?

– Tu sais, la personne avec qui tu es sorti le mois dernier.

– Elle ne représente rien pour moi.

– Rien ?

– Bon, peu de chose. Elle est drôle. Mais ce n'est pas toi.

– Et c'est bien ou mal ? me suis-je risquée à demander.

Il a froncé les sourcils d'un air pensif.

– C'est bien. Je veux dire que je crois que c'est bien. Ça

333

n'a pas été un mois facile, pour moi, tu sais. J'ai laissé Cokie m'entraîner à sortir si souvent avec elle que mes notes ont baissé. J'ai failli rater le dossier littéraire et j'ai fait souffrir Cokie, ce que je ne voulais pas. Je n'aime pas ça. En plus, elle ne me voulait pas de mal. Et, finalement, c'est elle qui paie.

J'ai réfléchi. C'était vrai. Elle aussi l'aimait vraiment. Elle n'avait rien contre moi. Elle avait seulement craqué pour Logan. C'était quelque chose que je pouvais comprendre.

– Qu'est-ce qu'elle a dit à propos de la journée des auteurs ? ai-je demandé.

– Je ne sais pas. Je n'en ai pas parlé avec elle. Elle a dû se rendre compte de sa bêtise. Elle doit aussi se sentir très gênée par rapport à moi. Mais elle va s'en remettre.

– Tu penses la revoir ?

– Seulement au collège. Plus de sorties. C'est fini.

Les plats sont arrivés et j'ai décidé de parler d'autre chose. Alors, j'ai raconté à Logan l'histoire du monstre des toilettes. Ça l'a fait rire.

– Alors, le monstre est parti pour de bon ?

– C'est ce qu'a pensé Kristy. Mais elle s'est trompée. Et, quand elle est retournée chez les Korman, Melody et Bill couraient encore se cacher dans leurs lits pendant que la chasse d'eau fonctionnait.

– Peut-être pourriez-vous inventer des jeux autour du monstre, a suggéré Logan. Cela le rendrait drôle plutôt qu'effrayant.

– Quelle sorte de jeux ?

– Hum, voyons. Comme chronométrer les enfants quand ils courent vers leurs lits et voir qui est le plus rapide. Ou leur demander de dessiner le monstre. Ou d'inventer des histoires avec lui. Je parie que très vite il n'aura plus d'autre existence que dans l'imagination des enfants.

– Logan, c'est une idée formidable ! J'en parlerai à la prochaine réunion du Club.

Quand le serveur a débarrassé la table et apporté une énorme glace pour deux, Logan est devenu très silencieux.

– Qu'est-ce qui ne va pas ?

Il tripotait sa cuillère.

– Le dîner est presque terminé et je ne t'ai pas dit ce que je voulais réellement te dire ce soir.

– Tu veux dire « merci » ?

– Merci ?

– Hum… Hier tu as dit que tu voulais m'inviter à dîner pour me remercier de t'avoir aidé pour le dossier.

– Oh, exact. Mais ce n'est pas ça, Mary Anne. Ce n'est pas la vraie raison.

– Non ? ai-je murmuré, et mon petit cœur s'est emballé.

– Non. Je veux te demander quelque chose.

– Mm…

– Tu voudrais bien ressortir avec moi ?

– Tu veux dire vraiment ?

Logan s'est détendu. Il a souri.

– Oui, vraiment. Je pense encore à toi, Mary Anne. Je pense beaucoup à toi.

– Moi aussi. Et tu m'as affreusement manqué.

– Pareil pour moi.

Nous avons décidé d'aller au cinéma le vendredi suivant. Mais je savais que nous nous verrions bien avant. J'étais sûre que Logan recommencerait à déjeuner avec mes amies et moi. Et qu'il porterait aussi mon sac avant et après l'école et entre les cours.

Et que nous nous parlerions au téléphone le soir, comme avant.

Du coup, je n'ai pas été trop surprise quand le téléphone a sonné peu de temps après que je suis rentrée ce soir-là. J'ai filé dans la cuisine et j'ai décroché.

– Salut, Logan.

– Salut. (Il n'avait pas besoin de me demander comment j'avais deviné que c'était lui.) Alors que fais-tu demain ?

– Carla, Claudia et moi, nous allons au centre commercial.

En d'autres temps, il m'aurait dit : « Annule et viens à la patinoire avec moi », ou quelque chose comme ça. Mais là, il m'a répondu :

– OK, amuse-toi bien. On se voit à l'école lundi, mais peut-être qu'on se parlera d'ici là.

– Peut-être ? Sûrement.

– Formidable ! Je t'appelle demain.

– Bonne nuit, Logan.

# À propos de l'auteur

# ANN M. MARTIN

Ann Matthews Martin est née le 12 août 1955. Elle a grandi à Princeton, aux États-Unis, avec ses parents et sa jeune sœur, Jane.

Elle a été enseignante, puis éditrice de livres pour enfants, avant de se consacrer à la littérature. Pour écrire, elle s'inspire d'expériences personnelles, mais aussi de sa connaissance du monde de l'enfance et de l'adolescence.

Tous ses personnages, même les membres du Club des Baby-Sitters, sont des personnages imaginaires (ainsi que la ville de Stonebrook). Mais beaucoup d'entre eux ressemblent à des gens qu'Ann M. Martin connaît.

Ann M. Martin vit actuellement à New York et ses passe-temps favoris sont la lecture et la couture – elle aime particulièrement réaliser des habits pour les enfants.

Sa série *Le Club des Baby-Sitters* s'est vendue à plusieurs millions d'exemplaires et a été traduite dans plusieurs dizaines de pays.

Retrouvez

# LE CLUB DES BABY-SITTERS
dans douze volumes hors série :

# Nos plus belles histoires de cœur

### Mary Anne et les garçons
En vacances au bord de la mer, Mary Anne rencontre un garçon formidable. Le problème, c'est qu'elle a déjà un petit ami. Et elle ne sait lequel choisir…

### Kristy, je t'aime !
Kristy, la présidente du Club, reçoit de mystérieuses lettres anonymes. Qui peut bien être son admirateur secret ?

### Carla perd la tête
Pour plaire à son petit copain, Carla a décidé de changer… et de devenir une nouvelle Carla. Mais ses copines du club ne sont pas vraiment d'accord !

# Nos passions et nos rêves

### Le rêve de Jessica
Jessi a décroché le premier rôle de son spectacle de danse, mais elle commence à recevoir d'étranges menaces. Malgré la jalousie, elle est prête à aller jusqu'au bout de son rêve…

### Claudia et le petit génie
Claudia garde une enfant prodige qui chante, danse, joue du violon… mais elle aimerait elle aussi avoir du temps pour se consacrer à sa passion : la peinture.

### Un cheval pour Mallory
Mallory va prendre son premier cours d'équitation, quelle aventure ! Elle a beaucoup de choses à apprendre et à découvrir, même si ce n'est pas toujours facile.

# Nos dossiers TOP-SECRET

### Carla est en danger
C'est la panique au Club. Les événements bizarres se multiplient : coups de fil et lettres anonymes... Les filles sont très inquiètes. Il faut agir vite et démasquer le coupable !

### Lucy détective
Lucy et la petite fille qu'elle garde, Charlotte, sont témoins de phénomènes étranges dans une maison abandonnée. Quel secret abritent ses tourelles biscornues ? Serait-ce une maison hantée ?

### Mallory mène l'enquête
Mallory entend un miaulement à vous glacer les sangs... dans une maison où, normalement, il n'y a pas de chat ! Les filles partent à la recherche du chat fantôme...

# Nos joies et nos peines

### Félicitations, Mary Anne
Le père de Mary Anne va épouser la mère de Carla ! Il faut préparer le mariage, déménager... Que de bouleversements en perspective... mais aussi tant de joies !

### Pauvre Mallory
Le père de Mallory se retrouve brusquement au chômage. Heureusement, Mallory a plein d'idées pour faire vivre sa grande famille.

### Lucy aux urgences
Lucy ne se sent pas bien du tout : elle n'arrive plus à contrôler son diabète et doit aller à l'hôpital. Mais ses parents et ses amies sont là pour la soutenir.

# Quelle famille !

### Une nouvelle sœur pour Carla
Mary Anne est devenue la demi-sœur de Carla ! Mais depuis que tout le monde habite sous le même toit, les deux amies se disputent souvent. Pas si facile de former une nouvelle famille !

### D'où viens-tu, Claudia ?
Claudia se sent vraiment différente du reste de la famille. Et si elle était une enfant adoptée ? Pour en savoir plus sur ses origines, Claudia décide de mener l'enquête.

### Mallory fait la grève
Entre les cours, les baby-sittings et ses sept frères et sœurs, Mallory n'a pas une minute à elle. Il ne reste plus qu'une solution : faire la grève !


# Amies pour toujours

### Pas de panique, Mary Anne !
Ça ne va vraiment plus au Club. Depuis que Mary Anne, Kristy, Claudia et Lucy se sont disputées, elles ne se parlent plus. Mary Anne va essayer d'arranger les choses.

### La revanche de Carla
C'est le concours des mini-Miss Stonebrook ! Carla espère faire gagner ses protégées, mais les filles du Club ont eu la même idée… la compétition s'annonce acharnée !

### La meilleure amie de Lucy
Laine, la meilleure amie de Lucy, vient passer une semaine à Stonebrook ! Mais quand elle arrive, rien ne se passe comme prévu…

# Nos plus grands défis

### Le langage secret de Jessica
Jessica fait la rencontre de Matthew, un jeune garçon sourd-muet. Elle décide d'apprendre la langue des signes pour communiquer avec lui.

### Le défi de Kristy
Susan est une petite fille autiste qui vit enfermée dans son monde. Kristy voudrait qu'elle ait la même vie que les autres enfants, mais ce n'est pas facile…

### Carla à la rescousse
Les enfants de Stonebrook sont sous le choc : le village de leurs correspondants a brûlé ! Carla organise une grande opération de solidarité.

# Nos plus belles vacances

### Lucy est amoureuse
Mary Anne et Lucy gardent les petits Pike au bord de la mer. Lorsque Lucy rencontre un garçon dont elle tombe amoureuse, Mary Anne n'est pas très contente, c'est elle qui doit faire tout le travail !

### Le Club à New York
Les filles du Club vont enfin se retrouver ! Lucy a invité ses amies à passer le week-end à New York. Mais rien ne se passe comme prévu…

### Les vacances de Carla
Carla est ravie de retourner en Californie pour les vacances. Entre la plage, les amies, les retrouvailles avec son père et son frère, elle ne sait plus où donner de la tête ! Et si elle restait ?

# Chats, chiens et compagnie

### Les nouveaux voisins de Kristy
Kristy a emménagé dans un quartier très chic. Ses voisins sont des snobs, fiers de leurs animaux de race. Elle préfère son vieux chien Foxy, même s'il n'est plus très en forme…

### Les malheurs de Jessica
Jessica doit s'occuper d'animaux pendant une semaine. Que de travail : il faut promener les chiens, changer les litières et même… nourrir un serpent !

### Mary Anne cherche son chat
Quand son petit chat disparaît, Mary Anne est très inquiète : et s'il était arrivé quelque chose à Tigrou ?

# Les meilleures copines du monde

### La nouvelle amie de Claudia
Une nouvelle élève vient d'arriver : elle s'appelle Cynthia et elle adore l'art. Claudia devient rapidement amie avec elle, mais Cynthia lui conseille de laisser tomber le Club…

### Mallory entre en scène
Lorsque les filles du Club proposent à Mallory de devenir membre, elle est ravie ! Sauf qu'elle doit d'abord passer un test et cela ne se passe pas très bien.

### Le retour de Lucy
Les parents de Lucy divorcent ! Et elle doit choisir entre rester avec son père à New York ou revenir à Stonebrook avec sa mère. Pas facile de faire un choix !

# Une année formidable

**Claudia et le visiteur fantôme**
Il y a un voleur à Stonebrook ! Et le Club reçoit des appels anonymes. Claudia commence à paniquer…

**Un grand jour pour Kristy**
Kristy va être demoiselle d'honneur, quelle joie ! Sauf que le mariage a lieu très bientôt et qu'il faut garder les quatorze enfants des invités.

**Logan aime Mary Anne**
Le jour de la rentrée, Mary Anne rencontre un garçon très craquant : Logan, un nouvel élève. Mais comment lui parler quand on est timide ?

# La fondation du club

**La fondation du Club**
Depuis quelque temps, Claudia ne s'intéresse plus qu'aux garçons et à la mode. Kristy et Mary Anne s'interrogent : est-ce la fin de leur amitié ?

**L'idée géniale de Kristy**
En voyant sa mère passer un temps fou à chercher une garde pour son petit frère, Kristy a une idée géniale : fonder un club de baby-sitting avec ses amies !

Maquette : David Alazraki


Loi n°49-956
du 16 juillet 1949
sur les publications
destinées à la jeunesse

ISBN : 978-2-07-064781-1
Numéro d'édition : 242658
Numéro d'impression : 110694
Imprimé en France
par CPI Firmin Didot
Dépôt légal : avril 2012